KB066299

나는 절대 저렇게
추하게
늙지 말아야지

나는 절대 저렇게 추하게 늙지 말아야지

심너울 소설집

아작

차례

초광속 통신의 발명

"진짜 퇴근하고 싶다."

어느 가을밤, Z대학교 공학대학에서 전산학과 박사 과정을 밟고 있던 K씨는 탄식했다. 그는 연구실에서 탈출하는 순간, 침대 위에서 즐기는 찰나의 편안함, 잠시라도 자기 냄새가 배어 있는 공간에서 푹 쉴 때의 즐거움을 머릿속에 그렸다. 다시는 돌아오지 않을 찬란한 순간이었다….

그러다 그는 자신이 퇴근한 지 2시간이 흘렀고, 출근까지 8시간이 남았다는 것을 깨달았다.

K씨는 그날 밤 잠도 이루지 못하고 고민했다. 왜 출근하지도 않았는데, 퇴근한 후에 벌써 퇴근하고 싶다는 생각을 한 것일까? 인과의 역전 아닌가? 근처 건물에서 임상심리학 박사 과정을 밟으며 처절한 고통을 받고 있는 K씨의 친구 L씨가 이 이야

기를 들었으면 혀를 차며 말했을 것이다.

"하도 비인간적인 환경에서 일하다 보니까, 하루에서 오직 퇴근하는 몇십 분만이 즐거운 때인 거지. 그래서 그 기쁜 순간을 최대한 즐기고 싶은 거고."

하지만 K씨는 전산학 전공자였다. 알고리즘에서부터 병렬 컴퓨팅까지, 확률 밀도 함수에서 정보 이론까지 온갖 끔찍하고 기괴한 적수와 10년을 맞서 싸운 그의 뇌는 뉴런과 글리아 단위로 뒤틀려 있었기에, 이미 보통 사람들과 너무나 달랐다. 그는 어둠 속에서 천장을 보며 읊조렸다.

"출근하기 전에 퇴근하고 싶은 생각이 드는 것은, 내가 출근한 미래에서 퇴근하고 싶다는 감정이 과거로 거슬러 온 것 아닐까?"

다음 날, 4시간의 쪽잠을 잔 K씨는 흥분한 상태로 출근했다. 여전히 출근하자마자 퇴근하고 싶다는 생각이 들었지만, 그는 기묘한 발견의 기쁨에 휩싸여 있었다. 그는 지도교수 S씨와 마주치자마자, 퇴근하고 싶다는 감정을 통해 정보를 과거로 전송할 수 있다는 이야기를 늘어놓았다. S씨는 갑자기 웬 헛소린가 했지만, 초광속 통신이라는 이름이 굉장히 그럴싸해 보여서 그에게 연구 계획서를 쓰게 시켰다.

연구 계획서는 R&D 지원단의 혼란스러운 소용돌이를 몇 개월 만에 통과했다. 이름이 대단히 그럴싸해 보였기 때문이었다. 그때까지 자기 이론을 정리해놓은 K씨는 자기가 설계한 실험에 당장 착수했다.

K씨는 96명의 직장인과 대학원생들을 모집했다. 직장인들 중

에서도 특히 주 52시간 근무제의 혜택을 전혀 받지 못하는 사람들을 골랐다. 대학원생들은 딱히 그런 기준을 두지 않아도 전부 고통받는 사람들뿐이었다. 업무량 자체는 직장인이나 대학원생들이나 비슷했으나, 대학원생들은 제대로 된 금전적 대가를 받지 못하고 자기 목줄을 잡고 뒤흔드는 교수의 존재 때문에 스트레스가 더 컸다.

K씨는 각 피험자들에게 1번부터 96번까지 번호를 매겼다. 그 다음이 가장 연구비가 많이 드는 절차였다. K씨는 하루 날짜를 잡은 다음에, 피험자들의 직장에 여러 방법을 이용해서, 특정 번호의 피험자들이 하루 휴가를 낼 수 있도록 했다. 더해서 야근도 하루는 막고. 피험자들은 다음 날 아침에야 직장에서 갑작스러운 '휴가 통보'를 받았다.

그러고 나서 K씨는 그 전날 밤 11시에, 모든 피험자에게 전화를 돌려서 현재 퇴근했는지, 퇴근하고 싶은 생각이 없는지 물었다. K씨는 이제 퇴근하고 싶은 생각이 있는 사람에게는 0번을 붙이고, 그렇지 않은 사람에게는 1번을 붙였다. 결과는 다음과 같았다.

01001000 01100101 01101100 01101100 01101111 00101100
00100000 01110111 01101111 01110010 01101100 01100100

K씨는 이 이진 코드를 ASCII로 복호화했다. 컴퓨터에 떠오른 글은 명확했다.

Hello, world

K씨는 연구실을 뛰어다니면서 "유레카, 유레카!" 하고 소리질

렸다. '퇴근하고 싶은 기분이 시간을 초월해 과거로 흘러간다'라는 사실을 증명해낸 것이다. 퇴근하고 싶은 사람들의 욕망, 즉 정보가 과거로 흐른다는 것, 바로 초광속 통신의 기본 골자인 'Salyojo 프로토콜' 의 기본 원리가 발견된 순간이었다.

그 후 5년이 지난 지금도 초광속 통신 기술은 여전히 고통받는 대학원생들과 직장인들의 도움을 톡톡히 받고 있다. 한국 정부에서는 초광속 통신 기술을 4차 산업 혁명 핵심 기술로 선포했다. 한 사람당 1비트의 정보를 약 10시간 전으로 보낼 수 있으니, 많은 정보를 보내려면 그만큼 고통받는 사람들이 많이 필요했고, 주 52시간 근무제는 유명무실해졌다.

현재 초광속 통신 기술에서 가장 뒤처진 국가는 아무래도 북유럽 복지 국가들이라고 할 수 있겠다. 그쪽에서는 매일매일 야근으로 기름을 뽑히는 사람이 드물어서 'Salyojo 알고리즘' 적용이 너무나 힘들다는 것이다. 물론 우리 자랑스러운 삼천리 금수강산에서는 위대한 초광속 통신을 선도하기 시작했다. 한국에는 마땅한 천연 자원이 없으니, 인적 자원을 최대한 개발해야 한다고 많은 사람들이 주장한 대로 되었다.

여담으로, K씨는 해당 연구로 박사 학위를 받는 데 성공했으며, 지금은 대전의 국책 연구소에서 일하고 있다. 이야기 앞에서 나왔던 K씨의 친구 L씨는 결국 임상심리학 박사 과정을 수료만 하고 요새 제주도에서 펜션업을 하고 있다. 그리고 지도교수 S씨는 초광속 통신의 발명자로 최초로 노벨상을 받은 한국 과학자가 되어 지금은 미국 어디 큰 연구재단에 있다나, 뭐라나.

SF 클럽의 우리 부회장님

몇 년 된 일이다. 소장이 새로 부임하자마자 직원들에게 동아리를 만들라고 강력히 권유, 아니 명령했다. 그가 부임하기 직전의 불미스러운 사건에는 우리 연구소의 조직 문화 탓도 있다면서, 수평적인 동아리 환경에서 사람들끼리 취미생활도 하고 즐거운 시간을 보내면서 서로 허심탄회하게 이야기라도 해보라는 것이었다.

소장은 동아리를 만들어 위에 인증을 받으면 지원비도 넉넉하게 얹어준다는 유용한 힌트도 남겼다. 회사가 웬일로 곳간을 풀었다는 건 아니다. 그 불미스러운 사건이 일어난 이후 직원들 대부분의 인센티브가 날아갔기 때문에, 그 인센티브를 동아리 지원비 명목으로 돌려준다는 말이었다. 그러니까 명령이지.

그 불미스러운 사건이라 함은 며칠 동안 사회에 넉넉한 이슈를 공급한 사상 초유의 참기름 비리 사건을 말한다. 그러니까, 우리 연구소에서 여러 힘 있으신 분들한테 추석 선물로 참기름 상자를 돌린 건이다. 보통 사람들의 생각과 달리, 그 참기름 상자들에는 돈이 아니라 참기름이 담겨 있었다. 아니, 우리 연구원들한테 거기에 지폐를 담아서 보내는 정치적인 창의력을 기대한단 말인가?

웬 참기름이냐고? 우리가 참기름 짜기의 장인들만 모인 무형문화재 집단인 것은 아니고… 우리 연구소는 생명과학 판에 적극적으로 끼어보려는 재벌 집단에 속한 나노 바이오 연구소다. 안타깝게도 반도체랑 휴대폰을 잘 만드는 회사라고 해서 생물학까지 잘하는 건 아니지만. 그래도, 돈은 많다. 오래전에, 우리 연구소 사람들은 초임계 추출기라는 기계를 들여놓고 상당히 들떴다.

초임계 추출기는 여러 물질이 섞인 혼합물에서 원하는 물질을 높은 수율로 뽑아내는 데 특화된 기계다. 지금이야 꽤 여러 군데에 사용되고 있지만, 당시로서는 그럭저럭 최신 기술이었고 기계 가격도 비쌌다. 우리는 약효가 있다고 알려진 식물에서 실제로 효과가 있는 물질만 분리하는 데 그 기계를 사용했다.

그러니까, 어떤 연구원이 그 기계로 세상에서 가장 순수한 참기름을 뽑아먹는다는 창의적인 발상을 하기 전까지는 말이다.

이제 이름도 제대로 전해지지 않는, 다만 정 씨라는 것만이 알려진 그 연구원도 그 기계를 보자마자 참기름을 뽑아먹을 생각을 한 것은 아니었다. 정 박사는 그저 어디에든 열성으로 나서는 훌륭한 계약직 일꾼이었을 뿐이었다. 그때 소장이 대단히 도전적인 출세 방법을 떠올렸고, 그것이 정 박사에게는 비극이 되었다.

정 박사는 소장이 술자리에서 비밀스레 제시한 정규직 전환이라는 미끼를 도저히 물지 않고 그냥 넘어갈 수가 없었다. 그는 초임계 추출기에다 참깨를 으깨 넣어서 참기름 100병을 만들어 냈다. 상당히 고급스러운 포장까지 준비했다고 하는데, 이공계 사람들한테는 기대하기 힘든 덕목인 것을 생각하면 집념이 얼마나 대단했는지를 짐작할 수 있다.

최고급 국산 참깨에 첨단 기술을 더해 뽑아낸 그 참기름의 맛은 참으로 각별했다고 한다. 소장이 참기름을 선물해준 사람들 중에 초임계 추출기의 도입에 앞장서 나선 어느 임원만 없었다면, 정 박사와 소장 모두 자기가 원하는 걸 얻을 수 있었을지도 모른다.

"그런데 저번에 줬던 참기름은 어디서 난 건가요?"

"아, 신경 써주신 초임계 추출기로 한번 뽑아봤습니다. 맛이 상당히 좋지요?"

"R&D용으로 도입한 기계로 참기름을 뽑았다고요? 제정신입니까?"

"앗… 아니… 저…."

소장의 정치 감각이 부족했던 탓이었다. 그 임원은 그룹 내에서도 상당히 유별난 사람으로 유명했는데, 그러니까 정직하고 상식적인 사람이었다. 임원은 큰돈을 들여 설치해준 기계로 뇌물이나 만들고 있다는 것을 상당히 유별나고 기괴한 일로 여겼다.

소장과 정 박사 그리고 연구소의 다른 무고한 사람들 모두에게는 비극이었다. 수도권에 있는 연구소에서 일하는 것을 삶의 주요한 기쁨으로 삼던 소장은 탁월한 자연경관을 누릴 수 있는 곳으로 튕겨 나갔다. 오갈 곳이 없게 된 정 박사는 아버지가 하는 굴 양식장을 물려받는다고 고향으로 떠났다. 연구소 사람들은 새 소장이 들어올 때까지 인센티브 없는 상당히 납작한 월급을 받게 되었다.

요새는 초임계 추출법을 식품 공학에 적용하는 것이 큰 유행이 되어서, 마트에 초임계 참기름이나 초임계 콜드브루 커피 같은 것이 당당히 진열되어 있다. 가끔은 정 박사가 너무 시대에 앞선 창의력을 가졌던 게 아닌가 하는 생각도 드는 것이다.

어쨌든, 새 소장은 인센티브 대신 넉넉한 동아리 지원비를 주겠다고 약속했고 저항하는 사람은 아무도 없었다.

사람들은 이왕 동아리를 하는 김에 열심히 하려는 모양이었다. 점심시간에 연구소 옆에 있는 공터에서 배드민턴을 치던 사람들은 아예 테니스 동아리를 만들었다. 소장은 웃으면서 공터에 테니스장을 지어주었다. 같이 일하는 동료 중에도 테니스 동아리의 회원이 있었는데, 그는 야근할 때마다 저녁시간에 나가서 테니스를 신나게 즐기고 들어왔다. 그의 옆에서 나는 제발 샤워실도 만들어줬으면 하고 바랐다.

수공예 동아리도 생겼다. 또 다른 동료는 나에게 키링이나 도

자기 따위를 선물하기도 했다. 음… 내 생각에 그는 연구원의 진로를 택하길 잘한 것 같다.

테니스 동아리에도, 수공예 동아리에도, 그렇다고 야구 동아리에도 들지 못한 사람들이 나를 비롯해서 한 네 명 정도가 있었다. 소장은 네 낙오자에게 '등산 동아리'를 만들어보는 건 어떻겠는가 넌지시 신호를 던졌는데, 우리 넷 모두 주말에 등산을 하느니 인센티브를 포기하고 말겠다는 고결한 의지가 있었다.

나를 포함한 넷은 너무나 전형적이라서 오히려 비현실적인 내향적 사람들이었다. 어릴 때부터 집구석에 틀어박혀 책을 읽거나 수학 문제 푸는 것을 선호하고, 그러다 보니까 근처 사람들한테 "얘는 하는 짓 보니 영재의 싹이 있다."는 큰 오해를 받게 되고, 그 오해를 딱히 수정할 생각도 없어서 시키는 공부를 했는데 정말 머리가 좋지는 않아서 의대나 치대 진학은 실패하고, 약대나 갈까 생각하면서 화학공학이나 생물학 따위를 전공했는데 그게 생각보다 꽤 적성에 맞아서 어영부영 눌러앉았다가 결국 연구소에 계약직으로 흘러들어온 사람들이면서, 여전히 집에 틀어박혀 있는 것을 좋아하는 사람들이었다는 뜻이다.

내가 총대를 메었다.

"거 동아리, 뭐든 만들면 되는 거죠? 여러분 와우 해요? 저는 아즈샤라 호드거든요. 호드를 위하여! 얼라이언스 돼지들에게 죽음을! 아시죠?"

"저는 롤 하는데요."

"저는 배그…."

“전 요새 생존하려고 링피트밖에 안 해요.”

시큰둥한 반응만 돌아왔다. 그래도 게임이란 공통점은 있었다.

“온라인 게임 동아리 하나 만듭시다. 뭐, 이야기만 잘 풀면 집에 있는 컴퓨터 업그레이드도 시켜줄지 어떻게 알아요? 제가 이번 주 안에 소장님한테 말씀드릴게요.”

다들 동의했다. 곧 우리 대화는 테니스 하는 사람들이 펄펄 풍기는 땀 냄새에 대한 성토로 넘어갔다.

이틀 뒤에 나는 비는 시간 동안 짬짬이 서류 양식을 채워 소장실로 보냈다. 곧 소장실에서 호출이 왔다.

“온라인 게임 동아리라고? 안 되네.”

“예?”

“회사에서 게임만 하고 있다는 게 말이 되나?”

나중에 소장의 비서한테 들은 이야기인데, 소장의 고등학생 아들이 컴퓨터 게임에 빠져서 프로게이머를 진지하게 진로로 삼았다고 한다. 아들이 프로게이머를 할 만한 실력인지 아닌지 당시로서는 알 수 없었지만… 소장의 나이에 그걸 받아들이기는 쉽지 않았을 것이다. 그 때문에 소장의 탈모는 가속하고 우리는 온라인 게임 동아리를 세우지 못하고, 그런 셈이었다.

며칠 후에 우리 넷은 직원 식당에 다시 모였다. 중간에 월급날이 끼어 있었다. 다들 인센티브 없는 납작한 월급을 받고 머리에서 김을 팍팍 뿜어냈다. 나는 부대찌개에서 떡을 골라내면서 말했다(대체 왜 부대찌개에 떡을 넣는 건가? 직원 식당의 도덕적 해이가 극에 달했다).

"어떡하죠? 나 중학교 때에 서예부였는데, 무슨 서예부라도 만들어야 하나?"

"소장이 깐깐해서 동아리에서 어떤 아웃풋이 있는지 확인한대요. 테니스 동아리 사람들은 아마추어 대회 준비한다던데요?"

"와, 진짜 가혹하다. 동아리에서까지 성과를 내야 돼요?"

그때 구석에 앉아 나처럼 부대찌개서 떡을 골라내고 있던 한 사람이 조용히 말했다.

"저기… 그럼…."

연구1팀의 김강건 박사였다. 그는 휴지를 입 앞에 가져다 대고 크흠 하고 헛기침을 한 번 하더니 말했다.

"여러분, 혹시 SF 좋아하세요?"

생각지도 못한 한마디에 모두가 잠시 멍해졌다. 내가 정적을 끊고 나섰다.

"SF요? 스타크래프트도 SF로 치는 거죠?"

김강건의 안색이 갑자기 창백하게 변했다. 그는 곧 말을 두다다 쏟아내기 시작했다.

"예? 아니, 그건 스페이스 오페라고요. 제가 말한 건 진짜 SF거든요. 원래 SF는 과학에 대한 경이를 표현한 장르인데, 스페이스 오페라는 배경에 그냥 과학적인 것처럼 보이는 어떤 것만 나오지 정작 진짜 과학은 안 나오잖아요. 〈스타워즈〉 다들 보셨죠?"

우리 셋은 고개를 절레절레 흔들었다. 김강건은 더욱 흥분했다.

"아니, 〈스타워즈〉를 안 봤어요? 하여튼 〈스타워즈〉에 광선검이 나오는 건 알 거 아니세요. 근데 광선검이 말이 돼요? 빛이 딱 적절한 길이로만 나가서 다른 걸 썰어내고 하는 거 말도 안 되잖아요. 사실 〈스타워즈〉는 배경이 우주가 아니어도 충분히 할 수 있는 이야기거든요. 그에 비하면 진짜 과학은….”

우리 셋은 단번에 깨달았다. 김강건이 진짜배기 오타쿠라는 사실을.

그는 자신 빼고는 아무도 관심이 없는 이야기를 끝도 없이 주절주절 늘어놓았다. 최초의 시간 여행 SF라는 허버트 조지 웰스의 《타임머신》부터 시작해서 SF의 3대 거장 이야기를 줄줄 토해냈다. 그다음으로 김강건은 하드 SF와 소프트 SF, 그리고 판타지의 구분에 대해 논문 한 편을 구술로 발표했다.

떡을 골라낸 부대찌개가 완전히 차갑게 변했을 즈음이었다. 더 이상 두고 볼 수 없던 내가 끼어들었다.

“저기, 죄송한데… 하고 싶으신 말씀이…?”

“SF 동아리 만들죠. 이름은 간단하게 SF 클럽으로!”

“어… 그럼 아웃풋이 있어야 하는데… 무슨 이유로 만들어달라고 하죠?”

“아, 걱정 마세요. 제가 SF 소설책을 몇 권 냈거든요. 앞으로도 계속 쓸 거니까 그걸로 충당하면 되거든요!”

김강건은 말을 하면서 자기 휴대폰 화면을 우리에게 들이댔다. 화면에는 인터넷 서점이 떠 있었는데, 진짜로 김강건이란 이름으로 출판된 책이 세 권이나 있었다! 그중 한 권은 우리 같은 사람들도 한 번쯤은 들어봤을 유명한 출판사에서 나온 책이었다.

나는 흥미가 생겼다.

"와, 그럼 일도 하시고 소설도 틈틈이 쓰시는 거예요?"

"예, 대학원 다닐 때부터 취미로 썼다가 운 좋게 그리됐어요."

"작가님이시네, 작가님."

"그럼 이렇게 소장한테 서류 써서 내보죠. 이수현 박사님이 회장 하실래요?"

갑자기 이름이 불린 나는 당황했지만, 곧 고개를 끄덕였다.

"하긴, 이러다가 소장한테 끌려서 등산 가는 것보다는 그게 낫겠죠."

김강건은 점심시간이 끝나고 3시간도 되지 않아서 서류를 꽉꽉 채워 나에게 보내주었다. SF는 과학 기술 자체를 다루는 예술의 한 장르기 때문에 연구원들에게 혁신적인 창의력을 심어줄 수 있다고 김강건은 줄줄 입을 털고 있었다. 나는 〈스타워즈〉의 광선검을 생각했다. 그거는 아무리 생각해도 현실에 만들 방법이 없는데 창의력과 관련이 있나?

흠… 풀에서 약 뽑아내라고 사준 초임계 추출기로 참기름을 뽑을 생각도 혁신적 창의력이라고 할 수 있을 것이다.

소장은 SF 클럽을 군말 없이 승인해주었다. 내 생각인데, 그 영역은 그에게 있어서는 거의 이해하기 힘든 분야 아니었을까 싶다. 그게 나이 탓은 아니고, 그냥 관심이 없었나 보지. 내가 그랬듯이. 어쨌든, 나는 소장실에서 나오면서 두 주먹을 꼭 쥐며 위로 쳐올렸다. 야호, 다음 달에 인센티브 들어오면 플레이스테이션 사야지!

＊

사흘 뒤 저녁에 우리 SF 클럽은 배정받은 공실 409호 앞에 모였다.

409호는 '생체조직재생 지능형 나노봇 연구실'이라는 이름이 새겨진 커다란 동판을 달고 있었다. 내가 이 연구소에 들어올 무렵부터 409호는 텅 빈 방이었는데, 대체 거기서 무슨 연구를 했던 건지는 아무도 몰랐다. 다만 전설만이 떠돌 뿐이었다. 우리 넷은 구시렁댔다.

멤버 중 하나, 이태영이 말했다.

"내가 듣기로는, 저거 옛날에 우리 그룹이 돈 대주는 Q대학의 라이벌 대학 연구팀이 저걸로 큰 상을 받아가지고요. 그러니까 생체조직재생 지능형 나노봇으로."

"Z대 말씀하시는 거죠?"

"예, 예. Z대 연구팀에서요. 그때 부회장님이 아주 불을 뿜었거든요."

"정대인 부회장님요?"

"예, 그분이 R&D에 되게 신경 쓰셔서 학교에도 지원 많이 해주잖아요. 그런데 Z대에서는 하는데 어떻게 우리 Q대에서는 못할 수 있나, 뭐 그렇게 말하면서 난리가 났었어요."

"그래서 우리 연구소에도?"

"그렇죠."

"그런데 우리가 맨날 잘하는 것도 아닌데, 못 따라갈 수도 있죠. 왜 그리 화를 내요?"

"부회장님이 특수 분야에 관심이 있으시잖아요… 아시죠?"

모두 조용해졌다. 어렴풋이 짐작하는 바가 있었기 때문이었다.

1대 회장 정건의 죽음 이래, 우리 회사 오스쿠스 순환출자의 가장 위에 있는 회사… 그러니까 오스쿠스 제과는 이제 4대 정대인의 손에 들어 있다. 그런데 정대인은 엄밀히 말하면 오스쿠스의 부회장이고, 대표가 아니다.

그 위의 3대째인, 정대인의 아버지 정윤형이 여전히 회장으로 남아 있기 때문이다. 남아 있다고 말할 수 있을는지… 그는 8년 전에 뇌졸중으로 쓰러졌다. 상당히 커다란 범위의 뇌혈관이 막혔는지 아마도 회생할 수 없을 거라는 기사가 조금씩 삐져나왔다. 당시에 사람들은 곧 정대인 부회장이 왕좌를 물려받을 거라고 짐작했고, 오스쿠스의 대관식을 기대했다.

하지만 8년이 지나도록 정대인은 부회장으로 남았고, 정윤형은 회장 직위를 유지했다. 뉴스에서는 틈만 나면 정윤형이 안정적으로 회복 중이라는 소식을 내보냈다. 그러나 정윤형이 마지막으로 미디어에 출연한 것이 벌써 7년 전이었다. 그때 이미 정윤형은 이미 영혼의 80퍼센트는 강 건너편에 거하는 듯한 모습을 하고 있었다.

상속세가 일종의 강령술로 기능하고 있는 것이었다. 정대인이 최첨단 의학에 관심을 가지는 이유가 있을 만했다.

이태영이 말을 이었다.

"그런데 방 정해놓고 동판 딱 박아놓고 이런저런 시설 공사하려고 하니까 알고 보니 Z대에서 한 연구에 오류가 있었던 게 드러난 거죠. 다른 팀에서 Z대 논문에 쓰인 대로 아무리 따라 해봐도 실험 결과가 그대로 안 나오는 거예요. 그래서 또 난리가 났죠."

"재현이 안 됐군요?"

"예. Z대 사람들은 다른 연구팀에 기술적 문제가 있는 거라 했다는데요. 뭐, 우리가 아는 분야는 아니죠? 그래서 동판만 박아놓고 백지화된 것만 알고요. 판을 떼야 하나?"

"아냐, 아냐, 남겨둬요."

김강건이 나섰다. 내가 물었다.

"엥, 왜요?"

"되게 SF 같은 이름이잖아요. 나노봇에 재생에 지능형에… 여기 뒤에 열쇠 숨겨두면 좋을 것 같지 않아요?"

대체 무슨 감각인지 이해할 수는 없었지만, 쉽사리 이해할 수 있으면 오타쿠가 아니지. 방에는 나중에 도어락을 따로 달았지만, 거기 숨겨둔 열쇠도 가끔 요긴하게 썼다.

409호는 적당히 넓었다. 내부에 별다른 가구나 시설은 없었지만, 그동안 창고로 전용되었는지 잡동사니들이 쌓여 있었다. 나는 구석에서 되게 푹신푹신한 라꾸라꾸 접이식 침대 두 개를 발견하고 기뻐했다. 김강건은 어디선가 프로젝터를 찾아서 자기 노트북과 연결해 벽에다 이런저런 화면을 비추어보았다. 나와 조용한 숙맥인 전지영은 침대에 누워 멍하니 김강건이 기계를 이리저리 조작하는 모습을 바라보았다.

내가 물었다.

“뭐 하세요?”

“우리, 동아리잖아요. SF 이야기 해야죠.”

김강건은 웃으면서 답하고는 다시 프로젝트를 이리저리 만졌다. 남은 셋은 당황한 표정으로 서로를 바라보았다. 나는 이태영에게 속삭였다.

“어… 이 SF 클럽이라는 게 진짜로 뭔가 하는 거였어요? 나는 그냥 방에서 잡담이나 하는 줄 알았는데….”

“오, 이런. 저번에 밥 먹을 때 생각 나네.”

곧 김강건이 세팅을 끝냈다. 그는 발표 자료를 준비해온 것 같았다…. 김강건은 우리를 입문시키겠다고 상당히 들떠 있었다. 곧 난생처음 들어보는 이름들이 튀어나왔다. 아예 판을 깔아 놓으니 신이 나서 방방 뛰어다니는 것 같았다.

아무도 궁금해하지 않는 이야기를 끝낸 김강건이 어디선가 책 더미를 들고 나타났다. 나는 옆에서 이제 코도 조금씩 골기 시작한 팀원을 흔들어 깨웠다. “어… 어… 뭐야….” “아, 좀 일어나봐요! 선물이라잖아.” 김강건은 웃으면서 우리에게 책을 세 권씩 나눠주었다.

“지금까지 제가 출판한 책들이거든요. 세 권씩.”

나는 책의 뒤쪽을 한번 들춰보았다. 각 책마다 최소 400페이지는 넘었다.

“와, 대단하시네요. 400페이지나 글을 어떻게 쓰지.”

“그냥 쓰다 보면 되더라고요.”

"그런가요…."

본 지 며칠 안 되는 사람한테 선물을 받는 것 자체가 독특한 경험이었지만, 솔직히 난감했다. 자기가 쓴 책을 선물해준다는 것은 무언의 강요가 된다. 나는 석사 시절을 생각했다. 그때 나는 지도교수를 잘못 골랐는데, 그 교수는 연구실보다는 TV에서 보는 게 훨씬 쉬울 만큼 자주 TV에 출연하는 사람이었다. 머리가 터질 것 같던 내게 어느 날 지도교수가 자기가 쓴 책을 갖다주고서는….

"아, 꼭 안 읽어보셔도 돼요."

김강건이 웃으면서 말했다. 나는 얼이 빠진 채로 답했다.

"예?"

"어차피 잘 팔리지도 않는 거, 그냥 나눠드리는 거니까요. 표지는 예쁘니까 장식으로 쓰세요."

흠. 그날 버스를 타고 퇴근하면서 오랜만에 나는 자지 않고 책을 펼쳐보았다. 생각 외로 꽤 재미있었고, 나는 그날 집에서 책을 끝까지 쭉 읽었다. 몇 년 만의 독서였다.

김강건의 소설은 우주선 한 대를 타고 은하를 이리저리 쏘다니는 어느 살인청부업자의 이야기였다. 주인공이 이런저런 방법으로 상황을 타개하고 청탁을 받은 대상을 죽여버리는 방법을 따라가는 게 대단히 재밌었다. 김강건의 전공인 생화학 지식이 듬뿍 들어가 있었는데, 그게 매력적이었다. 외계인의 신체 구조에 맞는 독을 특수 합성한다든지.

왜, 화학을 하면 누구나 독이나 폭탄부터 만들 생각부터 하지 않나? 유기 화합물을 공부하는데 왜 재미없게 무독한 것부터 떠올리냔 말이다. 당연히 반응성이 짱짱하고 불안정한 물건이 흥미를 끌지.

어쩌면 나만 그럴지도 모르겠다.

어쨌든, 다음 주에 다시 모이기 전까지 나는 세 권의 책을 전부 통독했다. 나머지 두 책은 각각 2060년 배경의 우주 정거장 이야기와 1800년대 중반을 다루는 시간 여행 이야기였는데, 그것도 꽤 재미있었다. 나는 김강건을 만나자마자 말했다.

"진짜 재밌던데요."

"그래요?"

김강건이 환하게 웃었다. 그때부터 나는 이 오타쿠에 나름대로 호감이 생겼다.

매주 우리 동아리에서는 부회장 김강건이 소개해주는 작품들을 보는 시간을 가졌다. 한두 달 뒤에는 우리도 나름대로 취향이 생겨서, 자기 취향에 맞는 이런저런 물건들을 가져왔다. 돈 받으려고 한 동아리가 나름대로 괜찮은 취미가 되었다. 수요일 저녁에 일상의 탈출구가 생긴 것이다.

2년이 지났고, 나는 놀랍게도 정규직이 되었다. 그전에는 삶이 불안정하게 팍팍했다면, 이젠 안정적으로 팍팍했다.

잘나가는 회사에 속한 연구소인데 배가 불렀다고 말할 사람도 있겠지. 그런데 2000년대 초반부터 사람들이 그렇게 외치던 '바이오 붐'은 여전히 오지 않았고, 정대인 부회장도 우리 연구소에 가지는 관심이 많이 식었다. 즉, 연구소에 돈이 없었다. 동아리 지원금도 많이 줄었다. 결국 인센티브가 줄어든 셈이었다.

동아리 자체는 계속 유지가 됐다. 김강건은 우리의 응원에 힘입어 2년 동안 두 권의 책을 더 냈다. 장편소설 하나와 교양서 하나였다. 그 책들은 모두 우리 동아리의 실적이 되었다. 심지어 장편은 3쇄까지 찍는 것에 성공했다. 그것은 나의 정규직 채용에 버금가는 기적이었다.

성과로 친다면야, 우리 동아리는 제일 작지만 가장 성공적이었다. 테니스 동아리는 당당히 아마추어 대회에 나갔다가 예선도 뚫지 못하고 빠른 속도로 탈락했다. 연구원들 체력이야 뻔하지. 수공예 동아리는 하루 날 잡고 쿠키를 만들었다가 밀가루에 대체 무슨 문제가 있었던 건지 사람들이 단체로 식중독에 걸려서 난리가 났다.

그렇다고 SF 동아리의 인원이 늘어나지는 않았다. 오랜 세월 동안 함께 장르를 파헤치다 보니까 우리 모두 상당히 깊은 심연까지 들어가 있었기 때문이었다. 가끔 "어, 마블도 SF 아니에요? 나 마블 영화 재밌게 봤는데…." 하면서 들어오는 친구들도 있었지만, 그들은 우리가 떠드는 기기묘묘한 이야기들을 일주일도 참지 못하고 도망쳤다.

소장은 나를 볼 때마다 실실 웃었다. 우리가 그의 동아리 정책의 유일한 성공작이었기에. 또 비서한테 듣기로, 자식이 수많은 반대를 뚫고 진짜 프로게이머가 돼서 꽤 성공가도를 걷고 있다고 했으니 행복했을 것이다.

그러던 어느 날 소장이 나를 호출했다.

"잘 왔어요, 이수현 박사. 우리 SF 클럽 대표?"

"대표라시니까 좀 민망하네요."

"아냐, 자네들 덕에 내가 체면이 선다니까. 동아리 하면서 책도 내고! 응, 얼마나 대단해?"

"아유, 감사합니다."

"그래서 말인데…."

이제 본론이군. 나는 도대체 어떤 끔찍한 제안이 기다릴까 긴장했다. 참기름은 안 짜도 되겠지?

"이번에 본사에서 하는 작은 발표회에 자네들도 이야기 좀 해줬으면 좋겠는데. 원래 그 동아리 지원 정책이 우리 그룹 전체에 시행된 건데, 그룹 내에서 제일 뭐가 잘 나오는 동아리가 그, 뭐냐, SF 동아리든."

"예?"

나는 멍해졌다가 그만 정신을 차리고는 말했다.

"그… 그럼 저더러 부회장님 앞에서 발표를 하라는 건가요? 제가요?"

소장이 고개를 끄덕였다. 당연히 거절이라는 선택지는 없었다. 다리가 떨렸다.

*

그룹에 속한 호텔의 커다란 강당, 단상. 내가 서리라고는 생각도 못 한 곳. 나는 단상에 서서, 나를 올려다보고 있는 정대인을 보았다. 그는 특별한 의자에 앉아 있었다.

뉴스에서 말고 실제로 보는 것은 처음이었다. 40대 중반의 그는 키가 보통보다 살짝 크고 눈이 상당히 커다랬다. 나는 무지막지한 재벌가의 위압감을 느꼈다. 젠장, 너무 사람이 압도되면 정말로 오줌을 지릴 것 같은 기분이 드는구나.

'하늘에 계신 우리 아버지, 아버지의 이름이 거룩히 빛나시며… 하늘에 계신 우리 아버지, 아버지의 거룩한 이름이 빛나시며… 천국에 계신 아버지, 하늘에 있는 아버지의 이름이 거룩히….'

안심하려고 애쓰면서, 나는 마음속으로 제대로 알지도 못하는 주기도문을 외웠다. 나는 눈을 한 번 질끈 감았다 떴다. 그리고 강당에 운집한 여러 사람을 쓱 돌아본 다음 말했다.

"어, 저는 연구원 이수현이라고 합니다. 아, 다들 제 이야기보다는 SF 클럽이 궁금하시겠죠. 저, 저희 SF 클럽은…."

나는 침을 꿀꺽 삼켰다.

"연구소 직원 중에… 사이언스 픽션을 좋아하는 사람들이… 모여서…."

횡설수설, 중언부언, 서털구털, 어무윤척.

"고전 SF 소설들을 읽다 보면 실제로 현실에 이루어진 것들도 많이 있습니다. 그러니까 SF는 단순히 공상 과학의 영역이 아니라 창의적인… 아니, 그러니까… 예, 새로운 혁신을… 아시잖습니까? 그, 연구소에서 하는 연구라는 게 전혀 새로운 방법으로 접근해야 할 때도 있게 마련입니다. 그럴 때 SF 소설을 읽거나 영화를 읽어보면서 새로운 관점을… 어…."

내가 무슨 소리를 하고 있는 걸까? 근데 영화를 읽는 게 맞나? 나는 외치고 싶었다. 덕질에 생산적인 이유가 어딨어요. 그냥 재밌어서 하는 거지! 젠장, 제발 취미에서 생산성 좀 찾지 마. 휴식은 휴식답게 하고 싶어!

그 이후로는 대체 무슨 말을 했는지 정확히는 기억나지 않는다. 지금 생각해보면 일종의 최면 상태에 빠져들었던 것 같다. 나는 말 한마디 더듬지 않고 김강건이 쓴 여러 책을 하나하나 소개했다. 솔직히 말해서 그때부터 나는 내가 좋아하는 작가를 다른 사람들에게 영업하는 느낌을 받았던 것 같다. 알잖나? 오타쿠는 남들에게 자기 좋아하는 것을 영업할 때 모든 부끄러움과 사회적 맥락에서 초탈할 수도 있다는 것을.

몇 분 뒤 나는 무대 뒤편의 대기실로 도망치듯 들어왔다. 식은땀이 육수처럼 온몸에서 질질 흘렀다. 대체 무슨 말을 한 걸까 싶어 나는 마른세수를 잔뜩 했다.

곧 소장이 상당히 보기 싫은 표정을 지으면서 들어왔다. 그는 일종의 절정을 느끼고 있는 것 같았는데, 대체 그것이 어떤 절정 상태였는지는 전혀 추론하고 싶지 않다. 그는 내 어깨를 툭툭 치면서 말했다.

"회장님이 자네랑 따로 이야기를 해보고 싶대!"

문득 내 머릿속에 수많은 죽음의 이미지들이 스쳤다.

"예? 회장님요? 아… 부회장님이… 왜요?"

"그 SF 클럽 이야기가 너무 재밌다고, 따로 들려달라는 거야! 1시간 후에 귀빈층 라운지로 오라셔."

"와."

나는 와 한 글자만 내뱉고 얼이 빠져 소장을 바라보았다. 소장은 여전히 그 부담스러운 표정 그대로였다. 소장은 "그럼 잘해 봐!" 하는 말을 남기고 대기실 바깥으로 사라졌다.

나는 1시간 동안 SF 클럽 사람들이랑 대화방에서 이야기하면서 초조히 기다렸다. 셋 다 처음에는 내가 좀 이상한 농담을 하고 있거나, 아니면 가련하게도 압박감을 이기지 못하고 미쳐버린 것이라고 생각했다. 하지만 내가 꾸준히 진짜라고 말하니까 사람들도 조금씩 나를 믿기 시작했다. 비록 이모티콘과 글자로 이루어지는 이야기였지만, 나는 그 사람들도 이 급전개에 당혹해하고 있다는 것을 충분히 알아챌 수 있었다.

하지만 그들도 부회장한테 영업을 해본 적은 당연히 없었고, 우리는 1시간 동안 아무 영양가 없는 헛소리만 했다. 나는 5분을 남기고 귀빈층으로 향했다. 귀빈층은 52층짜리 호텔의 꼭대기에 있었다.

엘리베이터에서 내렸다. 척 봐도 고급스러워 보이는 장식들이 나를 반겼다. 내가 두리번대면서 앞으로 걸어가자 호텔 직원이 나를 막아섰다.

"초대장 좀 보여주시겠습니까?"

"초대장요?"

"네. 귀빈층은 초대장을 받아야 입장하실 수 있거든요. 아니면 혹시 등록이 되어 있으신지…."

"어… 저… 음… 부회장님이 여기로 오라고 하셔서."

"부회장님요? 어느 부회장님요?"

"그, 정대인 부회장님이…."

그 직원의 입가에서 비릿한 조소가 떠올랐다. 그도 그럴 것이 나는 식은땀을 줄줄 흘리고 있었던 데다가 몸에 제대로 맞지도 않는 펑퍼짐한 정장을 입고 있었기 때문이었다.

"아… 어… 음…."

나는 돌아서지도 못하고 그렇다고 직원을 밀치고 지나가지도 못하며 엉거주춤 서 있었다. 호텔 직원이 나를 바라보았다. 아니, 그는 나를 바라보고 있지 않았다. 나는 그의 새하얘진 얼굴을 보았다.

카랑카랑한 목소리가 들렸다.

"동아리 가입 조건이 그룹 직원이면 되는 거지요?"

나는 고개를 뒤로 돌렸다가 호텔 직원과 완전히 똑같은 표정이 되었다. 정대인이 나를 바라보면서 고개를 살짝 갸우뚱한 채로 서 있었다.

정대인이 당당히 내 쪽으로 걸어왔다. 나는 그와 함께 라운지 쪽으로 걸어갔다. 내 걸음걸이에 그렇게 온 신경을 다 쏟아부은 적은 처음이었다. 정대인은 곧 푹신한 소파에 앉아서 손짓을 했다. 나는 그 손짓에서 일종의 포스를 느끼고 주저앉았다. 그가 물었다.

"좋아하는 술이?"

"예? 저는 참이슬 레드에다가 하이트 맥주 타 먹는 거 좋아하는데요…."

그는 눈가를 찌푸리면서 입으로는 미소를 지었다. 나는 대체 그게 무슨 표정인지 짐작도 할 수 없었다.

"저번에 여기서 마셨던 걸로 가져와봐."

젠장! 어마어마하게 진부한 말인데 진짜가 하니까 다르구나!

수행원이 어딘가로 총총 걸어가더니 강렬한 디자인의 술병과 술잔 두 개를 들고 왔다. 그는 상당히 익숙한 자세로 병을 열더니 잔에 부었다. 황금빛 액체가 꼴꼴 흘러나왔다. 술에 별다른 조예가 없는 나였지만 냄새는 쉽게 맡을 수 있었다.

정대인이 술잔을 들어 한 모금 맛봤다.

"괜찮네. 아, 말 놔도 되지, 이수현 박사라고 했나? 내가 마흔다섯이니까 나이도 더 많을 테고."

여부가 있겠습니까.

"예."

"마셔봐."

나는 잔을 조용히 얼굴 쪽으로 가져가서 홀짝 마셔보았다. 으악, 처음에는 향수를 마시는 느낌이었다. 술에서 뭐 그리 냄새가 많이 나는지. 꼴깍 넘기자 목구멍에서 알코올의 매운맛이 확 차올랐다. 나는 잔을 놓고 콜록였다.

"잉, 좋은 술인데 맛을 잘 모르네."

"아… 예, 제가 입맛이 좀 싸서요."

나는 흐흐 소리를 내면서 웃었다. 농담이라는 뜻이었는데 정대인의 입꼬리는 조금도 올라가지 않았다. 나는 닥쳤다.

"그 SF 클럽 이야기 재미있던데, 이 박사가 쓴 책도 있는 거야?"

"앗, 아닙니다. 부회장, 어, 그러니까 동아리 부회장이 김강건이라는 사람인데요. 그분이 책을 써요. 다른 동아리 사람들은 보통 자문을 하고요."

자문은 무슨, 김강건의 내공은 몇 년이 지나도 따라가기 힘들 정도로 넓고 깊었다.

정대인은 담담히 고개를 한 번 끄덕이고는 술잔을 다시 들었다. 그 행동의 선 하나하나에서 귀족적인 분위기가 풍겼다. 내가 앉아 있는 소파는 대단히 푹신했는데, 어째 중세 유럽에서 직수입해온 끔찍한 고문기구 위에 걸터앉은 기분이 들었다. 다시 술을 한 모금 마신 그가 물었다.

"그래… 그 동아리에서 실질적으로 느낀 혁신적인 창의력이라든지, 뭐 그런 예시가 있어?"

"음… 저는 그 최근에 하는 게… 하이브리드 나노 입자를 이용한 약물 전달 시스템 효율 증진 방안에 관한 실험이었는데, 데이터 정리할 때…."

놀랍게도, 이번에는 정대인의 얼굴에 아주 잠시 멍한 표정이 지나갔다. 그는 금방 표정을 가다듬더니 말했다.

"나는 그쪽 공부는 해본 적이 없어서 무슨 말인지 잘 모르겠네. 혹시 쉽게 설명해줄 순 없어?"

"혹시 초임계 참기름 건 기억하시나요? 우리 연구소에…."

"아, 어. 알지."

"예. 어쩌면 저희 SF 클럽도 그 참기름 건 때문에 설립된 거 같은데요. 요즘 보니까 실제로 초임계 기술로 참기름을 뽑아서 파는 곳이 있더라고요."

"그런데?"

"그러니까, 저희는 제약에 치중하는 연구소니까 그 초임계 추출법을 식품 공학에 접목할 생각 자체를 못 했거든요. 사실 따지고 보면 이게 간단합니다. 우리가 어떤 물질을 높은 수율로 분리해낼 수 있는 기술을 가지고 있죠. 그런데 이 기술로 뭘 할 수 있을까 하는 질문을 던지면, 우리는 풀에서 약용으로 쓸 수 있는 물질 뽑을 생각을 하고, 어떤 사람들은 참깨에서 기름 뽑을 생각을 하는 거죠."

"라면에서 기름 뽑을 생각 하는 곳도 있더라."

"예?"

"다른 이야긴데. Z대에서 초임계 추출법으로 라면에서 기름을 쪽 빼다가 다이어트용이라고 팔더라. 잘나가는지는 모르겠는데."

그건 아주 작은 사업일 텐데. 정대인은 Z대를 계속 마음속에 두고 있던 걸까.

"아… 그거요. 네. 제가 보기에는 딱 3개월 치 수명이 남은 듯합니다…."

나와 정대인은 둘 다 흐흐 소리를 내며 웃었다. 참고로 그 예언은 정확히 맞아떨어졌다. 어쨌든, 나는 말을 이었다.

"하여튼, 발견에 대해 이론적 기반을 제시할 수는 없어도, 과학기술을 다양한 관점으로 바라볼 수 있게 도와주는 게 좋은 것 같습니다. 초임계 추출법이라는 기술이 있어도 거기서 어떤 생각을 할지는 다 다른 거니까요. 실제로 그렇게 도움을 받았습니다, 네.”

“좋네.”

“그렇게 생각하시다니 다행입니다.”

그리고 충격적인 발언.

“다음 모임은 여기서 해. 사람들 불러서. 내가 미리 말해놓을 테니까.”

“예?”

“내가 물어봤잖아. 그룹 직원이면 누구나 가입할 수 있느냐고. 한번 보고 싶은데. 싫어? 물론 내가 관심 있다는 건 당분간은 비밀로 해주면 좋겠는데.”

정말로, 오, 여부가 있겠습니까.

“아, 아닙니다. 네, 아, 물론이죠. 어, 지금 제가 너무 당황스러워서.”

정대인은 피식 웃더니 술잔에 남은 술을 싹 비웠다.

“미안한데, 바빠서. 둘러보다 가. 다음 주에 연락할게.”

그는 자리에서 일어났다. 수행원들이 그를 보조했고, 곧 그들은 사라졌다. 나는 떨떠름한 자세로 앉아 있다가, 테이블 위에 남은 술병에 적힌 이름을 인터넷에 검색해보았다. 오늘은 더 이상 놀랄 것이 없을 줄 알았는데 그 환상적인 가격에 나는 한 번 더 놀랐다.

동아리 사람들한테 어떻게 알려야 내가 미치지 않았다고 생각할지 나는 고민에 빠졌다.

*

“와, 우리 회장님이 R&D에 그렇게 돈을 부은 게 괜히 부은 게 아니네. 나 진짜 여기 뼈를 묻는다, 묻어.”

어차피 너무 오랫동안 연구소에 박혀 있어서 이제 다른 곳으로 옮기기도 힘들어진 전지영의 평가였다. 나는 정대인이 회장이 아니라 부회장이라는 사실을 지적할 수밖에 없었다.

내가 정대인 부회장을 만난 뒤로 열흘이 지났다. 사람들은 결코 내 말을 믿지 않았지만 정대인으로부터 사내 인트라넷 메일이 한 통 덜렁 오자마자 모두가 창백한 표정으로 고개를 끄덕였다. 도대체 무슨 옷을 입고 가야 하느냐, 거기서 무슨 말을 해야 하느냐 토론하는 데 다시 이틀이 걸렸다.

어쨌든 그날은 왔다. 우리는 이태영의 7년이 된 차(이태영은 그 차를 3년 동안 탔다고 했지만, 알고 보니 이미 4년의 연식을 가진 중고차를 산 것이었다)를 타고 서울로 향했다. 과속방지턱에서 튀어 올라 뇌진탕으로 실려 갈 뻔한 나는 투덜댔다.

“아니, 차 좀 바꿔. 무슨 4D 영화도 아니고, 이게. 결혼도 안 했으면서.”

“결혼을 안 하면 좋은 차를 타야 하나? 정작 이 박사도 미혼 아니야?”

“나야 직장 바로 옆에 사니까 차를 살 필요가 없지. 너는 서울에 집도 있는 부자면서….”

“괜찮아, 괜찮아.”

나는 계기판에 떠 있는 주행거리를 슬쩍 바라보았다. 13만 4,852킬로미터. 섬뜩했다.

"내가 안 괜찮아서 그러지! 너 얼마 전에 적금 만기 됐다며, 그걸로 뭐 했어?"

이태영이 입을 다물었다. 약간 어색한 침묵이 감돈 뒤에 내가 조심스레 물었다.

"너, 너 설마 그거 산 거야…?"

긍정으로 해석할 수 있을 정적. 나는 얼마 전에 그가 보내주었던 이베이 링크를 생각했다. 1만 달러에 달하는 실물 크기의 〈스타워즈〉 피규어. 그는 뒤늦게 〈스타워즈〉를 접하더니 완전 광신도가 되어서 〈스타워즈〉 굿즈들을 모으기 시작했다. SF 근본주의자인 김강건은 〈스타워즈〉는 스페이스 오페라지 SF가 아니라면서 혀를 끌끌 찼지만, 이태영이 실물 크기의 광선검 장난감을 들고 오자 김강건도 유혹을 이기지 못했다.

원래 오늘 우리는 잠시 빛나다가 금방 퇴물로 전락해버린 작가 몇 명에 대해 이야기하는 시간을 가지려고 했다.

나 같은 경우에는 심너울이란 작가를 이야기하고 싶었다. 그 작가는 2년 전에 작품 몇 개를 발표하고 나름대로 상도 받아서 뭔가 되나 싶더니, 그 후 내는 작품마다 혹평을 면치 못하고 이제 기억하는 사람이 아무도 없게 되었다. 이상하게도(그리고 슬프게도) 그 작가 글이 내 취향에 완벽히 맞았다.

그런데 정대인은 뭔가 관점의 획기적인 전환을 바라는 거 같았다. 취미로 즐기기도 하면서 경영에 쓸모가 있는… 그 앞에서 그런 어두컴컴하고 끔찍할 정도로 마니악한, 아니 오타쿠 같은 이야기를 하면 별로 좋은 인상을 남길 것 같진 않았다. 우리는 주제를 바꾸기로 했다. 한 10분 정도 이야기를 한 끝에 SF에서 묘사되는 여러 소재 중 하나를 잡고 현실에 어떻게 접목시킬 수 있을지를 논하기로 결정했다. 안전해야겠지.

호텔을 올라가는 내내 김강건이 옆에서 중얼댔다.

"나 이런 데 처음 와봐. 내가 살면서 가본 호텔이라고 하면 이름만 호텔이지 여인숙이나 다름없는 곳이었는데… 막 유명한 작가들 얘기들 보면… 마감을 어겨서 편집자가 이런 호텔에다가 집어넣고 글만 쓰게 시키는 걸 통조림이라고… 나도 누가 그렇게 통조림 좀 시켜주면 안 되나? 에휴, 이런 말을 해봤자…."

엘리베이터가 생각보다 너무 빨라서 김강건의 넋두리는 오래 이어지지 못했다. 곧 우리는 52층에 도착했다. 자연스럽게 내가 선두에 서고, 뒤에 움츠린 셋이 졸졸 따라오는 모양이 되었다.

저번에 보았던 수행원이 우리 앞에 섰다.

"오셨군요. 저기 앉아 기다리고 계시겠습니까?"

우리는 고개를 끄덕이고 원탁에 둘러앉았다. 아주 깔끔한 모양의, 살짝 딱딱해 보이는 의자에 앉았는데 이상할 정도로 편안해서 깜짝 놀랐다. 나는 수행원이 주는 와인을 맥주처럼 꼴꼴꼴 퍼마셨다.

약 10분 뒤에 인기척을 느꼈다. 누가 시키지도 않았는데 우리는 곧바로 기립했다.

익숙한 목소리가 들렸다.

"앉아. 뭘 부담스럽게."

정대인이 원탁 한쪽으로 걸어와 앉았다. 다른 셋이 눈치를 잔뜩 보기에, 내가 먼저 고개를 꾸벅 숙고 앉았다. 그들도 그제야 오금을 덜덜 떨면서 천천히 앉았다. 정대인이 시계를 들여다보니 말을 이었다.

"이야기를 좀 더 하고 싶지만, 일단 내가 시간이 많이 없어서, 50분 정도? 평소에 하는 대로 빠르게 해봤으면 좋겠는데."

김강건이 태블릿을 꺼내며 급히 나섰다.

"아, 네. 이번에는 제가 실제로 현실에 구현된 SF의 물건들을 살펴보기로 했습니다. 아무래도 공상이 실현된다는 점에서 가장 앞선 제품기획이라고도 할 수 있거든요…."

제일 먼저 나온 것은 〈스타트렉〉의 물질재조합장치였다. 분자 단위로 물질을 재조립해서 완전히 새로운 물건을 찍어내는 이 장치는 지금은 완전히 클리셰릭한 물건이었다. 정대인이 턱을 매만지며 물었다.

"그런데 이런 물건이 현실에 있어? 너무 미래 물건 같은데."

"예, 예. 물론입니다."

김강건은 빠르게 슬라이드를 옮기려다, 손을 벌벌 떨며 탭을 두 번 해서 슬라이드를 한 번 건너뛰었다. 현대에 상용화된 여러 3D 프린터들의 사진이 나타났다.

"그래도 재료가 되는 분자들로 어떤 물질을 찍어낸다는 아이디어 자체는 3D 프린터로 현실화되기 시작했습니다. 아직 물질재조합장치라기에는 한참 멀었지만 한 발짝 뗐다는 게 중요하죠."

김강건은 신이 났는지 말이 조금씩 빨라지기 시작했다. 그는 슬라이드를 다음으로 넘겼다. 나는 슬라이드에 뜬 사진을 보고 그만 나도 모르게 탄식하고 말았다.

"허…."

아니, 슬라이드에 뜬 것은 바로 오스쿠스의 경쟁사에서 만든 스마트폰 아닌가. 혁신적인 제품을 매년 발표한다는 상당히 긍정적인 이미지도 있지만, 동시에 혁신적인 마진을 추구한다는 악명도 있는(오명이라고는 말 못하겠다, 사실이니까), 알루미늄에 대한 어마어마한 애착을 보이는 미국 회사의 물건이었다.

정대인이 피식 웃었다.

"괜찮아. 나도 쓰는 폰들 중에 그거 있어."

그가 주머니에서 새하얀 휴대폰을 꺼내 보여주었다. 휴대폰의 뒷면에서 그 특징적인 로고와 추악하게 배열된 카메라 렌즈가 은은히 빛났다. 김강건은 안도의 한숨을 내쉬고 이야기를 계속했다.

요즘 스마트폰이나 노트북의 트랙패드 따위에서 사용되는 제스처를 통한 조작 방식은 사실 필립 K. 딕이 1956년에 쓴 단편 〈마이너리티 리포트〉에서 묘사된 것이다. 그 당시에 MIT에서도 연구하고 있었다고 말하면서 김강건은 덧붙였다.

"이렇게… 먼저 기술적으로 구현하고자 하는 도전이 있었던 것도 많았습니다. 하지만 분명한 것은 그런 SF 콘텐츠들 덕에 사람들이 차후에 등장할 기술에 좀 더 빠르게 익숙해질 수 있었던 거죠."

김강건은 침을 한 번 꿀꺽 삼키고는 말했다.

"사실, 다음 것도 경쟁사 물건이거든요."

그는 슬라이드를 넘겼다. 이번에 떠오른 것은, 누구나 척 보면 알 만한 아주 특징적인 외형의 무선 이어폰이었다. 나는 오스쿠스에서 내놓은 무선 이어폰을 생각했다. 그것도 품질이 나쁘지는 않았는데 아무래도 후발주자라 그런지 죽을 팍팍 쒔다. 뭐, 자주 있는 일이니까. 오스쿠스도 잘하는 건 아주 잘한다.

"이런 무선 이어폰과 비슷한 물건이 1953년에 《화씨 451》이라는 소설에 묘사됐습니다. 귀에 넣는 작은 라디오처럼 묘사되는데… 실제로 상용화되는 데 50년이 넘게 걸렸죠? 그래도 지금 정말 잘 팔리고 있고요."

모두 고개를 끄덕였다. 정대인은 정말로 흥미로워하는 것 같았는데, 나는 그에게서 먹잇감을 찾은 야수의 눈빛을 보았다.

김강건은 그 후로도 세 개 정도의 기술을 소개했다. 솔직히 말해서 나는 전혀 모르던 내용이었다. 몇 세기 전에 쓰인 《해저 2만리》에서 묘사된 잠수함이 현대의 디젤 잠수함과 그렇게 닮았으리라고 상상이라도 했겠나? 《2001: 스페이스 오디세이》에서 나온 수많은 전자 기기들이 지금의 디바이스랑 많이 닮았다는 사실도 재미있었고, 또 나온 〈마이너리티 리포트〉에 지금과 상당히 유사한 개인 최적화 광고에 대한 묘사가 있다는 것도 흥미로웠다.

김강건은 당연해 보이는 이야기에도 양념을 잘 치는 재주가 있었다. 하긴 그러니까 책을 팔아먹지. 마지막에 가서, 나는 박수라도 치고 싶은 심정이었다. 김강건 작가, 당신은 최고야! 책 사줄게! 몇 권이면 돼!

"재밌네."

정대인이 시계를 바라보면서 평했다.

"처음에는 무슨 이상한 말을 하나 한번 들어보려고 했는데, 듣다 보니까 설득력이 있는데? 마음에 들었어. 앞으로도 한 달에 한 번은 여기서 진행해."

정말 살다보면 상상도 못 한 일이 일어나는 것이다.

"나는 가볼 테니까, 온 김에 식사나 하고 가. 말해뒀으니까."

말을 끝낸 정대인은 뒤돌았다. 나는 그 뒤에 대고 말했다.

"안녕히 가십시오, 회장님."

정대인이 내 쪽으로 고개를 돌렸다. 그는 말 그대로 눈에서 레이저를 내게 쏘았다. 나는 그제야 내 말실수를 깨닫고, 산 채로 불타는 느낌을 받으며 창백해졌다. 근처 멤버들이 공포에 빠졌다는 것을 마주 보지 않고도 느낄 수 있었다. 이건 다 와인 때문이었다.

정대인이 천천히 입을 열었다.

"부회장. 회장님은 병원에 계시지."

그러고 나서, 그는 어딘가로 사라졌다. 우리 SF 클럽은 그날 호텔에서 처음 보는 술들을 잔뜩 먹으면서 흐드러지게 취했다. 나는 특히 많이 마셔야 했다. 내가 이렇게 말했다고도 한다.

"조금 전에 술 처마시고 실수한 거였는데, 또 술을 마시니 좋긴 좋아… 이래서 술을 끊어야 하는데 공짜로 주니까 또….”

그래, 나 술 마시는 것 좋아한다.

다른 멤버들이 날 애써 달랬다고 한다. 술 마시고 진상 부리기에 최악의 장소였다.

물론 식사와 술을 공짜로 제공해준다고 해서 숙박을 공짜로 제공해준 건 아니라서, 그날 밤 우리는 대리운전을 불러 이태영의 집까지 가서 자야 했다. 왜, 〈스타워즈〉 피규어 산 멤버 있잖은가.

이태영은 오피스텔에 살았다. 그런데 원래 옷방으로 쓰라고 만들어둔 방을 SF의 제단으로 완전히 전용해둔 채였다. 방의 중앙에는 등신대 크기의 다스베이더 피규어가 당당히 서 있었고, 방 한쪽에 서 있는 거대한 장식장에는 나도 도저히 다 알아볼 수 없는 수많은 피규어들이 늘어서 있었다. 물론 만화책과 책, 영화 블루레이 디스크도 어마어마하게 많았다. 우리 셋은 술과 잠이 확 깼다.

다음 날 소장은 식당에서 우리의 퀭한 얼굴을 보고 무슨 일이 있느냐고 물었다. 우리는 나이를 잊고 술판을 달렸다고 둘러댔다. 반만 거짓말이었다.

✶

언제까지고 SF에서 나온 물건들을 우려먹을 수는 없었다. 사실 김강건은 첫 발표에서 쓸 만한 소재를 죄다 가져다 썼다. 일단 SF 영화나 소설, 게임은 즐기는 것이지, 연구하는 것이 아니다. 가끔 현실과 결부되는 내용이 나오면 흥미가 동하긴 했지만 그것만 파고드는 것은 전혀 다른 일이었다.

SF에서 가장 잘나가는 분야가 무엇인가? 아예 독자적인 장르를 형성하게 된 시간 여행이 있을 것이다. 내 선언컨대, 시간 여행은, 결단코, 분명히, 확실히 실현될 수 없다. 만약 그게 진짜로 가능하면 전 재산을 연구소에 환원하겠다. 내 방에 있는 컬렉션을 모두 걸고 내기를 해도 좋다. 결국 이 장르란 취미의 한 종류였다.

그래서 우리는 방향을 좀 바꿔야 했다. 우리는 한 달에 한 번은 많이 쓰이는 SF의 소재를 하나 잡고 파헤치는 것이 좋겠다고 생각했다. 깊이 파고들면 소재 고갈 우려는 적으니까. 다음 달에는 내 전공을 살려서 나노봇을 소재로 삼아 내가 발표했다. 쉽게 이해할 수 있도록 김강건이 이야기를 이리저리 손봐주어서 정대인도 재미있게 들었다. 그다음에는 다시 김강건이 여러 가설적 생화학을 논한 SF를 이야기하고… 솔직히 말하자면 나는 정대인도 오타쿠 기질을 가지고 있지 않았나 싶다.

정대인 부회장은 우리에게 톡톡한 보상을 해주었다. 오스쿠스의 귀빈층 라운지를 마음껏 사용할 수 있게 된 것은 시작에 지나지 않았다. 우리는 동아리 지원금이 우습게 여겨지는 추가 인센티브를 받았다.

우리는 더욱 열심히 모임을 준비했고 6개월 정도 지났을 때는 본업보다 그 모임 준비에 충실했다. 우리의 만남은 완전히 비밀이었지만, 그가 살짝 부린 마법 덕에 우리의 업무 평가는 예전보다 훨씬 좋은 점수가 나왔다.

항상 찡그린 얼굴로 다니던 소장도 우리에게는 기를 펴지 못했다. 왜 그리 인상을 쓰고 다니는지, 나중에 알고 보니 자식이 프로게이머로 잘나가다가 도핑을 하고 대회에 나갔다는 게 들통이 나서 커리어가 박살이 났다고 했다. 무슨 도핑인가 했는데 집중력을 강화하는 ADHD 치료제였다.

우리는, 나도 믿기 힘들지만, 정대인과 사적으로 친해지기 시작했다.

뭐, 그렇다고 그가 술에 취해서 우리에게 깊은 비밀을 털어놓고 이랬다는 것은 아니다. 우리는 가끔 같이 영화를 보았고, 전화번호를 얻었다. 그거 아는가? 정대인은 정경유착 건으로 검찰에 출두했을 때 어느 기자가 찍은 사진을 프로필 사진으로 쓴다.

정대인은 SF에서 보았을 법한 이런저런 물건들을 현실화시키려고 무진 애를 쓰기 시작했다. 원래 아예 관심 밖이었던 3D 홀로그램과 증강 현실 장치 연구에 어마어마한 돈이 들어가기 시작했으며, 기초 뇌과학 및 신경과학 연구소에도 투자가 시작되었다. 덕분에 기초 신경과학 박사들의 숨통이 크게 트였다. 그 사람들은 우리에게 감사해야 한다, 정말로.

꿈만 같은 시간이었다. 인생을 이렇게 계속 살아도 나쁘지 않을 것 같았다. 우리의 만남이 1년 가까이 됐을 때는 내 인생이 그 행복한 결말을 향해 질주하고 있다고 느꼈다.

*

우리의 마지막 모임 주제는 전뇌였다. 평소 좋아하는 내용이라 발표하는 나도 들떠 있었다.

"예, 전뇌화요. 1995년 〈공각기동대〉라는 애니메이션서 나온 개념이죠. 혹시 영화도 보셨나요, 스칼렛 요한슨 나오는 거요, 부회장님? 영화는 진짜 끔찍한데, 만화는 재밌거든요."

정대인은 웃으면서 고개를 흔들었다.

"이름만 들어봤는데. 만화 한번 봐야겠네. 전뇌가 뭔데?"

"사람의 뇌를 컴퓨터랑 일체화하는 겁니다. 사실 이거를 우리 머리 안에 넣는 거랑 다를 바가 없죠…."

나는 주머니에서 휴대폰을 꺼내 들었다. 우리가 이미 휴대폰의 보조를 상당 부분 받고 있다는 뜻이었다. 모두가 그 비유를 곧바로 이해하고 고개를 끄덕였다. 내가 슬라이드를 넘겼다. 여러 만화와 영화에서 크롭해 온 사진들이 떴다.

나는 언제나처럼 술로 목을 축이면서 말했다.

"생각만으로 인터넷에 접속하고 우리 사고를 확장할 수 있다는 거죠. 사실 사이보그나 안드로이드에도 대단히 걸쳐 있는 이야기니까요. 그래서 철학적으로도, 과학 기술적으로도 대단히 흥미로운 이야기들이 많이 나와요. 사실 〈매트릭스〉와도 맞닿아 있지 않습니까?"

슬라이드에 〈공각기동대〉의 등장인물들 목덜미에 있는 플러그 연결 부위가 보였다. 〈매트릭스〉에서 등장인물들이 네트워

크 속으로 접속하기 위해 목덜미에다 선을 꽂는 장면을 보여주었다.

"아!"

정대인은 탄성을 내질렀다. 우리에게는 이미 진부한 내용이었지만, 정대인의 반응을 바라보는 게 재밌었다. 그는 빠른 속도로 오타쿠가 되고 있었지만 너무 바쁜 사람이었기 때문에 절대적으로 작품을 소화하는 속도가 느렸던 것이다.

정대인은 그 어느 날보다 더 집중하는 것처럼 보였다. 그는 아예 팔짱을 끼고 몸을 앞으로 쭉 내밀었다. 중간중간 "아!" 같은, 강연자가 제일 좋아하는 동조의 소리를 냈다. 나는 아주 신이 나서 말 속도가 아주 빨라졌다. 말을 하면서 목이 타서 와인을 계속 들이켰다. 꿀꿀꿀… 얼굴이 빨개졌다.

"그런데 현실에도 적용할 수 있어?"

내가 준비해온 것을 거의 다 이야기했을 때 갑자기 정대인이 물었다.

"어, 음."

아니, 나는 나노공학 전공인데? 나는 김강건에게 다가가서 속삭였다.

"당신 생물학 학사에 생화학 전공이잖아. 뭐라도 말해봐!" "아니, 나 신경생물학 학부 때 들은 게 다거든? 너도 그거 들었을 거 아냐?" "젠장, 나 C 받았단 말이야." "나도 고작 B인데…." "그럼 어쨌든 여기서는 제일 전문가인 거네!"

김강건은 가벼운 한숨을 쉬고는 일단 보험을 드는 소리로 말을 시작했다.

"아… 부회장님, 제가 이쪽 공부를 한 지 오래돼서 업데이트가 잘되진 않았는데요."

"김 작가 아는 내용만 간략히 말해봐. 어차피 전문적인 내용은 나도 못 알아들으니까."

"아, 네. 음… 예쁜꼬마선충이라는 선형동물이 있거든요. 이름이 예쁘죠? 유전학이나 신경과학에서 연구용으로 많이 쓰는 생물인데."

"왜 연구용으로 많이 쓰지?"

"아무래도 작고 구조가 단순하니까요. 신경세포가 몇 개가 있는지, 어떻게 연결되는지 정확하게 알려져 있어요. 성체가 되면 세포가 몇 개인지도 정확히 연구가 되어 있고요."

나도 예쁜꼬마선충이란 이름을 알았다. 맨날 지는 야구팀을 응원하던 친구가 틈만 나면 자기가 야구 또 보면 예쁜꼬마선충이라고 다짐하곤 했다. 그는 결국 예쁜꼬마선충이 되는 운명을 피하지 못했는데 지금은 어디 실험실에서 실험용으로 열심히 구르고 있을지는 모르겠다.

하여튼 김강건이 말했다.

"지금 얼마나 발전했는지는 모르겠지만, 한 4년 전쯤에 그런 연구를 본 적이 있거든요. 예쁜꼬마선충의 신경세포 연결을 컴퓨터에다 그대로 시뮬레이션하니까, 정말 현실에서처럼 움직인다는 거죠."

"그래? 그럼 뇌에 대해서 우리가 이해하는 게 생각보다 많은 거네?"

김강건은 고개를 절레절레 흔들었다.

"아닙니다. 신경세포가 어떻게 연결되어 있는지 아는 거랑 도대체 그게 어떻게 행동으로 나타나는지 원인을 아는 거랑은 크게 다른 거니까요. 여전히 신경세포의 자세한 기작은 미스터리의 영역입니다."

"더 아는 건 없고?"

"네."

김강건이 뒤통수를 긁으며 멋쩍게 웃었다.

"다음 주에도 모이자. 이것 좀 더 자세히 알아와. 재미있네."

"아, 네!"

김강건은 칭찬 스티커 다섯 장을 받은 아이처럼 해맑게 웃었다. 거기서 이야기가 끝났으면 정말로 좋았을 텐데… 그래, 여기서부턴 다 내 잘못이다. 떠올리고 싶지 않지만, 이야기를 이어나가야 하지 않겠나? 사실 나는 잘 기억이 나지 않지만, 멤버 한 명이 전해준 이야기다. 그러니 관찰자의 입장에서 말해보겠다.

내가 잔뜩 꼬부라진 혀로 말했다(고 한다).

"아, 회장님!"

수행원까지 포함해서 모두의 시선이 내게로 고정되었다. 나는 원탁에 몸을 기댄 채로 실실 웃었다. 이 미친 인간이 정신줄을 놓고 혼자 위스키를 반병이나 처마신 것이다(는 증언이다)! 자기가 좋아하는 주제를 부회장이 재밌게 들어줬다고 너무 들뜬 것이 아닐까 싶다.

멤버 한 명이 내 입을 막으려고 다가왔다. 그 순간까지도 오스쿠스 3대 회장 정윤형은 법적으로 살아 있었다. 3년 전까지만 해도 사람들은 정대인 앞에 서면 "회장님은 건강하시죠?" "회장님이 쾌차하시면 좋겠네요." 같은 식의 이루어질 수 없는 이야기를 하곤 했다.

하지만 이제 그런 말을 하기에도 벅찼다. 10년 가까운 세월 동안 미디어에 나타나지 않은 정윤형 회장은 아무리 긍정적으로 생각해도 지금 세상에 존재할 것 같지는 않았다. 어쩌면 그 껍데기가 여전히 숨을 쉬며 세상에 남아 있을까. 그러나 회장 이야기는 꺼내서는 안 됐다. 그것이 우리 놀이의 규칙이었다.

그리고 내가 그 굳건한 규칙을 거스르고 있었던 것이다. 젠장, 정대인이 너무 친근하게 느껴졌다. 결코 제대로 된 친구 관계를 함께 누릴 수 없는 사람이라는 걸 알고 있으면서도. 우리는 호모 사피엔스라는 정도만 같고 모든 것이 달랐는데!

"이 박사, 취했어!"

김강건이 덜덜 떨리는 목소리로 말하면서 몸을 팔로 감았다. 하지만 나는 어렵잖게 풀었다.

"야, 김 박사, 왜 이래. 나 안 취했어. 회장님, 완전 SF 오타쿠시다, 재밌으시죠?"

그때 김강건이 절망적인 기분으로 정대인을 바라보자, 그는 지금까지 단 한 번도 보인 적이 없는 표정을 짓고 있었다고 한다. 그러니까, 미간을 아주 크게 찌푸리고 있었다고. 어쩌면 당연한 일이겠지만, 정대인은 자기감정을 드러내지 않는 데 아주 능숙

했다. 그런 그가 표정에 그렇게 분노를 드러낸 것은 처음이었다.

김강건은 나를 포기했다. 실랑이를 해봤자 돌이킬 수 없는 선을 넘었다는 게 뻔했다.

정대인이 차가운 목소리로 말했다.

"어, 재밌네. 그런데 난 회장이 아닌데."

"어휴, 실실적으로 회장님이시잖아요, 흐헛헛!"

그리고 준엄한 심판이 내려왔다.

"저거 치워."

술 때문이라고 하고 싶지만, 나는 개소리를 멈추지 않았다. 내가 SF 세상에 살고 있는 것이 확실했다. 현실이라면 내가 개의 말을 그렇게 쉽게 늘어놓지 못했을 테니까. 곧 우리 동아리 사람들은 출구 쪽으로 질질 끌려 나갔다. 아니, 나만. 김강건과 다른 멤버들은 운명을 받아들이고 조신하게 출구 쪽으로 걸어갔기 때문에 수행원들은 나만 끌고 가면 되었다.

"회장님, 아부지를 살리고 싶으신 거죠? 아버지를 전뇌화시키면 계속 이야기할 수 있잖아요. 그럼 이야기도 할 수 있게 되고… 그게 법적으로 살아 있는 건지는 확실치 않지만… 뭐 어쨌든 살아 있는…."

마침내 한 수행원이 내 입을 우악스러운 손으로 틀어막았다. 나는 경악한 표정으로 애써 뒤쪽을 바라보았다. 수행원이 곧장 나를 예의 바른 자세로 만들어주었지만, 나는 아주 짧은 순간 볼 수 있었다.

핏발 서린 눈으로 뚫어지라 나를 쳐다보던 정대인의 얼굴이 내 기억 속에 확실히 남았다.

*

나는 내 앞에 놓인 어두운 운명을 직감하고 있었기 때문에, 다음 날 아침 위경련을 이유로 병가를 냈다. 거짓말이 아니었다. 어마어마한 스트레스를 예리하게 눈치챈 내 위가 곧바로 화답했기 때문이었다. 나는 오스쿠스의 라이벌 그룹이 재단으로 있는 병원 응급실로 실려 갔다. 그날 온종일 위경련과 막심한 스트레스 덕에 아예 제정신을 차리지 못하고 침대에서 뒹굴었다.

밤이 돼서야 정신을 좀 차렸다. 소주 네 병짜리 숙취와 비슷한 고통에 시달리면서 나는 휴대폰을 확인했다. SF 클럽 대화방에서 김강건은 요즘 전업 작가 일을 할 만한지 진지하게 알아보고 있다고 말했다. 나는 그 꼬라지를 보다가 내 위장의 주파수가 급격히 치솟는 것을 느끼고 휴대폰을 꺼버렸다.

우리는 대체 가능한 존재들이었다. 우리의 신분 이전은 아주 신속하게, 하루 만에 진행되었다. 오스쿠스의 관료조직이 그렇게 효율적일 줄이야. 그때까지는 전혀 몰랐다.

이태영은 엄밀히 말하면 오스쿠스 본사에서 연구소로 파견된 신분이었는데, 아예 소속된 법인이 달랐다. 그 덕분에 그는 가장 비참한 통보를 받았다. 중앙아시아 어딘가에 있는 오스쿠스 해외 지사의 휴대폰 직영점 점장으로 발령이 난 것이다. 항상 조용했던 전지영은 그나마 관대한 처분을 받아 제주도로 발령이 났다. 오스쿠스 바이오의 정규직 연구원이던 나와 김강건은 울릉도에 있는 해양과학 연구소의 부름을 받았다. 나는 오스쿠스가 울릉도에도 연구소를 가지고 있으리라고는 꿈에도 몰랐다.

사유는 명료했다. 근무태만. 정대인에게 보여줄 자료를 준비하던 우리의 모습은 누가 봐도 월급 강도였다. 소장은 내 컴퓨터에 저장된 인터넷 사용 기록을 보여주었다. 영문 위키피디아, SF 웹진, 소설 플랫폼, e-book 사이트… 할 말이 없었다. 우리 넷 모두 함께 사직서를 냈다. 김강건은 그동안 제련된 필력을 발휘해 사직서도 훌륭하게 잘 썼다.

내 잘못이었고, 얼굴을 들 수가 없었다. SF 클럽 대화방에서 튀어 나왔다. 나는 일주일 동안 아무 연락도 하지 않고 집에 틀어박혀서 그동안 밀려 있던 게임 두 개를 클리어했다. 나이가 들어서인지 게임도 예전처럼 즐겁지 않았다.

1년 동안 나는 저축해놓은 돈을 이리저리 까먹으면서 살았다. 연구원으로 별 욕심 없이 일하면서 많은 돈을 모았다고 생각했는데, SF 클럽에 있는 동안 덕질을 하느라 쓸데없는 소비를 한 것이 너무 많았다. 백수로 사는 마지막 4개월 동안 나는 이베이에 온갖 물건들을 올려야 했다. 값이 뛰어오른 물건들도 있어서 그나마 한숨은 돌렸다.

어쨌든 새로운 취미 덕에 심심하지는 않았다. 요즘은 SF 웹소설도 재밌는 게 많더라. 웹소설만 이리저리 둘러보면서 가끔 영화를 보는 정도로 철저한 소비자의 생활을 살았다. 생각해보니 정대인 덕분에 입맛의 기준이 쓸데없이 높아져서, 먹는 것과 마시는 것도 고급품을 찾게 되었는데 그 때문에 돈을 꽤 썼던 것 같다.

〈닥터 후〉의 마지막 타디스 피규어를 팔아넘기고 나서, 나는 일자리를 알아보았다. 자리가 없진 않았는데, 오스쿠스에 있을 때보다 훨씬 조건이 떨어지는 일자리들뿐이었다. 내 전공이 좀 특이해서 일자리 자체가 적었다. 나는 그제야 내가 얼마나 운이 좋았었는지 알았다. 그걸 뻥 차버린 건 나였지.

어쩔 수 없었다. 당장 통장이 신음하는 차였으니. 원래라면 전세를 벗어나 드디어 경기도에 내 집 마련을 할 생각이었는데, 직장이 없으니 대출도 안 되고. 여기저기 경력직으로 이력서를 뿌렸다. 당시에는 정말로 우울해서 내가 어떻게 살았는지 기억도 거의 나지 않는다.

며칠 뒤에 전화가 왔다. 면접 안내 전화인가 했는데, 전화기에 뜨는 이름을 보고 깜짝 놀랐다. 김강건이었다. 나 때문에 일자리를 잃었는데 내게 연락을? 허. 그는 나를 연구소 근처의 일식당으로 불렀다. 나는 좀 당황하였다가 일단 만나기로 했다.

1년 만에 우리는 연구소 근처의 일식당에서 가벼운 저녁을 들었다.

"김 작가, 그동안 어떻게 지냈어요? 미안하다는 인사를 했어야 했는데, 그러지도 못하고… 갑자기 상황이 그렇게 돼서."

"아뇨, 덕분에 저는 전업 작가로 지내고 있어요. 위기가 기회라고, 그 참에 꿈꾸던 걸 시도해보았어요. 저는 지금 살 만해요. TV에도 몇 번 나왔는데, 못 보셨어요?"

"아, 저는 TV를 안 봐서. 아직도 SF 쓰시는 건가요?"

김강건이 웃으면서 고개를 흔들었다.

"아니에요. 이제 그쪽 일은 안 하기로 했어요. 등단했거든요."

"등단을? 갑자기?"

"예. 그쪽도 생각보다 저한테 잘 맞더라고요. 장르든 순문학이든 결국 이야기인데 별다를 게 없다는 거죠. 사실. 거기는 사람이 많아서 또 생각보다 자유롭기도 하고. 재밌어요. 수입은 줄었어도 하고 싶은 일 하고 사니까."

나는 찬물을 한 모금 마시고는 고개를 끄덕였다. 그라면 잘해낼 것이다. 혹시 내가 정대인에게 삿된 소리를 한 죄로 우리 사는 곳이 아닌 땅의 발령 이상의 벌을 다른 사람도 받으면 어쩌나 했는데, 그 정도로 집요하지는 않은 모양이었다.

"그래도 그렇지, 김 작가, 완전 SF 오타쿠잖아요. 혹시 저 때문에 그만둔 거예요?"

"그건 아니에요."

"그럼 왜…?"

"흠, 409호 기억나세요?"

김강건은 질문에 질문으로 답했다.

"네. 우리가 쓰던 방이잖아요. 생체조직재생 지능형 나노봇 연구실."

"그 방. 이제 새 연구실로 쓴대요. 연구소에 새 파트가 생겨가지고. 부회장님이 시켜서…."

"그렇군요. 그런데 갑자기 왜요? 그나저나, 그건 또 어떻게 알아요?"

"그 안에 아직 있는 친구들한테 이야기를 좀 들었거든요. 자세한 건 아닌데, 큰 분야만 들어도 뭔가 섬뜩한 거예요."

나는 눈을 동그랗게 떴다.

"혹시 거기, 뇌과학이나 인지공학이나… 뭐 그런 거 해요? 뇌-컴퓨터 연결? 나 왠지 알 거 같아. 맞죠?"

김강건은 씩 웃었다.

"네. 저도 더 자세한 건 모르지만 말이에요. 정대인 회… 아니, 부회장이 그때 꽤 감화되었나봐요. 남아 있는 동료들은 정말 이상한 거 시킨다고 징징대는데, 나는 그게 뭔 줄 아니까 웃긴 거 있죠."

"그렇군요."

나는 고개를 끄덕였다.

"그러니까 갑자기 겁이 나는 거예요. 이거 계속 쓰다가…." 김강건의 목소리가 줄어들더니, 숫제 속삭이는 것처럼 느껴졌다. "혹시 회장, 아니 부회장이 나한테 사람 보내는 거 아닌가. 그래서 완전히 다른 걸 쓸 수밖에 없게 됐죠. 과학기술도 SF도 좋지만… 목숨이 더 좋죠. 아시겠죠?"

"에이, 아무리 그래도 목숨까지…."

"흠, 우리 부회장님이 그때 원한이 너무 깊어 보여서. 그때 표정을 보셨어야 했는데."

나는 기억이 났다. 우리는 더 이상 그 이야기를 하지 않았다.

곧 우리 대화는 뭐 어디 일할 데 없느냐, 사람 찾는 데 없나 하는 주제로 이어졌다. 다행히 평판이 꽤 좋던 김강건은 몇 군데 한번 찔러볼 만한 곳의 목록을 알려주었다. 나는 땅에 넙죽 엎드리다시피 하며 설설 기었다. 저녁 식사를 결제하고 나오면서 나는 커피도 마시러 가자고 제안했지만, 김강건은 고개를 절레절레 저었다. 그래서 나는 대신 제안했다.

"오랜만에 그 건물 좀 보고 싶은데, 같이 걸을까요?"

"예, 그러시죠."

우리는 말없이 걸었다.

나는 천천히 걷는 동안 휴대폰을 켰다. 가장 먼저 인터넷에 검색해본 김강건이란 이름을 검색해보았다. 진짜로 인터뷰가 있었다. 하지만 오스쿠스에 다녔던 과거에 대해서는 완전한 침묵을 유지하고 있었다. 동감이다. 솔직히 말해서, 나도 무섭다.

그러고 나서, 정윤형의 이름을 검색했다. 자동검색 추천으로 곧장 '근황'이란 단어가 그 옆에 따라붙었다. 나는 뉴스란을 탭했다.

정윤형 본인에 대한 기사는 아예 없었다. 검색 결과로 잡힌 기사들은 전부 정대인에 대한 기사였는데, 내용에 정윤형의 이름이 있어 검색된 것일 뿐이었다. 정대인이 경영 일선에 선 지 9년이 되었고, 정윤형과는 전혀 다른 경영 철학을 보여준다는 특집 기사가 보였다.

정대인 부회장은 최근 기조연설에서 신경과학과 인공지능이 오스쿠스가 노리는 새 시장임을 선언했다. 정 부회장은 오스쿠스 바이오에 대한 그룹 차원의 전폭적인 투자를 선포했으며, 향후 10년 동안 수도권에 10만 평에 다다르는 뉴로바이오 연구단지를 세우기로 약속했다….

나는 소름이 돋았다. 술에 완전히 정신을 놓은 상태에서 보았던 정대인의 핏발 어린 눈을 도저히 잊을 수가 없었다. 아니, 오히려 그 기억이 날이 갈수록 생생해졌다.

"익숙한 광경이네요."

김강건의 목소리가 들렸다. 나는 정신을 차리고 앞을 바라보았다. 연구소 대문이 당당히 서 있었다. 저 안으로 들어가려면 직원 ID 카드를 찍어야 한다. 나는 웃었다. 다시 돌아갈 시간이었다. 그는 나와는 다른 방향으로 간다고 했다. 나는 말했다.

"고마워요, 김 작가. 다음에 취업하면 한 턱 제대로 살게요."

"다시 볼 일은 아마 없을 거예요."

"그럼, 왜 부르셨어요?"

"하도 답답해서 누군가한테 한 번쯤은 말하고 싶었을 뿐이에요."

그는 그 말을 마지막으로, 천천히 도시의 거리로 사라졌다. 나는 연구소 대문 뒤로 삐죽 솟아 나온 연구소 건물의 위층을 보았다.

정말 저기서 정윤형을 컴퓨터로 옮기는 연구를 하고 있을까? 5년 뒤, 10년 뒤, 아니면 20년 뒤에 다 죽은 줄로만 알았던 정윤형이 갑자기 "내가 최초로 전자 회로 속으로 전입신고한 생명체요." 하고 나타나는 건 아닐까? 사람들은 어떻게 생각할까? 받아들일까? 그런 존재를 사람이라고 할 수 있나? 법적으로는 대체 어떻게 되는 거지? 정말로 상속세를 회피하고 오스쿠스 제국을 보호할 수 있을까?

나는 409호 내부를 상상했다. 당연히 내가 기억하던 그때와는 전혀 다른 모습일 것이다. 나는 그 차가운 연구실 중앙의 침대에 누워 온갖 생명유지장치를 주렁주렁 달고 있는 정윤형을 떠올렸다.

봄과 겨울의 경계, 싸늘함과 선선함 사이에 위치한 바람이 불었다. 나는 외투를 여몄다. 그래도 닭살이 돋는 것을 막을 도리가 없었다. 앞으로는, 취향을 좀 고쳐야겠다는 생각을 하면서 나는 집으로 걸어갔다.

저 길고양이들과 함께

주식회사 파도로지스틱스 국내물류부의 강태영 부장은 오늘도 회사에 밤 10시까지 남아 일했다. 5시쯤에 업무를 이미 다 끝냈지만서도. 6시 땡 쳤을 때 그가 슬슬 밖으로 나가줬으면 아랫사람들도 별 눈치 없이 퇴근할 수 있어 모두 기뻤겠으나, 사무실 사람들은 휴대폰으로 웹툰을 보고 있는 강태영의 눈치를 보면서 저녁 7시는 되어서야 나갔다.

강태영은 회사에서 밤까지 남아 나른히 시간을 보내는 것을 좋아했다. 사실 이 넓은 세계에서 그를 품어주는 안온한 공간은 파도재단 빌딩의 파도로지스틱스 국내물류부 사무실뿐이었다. 40대 후반의 그가 다른 사람들에게 충분히 관심을 받고, 비록 꾸며진 것일지언정 적당한 존경을 받을 방법은 회사에 박혀 있는 것 빼고는 없었다. 직원들이 자기 눈치를 보면서 퇴근을 늦추는 걸 보면서, 강태영은 자신이 중요한 존재가 된 거 같다는 생각이 들어 즐거웠다.

이왕이면 회사에서 잠도 자고 씻기도 하고 싶다는 것이 강태영의 바람이었으나, 파도로지스틱스는 밤 10시 이후까지 남아 근무하는 것을 허락하지 않았다. 그는 천근만근 무거운 발을 간신히 옮겨 차에 타고 자기 집으로 돌아갔다.

한때 강태영은 고급 브랜드 아파트에 살았지만, 이제 그가 사는 집은 평수도 가격도 훨씬 줄어든 오피스텔이었다. 현관문을 끼익 열고 들어가자 퀴퀴한 냄새와 차가운 공기가 그의 전신에 확 끼쳤다. 아무도 그를 기다리지 않았다.

오피스텔은 세 개의 방과 하나의 화장실로 된 구조였는데, 현관문으로 들어가면 작은 부엌이 가장 먼저 눈에 들어왔다. 싱크대에는 언제부터 쌓였을지 모를 설거지거리가 쌓여서 진득이 썩어가고 있었다. 포장이 찢긴 인스턴트 음식들에서 흘러나온 국물이 싱크대를 적셨다. 배달 음식 포장 상자가 여러 개 놓여 있는 식탁을 지나치면 가죽 소파와 커다란 벽걸이 TV가 보였다. 몇 년 전만 해도 강태영이 어마어마한 돈을 부었던 오디오 시스템도 있었다. 다들 이제 먼지가 두껍게 쌓였다.

강태영은 침실로 들어갔다. 이불이 어지러이 펼쳐져 있는 침대는 그가 집에서 쓰는 몇 안 되는 가구였다. 그는 옷을 벗어 옷걸이에 대충 걸어놓고 침대에 누웠다.

3년 전부터 강태영에게 집은 결코 평온한 공간일 수 없었다. 이혼 이후로 그의 일상은 급격한 속도로 망가졌다. 그는 태어나서 단 한 번도 집안일을 주도적으로 해본 적이 없었다. 심지어 라면도 제대로 끓일 줄 몰랐고, 세탁 후 옷을 말린다는 개념을 이해하지 못했다.

결혼 관계를 끝장내고 혼자 살게 된 지 3주 정도 됐던 어느 여름날 카페에서, 강태영은 대학 시절부터 쭉 혼자 살아온 친구 문성혁에게 한탄했다.

"아니, 화장실에서 샤워를 하는데 왜 자꾸 더러워지는지 모르겠어."

"락스랑 솔로 안 닦는다고?"

"어차피 샤워하면서 샤워기로 다 씻잖아. 물이 계속 나오는데 왜 그래야 해?"

오랫동안 사흘에 한 번은 반드시 화장실 닦는 버릇을 들였던 문성혁에게는 이만한 별세상 이야기도 드물었다. 문성혁은 약간 말을 더듬었다.

"그러면… 물때가, 물때가 끼잖아."

"물때?"

"어, 변기나 싱크대에 빨갛거나 까맣게 끼는 거 모르냐?"

"그게 물때야? 물에 때가 왜 있어?"

"아니, 물에도 여러 성분이 있잖아…. 미네랄이라든지. 증류수도 아니고. 그게 계속 쌓여서 끼는 거지. 또 곰팡이도 끼고."

"흠."

"50 가까이 나이를 처먹고 물때가 뭔지도 모르냐, 너는?"

강태영은 손을 내저었다.

"아니, 그런 걸 내가 어떻게 알아?"

"그럼 청소를 안 하고 살아?"

"그야 와이프가 해줬지…."

문성혁은 별말을 하지 않고 그를 빤히 쳐다보았다.

그 짧은 대화 후로는 강태영도 인간답게 살아보려고 노력했다. 그가 했던 집안일이라고 해봐야 분리수거 정도가 다였지만 이제 처음부터 끝까지 모두 스스로 해야 했다. 집을 아파트에서 훨씬 좁은 오피스텔로 옮긴 것이 그나마 다행이었다. 퇴근하고 돌아오면 일단 설거지를 하고, 어떻게든 먹을 수 있는 음식을 만들어보려고 노력하고, 일주일에 한 번 세탁기를 돌렸다.

하지만 그것도 딱 일주일이었다. 집안일을 시작한 강태영은 자신이 유기체임을 그 어느 때보다 절실히 깨달았다. 사람의 몸에서는 끝없이 먼지와 분비물이 발생했다. 해도 해도 끝나지 않고 새로운 일이 밀려들어 오는 집안일은 그 자체로 일종의 실존적 고뇌를 일으키는 특성이 있었다. 그는 한 번의 주말을 보낸 다음 전략을 바꾸기로 마음먹었다.

그 전략은 회사에 온종일 박혀 있는 것이었다. 회사에서는 그가 청소기를 돌릴 필요도 없었고, 화장실을 쓰고 난 다음에 뭐라도 닦고 나오지 않아도 됐다. 구내식당의 메뉴도 매일매일 바뀌었다. 가장 중요한 것은 회사만이 그가 유일하게 외롭지 않을 수 있는 공간이라는 사실이었다. 다른 직원들은 마음속으로 어떤 생각을 하든 강 부장을 대놓고 욕하지는 못했다. 회사 건물은 항상 쾌적했다. 강태영은 주말이 싫어졌다.

회사에 온종일 있고 집안일은 신경을 끄는 생활이 지속되니 집은 갈수록 사람 사는 곳과 대단히 거리가 멀어졌다. 주말의 식사는 배달 음식으로 때우고 청소는 달 단위로 한 번씩 가사 도우미를 부르고 말았다. 그런 꼴이 된 집에는 더더욱 돌아가기 싫었다. 집안일을 포기한 후로, 강태영은 주말만 되면 일단 집 밖으로 튀어나갔다.

목적은 어떻게든 여자를 만나보는 것이었다. 그는 나이가 좀 들어서도 관리를 꽤 괜찮게 해낸 문성혁의 뒤를 졸졸 따라다녔다. 문성혁은 그와 달리 결혼에는 실패했으나 연애는 곧잘 유지했다. 하지만 강태영은 이전 아내 이후로 새로운 사람을 만나는 데 계속 실패했다.

처음부터 끝까지 답이 없었다. 20대 후반부터 강태영의 머리카락은 허리케인에 휩쓸려 나가는 옥수수들처럼 속절없이 빠지기 시작해 이제는 드문드문하다는 단어를 제하면 딱히 그의 두발 상태를 표현할 말이 없었다. 배달 음식의 집중포화를 받은 몸통에는 군살이라고 하기에는 과도한 지방이 입주해 강태영의 죄를 증거했다. 담배와 자판기 커피에서 가장 불쾌한 것만 섞인 구질구질한 냄새가 그의 주변에 떠돌았다.

20년 넘는 세월 동안 재미 없이 살아왔던 그는 좋은 대화 상대가 되어주지도 못했다. 오디오 장비를 수집하는 취미가 있긴 했지만, 그 취미는 음악을 즐긴다기보다는 "내가 이렇게 비싼 장비를 살 여력이 있다."를 웅변하는, 공작의 깃털 가꾸기에 가까운 활동이었다.

공작의 깃털은 아름다우나, 음악만 들려주면 "소리가 왜 이래, 이건 장비의 질이…."라는 말부터 먼저 튀어나오는 그의 수집벽은 아름답지 않았다. 일요일 밤마다 그는 외로움에 푹 절고 술에 잔뜩 취해 퀴퀴한 집으로 터덜터덜 돌아왔다.

주변 사람들에게는 성격 차이로 둘러대곤 했으나, 20년 넘게 이어진 강태영의 결혼 생활이 파탄 난 이유는 섹스 문제였다. 강태영은 분명히 어디선가 남자의 성욕은 20대 때 절정을 찍고 빠르게 감소한다는 글을 본 적이 있었다. 하지만 그의 섹스에 대한 집착은 어째 그의 머리카락 수에 반비례하여 올랐다. 이혼 전에, 강태영은 퇴근하고 나면 소파에 누워 꼼지락대면서 거의 매일 아내에게 갈망을 풀어줄 것을 요구했다.

결혼 이후 쭉 가정주부로 살아온 강태영의 아내는 인질로 잡힌 셈이었다. 강태영이 욕망에 버금가는 소질을 가지고 있었다면 다행이었겠지만, 그렇지도 않았다. 그 재미없고 피곤하고 끈적한 섹스를 몇 년간 견딘 끝에 그의 아내는 이 모든 짓거리에 넌더리가 났다. 수많은 말싸움 끝에 아내는 강태영을 떠났고, 합의 이혼이 완료된 후에는 연락처도 바꿨다.

강태영은 이혼과 관련된 모든 서류에 서명할 때는 자신이 있었다. 그래도 나름대로 대기업인 파도 그룹에서 능력 있는 남자라는 평을 받고 있었고, 자산도 꽤 모아두었다. 그는 자신의 전 아내가 후회의 눈물을 흘리는 꼴을 보고 싶었다. 몇 개월 후에야 강태영은 그럴 일 없음을 절절히 깨달았다.

전 아내가 이혼 의사를 밝힌 뒤로 지금까지 강태영은 하루도 빠지지 않고 잠들기 전에 한 번은 꼭 자위를 했다. 오늘도 마찬가지였다. 몇 분 안에 일을 끝마친 그는 휴지를 변기통에다 버리고, 물밀 듯이 몰려오는 씁쓸함을 견디며 잠들었다.

*

아침 6시 20분, 알람이 울리기 전에 강태영은 눈을 떴다. 그는 조금 더 잘까 잠시 고민했다. 빨리 회사로 돌아가고 싶다는 욕망이 수면욕을 이겼다. 강태영은 화장실로 들어가 턱의 맨살을 면도기로 벅벅 문지르고, 비누를 샤워 타월에다 박박 비벼 거품을 냈다. 강태영은 비누 거품을 머리를 포함한 전신에 바르고 따뜻한 물로 온몸을 씻었다. 샤워를 끝마치는 데 10분이 채 걸리지 않았다.

강태영이 회사에 도착하자 7시 반이었고, 사무실에는 아무도 없었다. 그가 제일 일찍 도착한 것이었다. 그는 자기 자리에 앉아 컴퓨터를 켰다. 우선 스포츠 뉴스란에서 가장 연봉을 많이 받는 야구 선수의 어제 활약상을 확인하고 뉴스 속보란을 한번 훑어보았다. 수많은 기자들이 작고 불확실한 정보를 이리 부풀리고 저리 찌그러뜨려 전시하고 있었다. 그중 한 기사가 그의 눈을 잡아챘다.

'여성가족부, 중장년층 남성 1인 가구 상대 간담회 개최 발표.'

강태영은 기사를 클릭했다. 현대에 늘어나는 1인 가구 수에 발맞춰서 여성가족부 장관이 여러 1인 가구들과 대화를 나누는 간담회를 연다고 했다. 첫 타자는 중장년층 남성 1인 가구였는데, 자격에 맞는 30, 40대 남성이 신청하면 그중 한 명을 추첨해 몇 주 뒤에 간담회를 연다고 했다.

여성가족부라니! 여가부에 대한 강태영의 인식은 동년배 남성들의 인식과 전혀 다를 바가 없었다. 그러니까 여성가족부는 세금 도둑 중에서도 가장 그 규모가 커다란 악랄한 관료 집단으로, 한국에 끼치는 득이라고는 하나도 없이 해를 끼치기만 하는 곳 아니었는가?

"여성부가 드디어 일을 하네."

강태영은 낮게 혼잣말을 했다. 그리고 자신의 비참한 하루하루를 생각했다. 최소한의 집안일도 해줄 사람이 없는 삶. 강태영은 살면서 이렇게 집에 돌아가기 싫었던 적이 없었다. 중고등학생 때 별반 의미 없는 반항심 때문에 그런 적이 있긴 했지만, 지금처럼 집이 혐오스럽고 배타적인 공간이라고 생각한 적은 없었다.

강태영은 자기가 모범적으로 살아왔다고 확신했다. 중산층의 자녀로 태어났으나 상류층이 아닌 그로서 공짜로 얻은 것이라고는 단 하나도 없었다. 열심히 공부해서 서울 내의 괜찮은 대학교에 입학했으며, 경제 위기를 맞고 국가가 그 거대한 몸을 움직여 공중제비를 도는 와중에도 열심히 노력해서 다들 그 이름은 들어본 파도 그룹에 단박에 취업했다. 그가 그렇게 더러운 집에서 매일 밤 혼자 정액을 뿜으며 사는 것은 정의롭지 못한 일이었다. 가슴속에 깊이 울컥하는 기분이 치달아 올랐다.

동갑내기 여자의 1인 가구라면 어린 시절부터 쌓아온 생활력이 있을 터였다. 그보다 나이가 많은 사람들이라면 자식이 있거나 노인을 위한 사회 안전망이 있겠지. 20대 1인 가구는 아직 앞날이 창창하고 가능성이 넘쳐나니까 굳이 정부에서 무얼 해 줄 이유가 있겠나, 나이가 가장 큰 자산인데. 강태영은 살짝 감격했다. 마침내 정부가 가장 소외된 계층에 관심을 가지기 시작한 것이었다.

그는 평생 접속할 일이 없으리라고 생각했던 여성가족부 사이트에 접속했다. 켜켜이 쌓여 있는 공지사항의 지층 사이에서 강태영은 간담회 신청 방법을 발견했다. 강태영은 자기 신상정보와 현재 상황을 써 넣었다. 꼭 됐으면 좋겠다. 나 같은 사람들이 얼마나 힘들게 사는지 다 알려줘야지.

그때 사무실의 문이 열렸다. 강태영은 칸막이 너머로 빼꼼히 고개를 들었다. 사무실의 몇 안 되는 여성 사원인 임유정 대리였다. 강태영은 기침 소리를 한 번 냈다. 임 대리는 그를 보고 가볍게 인사했다.

"안녕하세요, 부장님."

"어, 그래. 식사는 했고?"

"예…."

임 대리는 대답을 얼버무렸다.

30대 초반의 임유정은 강태영이 이혼한 직후 그의 레이더에 들어온 적이 있었다. 강태영은 능력 있는 부장의 카리스마를 과시하면 사회생활을 시작한 지 얼마 되지 않은 임유정이 곧바로 자신에게 넘어오리라고 생각했다.

강태영이 생각한 카리스마란 타인들을 자신에게 굴종하도록 만드는 능력이었다. 회의에서 소리를 지르는 방법이 효과적이라고 생각했다. 동시에, 그는 임유정이 뭔가 말을 할 때는 최대한 웃는 모습을 보이고 조곤조곤한 대답을 들려주면 임 대리가 자신에게 넘어오는 것은 시간문제라고 생각했다. 안타깝게도 그런 일은 벌어지지 않았고, 강태영은 임 대리가 갈수록 말이 없어지는 것을 알았다.

강태영은 임 대리가 자신의 권위에 사랑보다는 경의를 느낀다는 결론을 냈다. 어쩔 수 없는 일이었다. 어떤 사람들은 동경과 사랑을 구분하지 못한다고 하지만 임 대리는 그런 유형은 아니었던 모양이었다. 그는 임 대리를 놓아주기로 마음먹었다. 그 이후로도 임 대리는 계속 조용했지만.

그리고 며칠 뒤에, 강태영은 여성가족부에서 메일을 받았다. 1인 가구 간담회에 초대받은 것이다.

*

어디 정부청사에서 할 것이라고 생각했던 간담회는 서울의 북쪽에 있는 한 공동주택에서 개최되었다. 강태영은 30분 정도 일찍 도착했다. 내부에선 여러 공무원들이 행사를 준비한다고 분주했다. 그는 안내받은 장소에 멍청히 앉아 여성가족부 공무원 중에도 남자가 있구나 하고 생각했다.

시간이 가까워오자 여러 사람들이 황급히 주택을 찾았다. 강태영은 그 사람들이 정해진 자리에 앉기도 전에 자기랑 비슷한 부류의 사람이라는 것을 깨달았다. 혼자 사는 중년 남자들은 대부분 어느 정도 관리가 안 되는 모습이었다. 아, 역시 나는 소외받는 계층에 있구나. 강태영의 가슴이 다시 한 번 뜨거워졌다.

사람들은 모인 채로 각자 자기 자리에 앉아 휴대폰만 쳐다보았다. 어떤 사람들은 게임을 하고 있었고, 뭔가 계속 휴대폰으로 스와이프하고 있는 사람도 있었다. 강태영은 그게 정확히 뭐하는 짓인지 보려고 멀뚱멀뚱 그곳을 쳐다보았다. 자세히 바라보니 그 사람의 휴대폰 화면에는 계속 새로운 여자 사진이 떴는데, 그는 사진을 자세히 확인하지도 않고 오른쪽으로 스와이프했다. '텐더'였다.

전 세계적인 소개팅 애플리케이션인 텐더라면 강태영도 물론 해본 적이 있었다. 문성혁이 텐더로 애인을 만났다는 이야기를 들은 날은 돌아와 그것만 켠 채로, 여성들이 나오는 족족 좋아요 신호를 보냈다. 정말로 단 한 번도 매칭이 이루어지지 않아서 처음에 그는 무슨 기괴한 버그라도 걸린 것 아닐까 의심했다. 사흘 동안 끝없이 실패한 뒤에 강태영은 앱을 지웠다. 아무래도 외적인 면만으로 사람을 평가하는 것은 좋지 않은 일이니까.

강태영은 부질없는 스와이프를 지속하는 그 남자의 얼굴을 살펴보았다. 그 또한 강태영과 다름없이 머리가 반질반질 빛나고 있었고 이목구비는 강태영 생각에는 자신보다 훨씬 못했다.

"찌질이 새끼."

강태영은 아무도 듣지 못하게 조용히 읊조렸다.

단정하게 옷을 차려입은 여자들이 들어와 장관이 입장한다고 알렸다. 모두 자리에 앉았다. 뉴스에서만 보던 장관이 방 안으로 들어왔다. 강태영은 장관을 유심히 쳐다보았다. 희끗희끗한 머리로 단발을 하고 있는 장관은 방송에서 볼 때보다 더 작아 보였다. 강태영은 여성 장관이 우리 같은 남자들을 지원해줄 생각을 하다니, 참 기특도 하다는 생각이 들었다.

"안녕하세요." 하고 인사를 한 장관은 지루한 이야기를 조곤조곤 말했다. 현대 가정의 변화에 대한 인구통계학적인 내용과, 왜 이 자리를 마련해야 했는지… 모두가 알고 있는 이야기였다. "그래서 이번 기회에 1인 가구로 살아가시는 사회의 구성원분들을 한 분씩 만나보고, 여러 의견과 현재 처한 고충을 청취해 다 함께 더 나은 사회로 나아갈 수 있도록 간담회를…." 지루해진 강태영은 다리를 꼬았다.

곧 줄지어 앉은 남자들을 위한 발언 시간이 왔다. 강태영은 주위를 둘러보았다. 가장 먼저 발언권을 얻은 사람은 조금 전에 텐더에서 공허하고 부질없는 스와이프를 하던 남자였다. 남자는 발언 시간 차례가 되자마자 거의 자리를 박차고 일어나는 듯한 자세를 취하면서 말했다.

"역시 밥을 먹을 때가 가장 외로운 것 같습니다."

"밥이오?"

장관이 되묻자 텐더남이 고개를 끄덕였다.

"네, 혼자 밥 먹으러 식당에 가면 식당에서 자리를 주지 않는 경우도 많아요. 그렇다고 우리가 밥을 해 먹을 수 있는 것도 아닙니다. 제가 5년 전에 이혼했는데, 그 이후로도 집안일이 잘 손에 안 익어요."

줄지어 앉은 남자들이 모두 고개를 끄덕였다. 장관은 수첩에다 무언가를 써 넣었다. 조금 전에 모바일 게임을 하고 있던 남자가 끼어들었다.

"맞아요. 저는 그래도 가끔 집에서 요리해 먹으려고 하는데, 이게 양파나 마늘 같은 건 한 묶음으로 팔아서 한번 사면 반은 싹이 나서 버리게 된다니까는."

"그래요. 그리고 우리 남자들이 평생 요리를 배울 기회가 얼마나 있겠습니까."

텐더남은 신이 난 채로 계속 말했다.

"여자들은 그래도 집안일을 할 줄 아니까 차곡차곡 하고 그러죠. 우리는 그런 게 하나도 안 되거든요."

"남자들은 본능적으로 누군가 돌봐줘야 살 수 있는데 그런 게 없으니까 삶에 어려움이 크죠."

모바일 게임남이 다시 나섰다. 강태영은 속이 다 시원했다. 조금 전에는 그냥 다 찌질한 놈들이라고 생각했는데, 이거 들어보니까 다들 맞는 말만 하는 사람들 아닌가. 모바일 게임남이 발언을 마치자 강태영은 번개같이 끼어들었다.

"공동체 밖에 있는 남자들의 슬픔과 외로움이 얼마나 큽니까? 또 남자들의 생리적인 문제도 있잖습니까? 그 도봉산에 보면 얼마나 등산객들이 많습니까. 그런데 거기 끼는 남자들 99퍼센트는 여자 만나러 오는 것 아니겠습니까?"

강태영이 이야기하자 같이 앉아 있던 남자들이 모두 깔깔 하고 웃었다. 그 외의 모든 사람들은 무서울 정도의 무표정을 유지했으나, 강태영은 사람들의 호응을 보고 자신감을 얻었다.

"다들 웃으시지만 이게 사실이지 않습니까? 남자한테 그런 근본적인 외로움이 있다는 거 말입니다. 돌봄 문제도 문제지만 정부에서 그런 거에 대한 지원을 좀 해야 하지 않나, 남자가 여자들을 떳떳하게 만날 수 있는 그런 행사라든지, 아니면 그런 욕망을 해결할 방안을 정부 차원에서 생각해야 하지 않나 해요."

다른 모든 남자들이 "맞아, 맞아." 하면서 고개를 끄덕였다. 작게 박수를 치는 사람도 있었다. 강태영은 굉장히 뿌듯하고 배쪽이 뻐근해, 상당히 기분이 좋았다. 장관은 무표정하게 그를 바라보았다.

곧 또 다른 이야기가 뒤따랐는데 그것은 경제적인 어려움에 대한 내용이었다. 하지만 강태영에게는 별반 흥미롭지 않은 이야기였다. 어쨌든 대기업에서 부장 노릇 하면서 먹고사는 그에게 경제적인 문제는 거의 없었기 때문이다. 잠시 주인공 노릇을 한 그는 다리를 달달 떨면서 이야기를 흘려들었다.

1시간 정도 이야기가 오간 뒤에, 어떤 시민단체에서 왔다는 사람이 1인 가구들이 급증하고 있다는 사실을 정부에서 외면하지 말았으면 한다고 말했다. 장관은 "잘 들었습니다." 하는 한마디를 한 다음에 말했다.

"특히 처음에 얘기하신, 강태영 씨의 남성의 근본적 외로움에 대한 이야기를 잘 들었습니다. 그런 개인의 욕망 같은 경우는 아무래도 민감하고 사적인 문제다 보니까 정부에서 어떻게 지원할 방법이 없었는데, 이른 시일 내에 해결책을 고안해보도록 노력하겠습니다."

강태영은 귀를 의심했다. 장관이 그의 이름을 불렀을 뿐만 아니라 그의 이야기에 공감한다고 이야기하고 있었다. 사실 그는 조금 전에 말하면서도 장관이 흘려들을 거라고 확신하고 있었다. 뭐랄까, 짓궂은 청소년 시기에 근처에 여자가 있다는 걸 뻔히 알면서도 크게 더러운 말을 외치던 그런 장난 같은 이야기라고 생각했다. 그런데도 장관은 고개를 끄덕였다.

그는 행사가 끝나고 편의점에서 맥주 네 캔을 사서 바깥 파라솔에 앉아 마셨다. 그는 도대체 여가부에서 어떤 지원안을 내놓을지 기대했다. 성매매의 양성화일까? 에이, 아무리 그래도 그건 아닐 것 같았다. 아니면 한국 정부 차원에서 지원하는 텐더 비슷한 무엇일까? 정부에서 주관하는 데이팅 앱이라니 그것 참 재미있을 것 같았다. 강태영은 자기가 역사를 바꾼 남성 투사라는 생각이 들었다.

강태영은 술에 취한 채로 도무지 들어가기 싫은 집에 간신히 돌아갔다. 한 달 넘게 박혀 있던 설거지거리에서 이제 초현실적인 냄새가 나기 시작했다. 그는 그릇들에서 물을 따라내고 새 물을 붓고 침실로 들어갔다. 술에 취한 채였지만 잠들기 전에 항상 하는 일과도 놓치지 않았다. 짧은 오르가슴의 순간에 그는 곧 이제 이런 거 안 해도 된다는 확신에 기뻤다.

그리고 며칠 뒤에 강태영에게 여성가족부에서 새로운 메일이 왔다. 이번에 새로 남성의 생리적 외로움 해결을 위해 진행하는 프로젝트에 참가해보지 않겠냐는 내용이었다. 첨부 파일에는 뭔가 복잡한 내용이 있었지만 강태영은 읽지 않았다. 대신 이 모든 믿기지 않는 행운에 쾌재를 부르며, 제의를 수락했다.

*

이번에 강태영이 불려간 곳은 서울의 한 의대였다. 의대 옆에는 커다란 병원이 있었다. 커다란 강당에 강태영을 포함한 열 명의 남자들이 서 있었다. 다들 어느 정도 결의를 다진 표정이었다. 강태영은 그중 한 명을 알아보았다. 저번에 본 텐더남이었다. 강태영은 텐더남에게 다가갔다.

"어, 저 아시죠."

텐더남은 고개를 끄덕였다.

"오, 우리 영웅이시네. 오실 줄 알았어요."

"영웅이오?"

"예, 그때 외로움 이야기해서 여가부가 이런 프로젝트도 하고, 영웅이시죠."

강태영은 어깨를 으쓱했다.

"영웅일 것까지야. 모든 남성들을 위해 기꺼이 연대한 거지."

둘은 큰 소리를 내며 웃었다. 강당에 소리가 메아리쳤다. 곧 여러 병원 스태프들이 강당으로 들어왔다. 한 스태프가 강태영에게 다가와 인사했다.

"안녕하세요."

"어, 네, 안녕하세요."

"여성부가 이번에 하는 뉴터 포 맨 프로젝트에 참여 의사 밝히셨죠. 그게 간단한 시술이 동반되는 거라서 각 분마다 상담하고 서명받아야 하거든요."

"아, 네."

"그럼 상담실로 따라오시겠어요?"

"아, 예."

강태영은 스태프 뒤를 졸졸 따라갔다. 스태프는 강태영을 병원 안으로 안내했다. 곧 그는 4층에 있는 비뇨기과 교수의 사무실에 도달했다. 스태프는 사무실 문을 열고 강태영에게 손짓했다. 강태영은 그 안으로 들어갔다. 교수가 그를 바라보았다. 교수는 40대의 여자로 보였다.

"아, 국가에서 강화 시술을 다 해주는구나."

강태영은 혼잣말하면서 방 안으로 들어갔다. 그가 생각한 강화 시술은 성기 확장술이었다만, 왠지 입 밖으로 내면 교수에게 성희롱으로 받아들여질 것 같았다. 그래서 그는 강화 시술이라는 애매한 단어를 택했다.

"아, 네, 맞아요. 여가부에서 설명은 다 들으셨지요."

강태영은 여가부에서 보낸 메일에 여러 첨부 파일이 있던 것을 떠올렸다. 사실 읽어보지는 않았지만, 뭐 뻔한 내용 아니겠는가. 그는 고개를 끄덕였다.

"예."

"그러시군요. 이게 대단히 안전한 수술이긴 한데요, 그래도 성기에 하는 거다 보니까 지방 색전 같은 부작용이 있을 수도 있고, 또 전신 마취도 하고 해서 약간의 위험은 있거든요. 그리고 회복 기간이 3주 정도. 그리고….”

강태영은 교수가 무슨 어려운 말을 하는 동안 정력남이 된 자기 모습을 상상했다. 곧 교수가 책상 위로 수술 동의서를 내밀었다. 강태영은 웃으면서 곧바로 서명했다.

“고질라를 잡으려면 고질라 굴에 들어가야 하는 것 아니겠습니까? 오늘 바로 받을 수도 있습니다.”

그는 나름대로 웃긴 말을 떠올렸으나 교수는 무덤덤한 표정으로 고개를 끄덕였다.

“그러면 곧바로 진행하는 걸로. 마침 딱 예약이 없어서 지금.”

강태영은 빙그레 웃었다.

스태프의 안내를 받아 입원 수속 등을 끝마친 강태영은 몇 분 뒤에 수술 침대에 누워 있었다. 몸에는 여러 환자감시장치가 덕지덕지 붙은 채였다. 수술에 드는 모든 금액은 여성가족부에서 완전히 지원한다고 했다. 그는 정말 오랜만에 자신이 낸 세금이 잘 쓰이고 있다고 생각했다.

그… 성기 확장술을 받으면 없던 자존감도 다시 생겨날 거라는 확신이 있었다. 원래 거기가 큰 사람들이 자신감도 커다랗지 않은가? 강태영 근처로 여러 사람이 몰려 있었다. 조금 전에 본 비뇨기과 교수도 있었고 마취의도 있었다. 비뇨기과 의사는 말했다.

“정말 괜찮으신 거죠?”

아, 이게 마지막 관문이구나. 강태영은 “예!” 하고 크게 대답했다. 곧 어떤 사람이 그의 입에 커다란 마스크를 씌웠다.

“심호흡하세요. 강태영 씨. 강태영 ㅆ….”

강태영은 순식간에 정신을 잃었다. 그는 아무런 꿈도 꾸지 않고 완전한 무의식 속으로 빠졌다.

강태영은 몇 시간 뒤에 정신을 차렸다. 눈부신 빛이 눈꺼풀 틈으로 쏟아졌다. 몸을 움직여 아래를 만져보고 싶었지만 몸이 말을 듣지 않았다.

빛 다음으로 찾아온 것은 고통이었다. 아랫배에 끔찍한 격통이 찾아왔는데, 고환을 강타당했을 때 느끼는 아픔과 정확하게 똑같았다. 누가 배의 장기를 하나씩 꺼내 불로 지지는 고통이었다. 고통 다음으로 찾아온 것은 소리였다. 그는 자기 말고 또 다른 사람이 자신과 비슷한 소리를 내고 있는 것을 들었다. 텐더남의 목소리였다. 텐더남이 먼저 그의 목소리를 알아챘다. 텐더남이 그에게 물었다.

“으어어… 깼어요…?”

“악… 예….”

“으… 내가 좀 더 빨리 깼네… 씨발, 뭐가 이렇게 아파….”

“서…성기 확장술이니까 아프겠죠….”

“예? 확…억…장술이오?”

텐더남이 되물었다.

“네. 크…기 늘려주는 거 아니었어요?”

강태영이 말하자 텐더남은 침묵했다.

곧 간호사들이 방으로 들어와 뭔가 만지작거렸다. 아랫배의 화끈한 통증이 조금씩 잦아들었다. 텐더남의 신음도 같이 줄어들었다. 강태영은 텐더남에게 "자요?" "저기요?" 하고 물어보았지만 대답은 돌아오지 않았다.

"아랫도리랑 귀 만지시면 안 되고요, 소변줄이 연결되어 있으니까 볼일은 그냥 보시면 됩니다."

그 이야기를 듣고 강태영은 다시 잠들었다.

다시 일어났을 때는 배가 아프지 않았다. 일어나서 느낀 것은 찝찝함과 가려움이었다. 특히 사타구니랑 왼쪽 귀가 굉장히 근질거렸는데 긁지 못해서 아쉬웠다. 그는 텐더남이 부스럭대는 소리를 듣고 소리쳤다.

"깨 있어요?"

"예."

단조로운 소리가 들려왔다. 귀신이라도 지나간 것처럼 침묵이 흘렀다. 그때 텐더남의 목소리가 강태영에게 들려왔다.

"그런데 이걸 성기 확장술인 줄 알았다고요?"

"예, 아니에요? 그럼 뭐, 정력 강화 시술, 이런 건가?"

다시 몇 초간의 버퍼링 후에 텐더남이 말했다.

"무슨 말이에요, 이거 중성화 수술이잖아요."

"예?"

"거세라고요, 거세. 메일에 다 적혀 있었잖아요."

"뭐라고?"

강태영은 가슴이 덜컹하는 느낌을 받았다. 텐더남은 그의 목소리가 떨리는 걸 눈치채고 조용조용 말했다.

"의사가 말 안 해줬어요?"

"그… 그랬나?"

"말해줬겠지. 그런데 정부에서 남자의 생리적 외로움을 해결해준다고 하면 대충 뭔지 뻔하지 않아요?"

"아니, 어떻게 거세가…."

"에이, 이게 가장 확실한 방법인 거 알잖아요. 쓸데없는 욕망을 완전히 지워주고 얼마나 좋아요. 저도 소개팅 같은 데에 쓸데없이 집착했었는데, 정부 덕분에…."

강태영은 더 이상 텐더남의 말을 듣지 않았다. 그는 힘이 잘 들어가지 않는 손을 움직여 사타구니 쪽으로 갖다 댔다. 압박 붕대가 칭칭 감겨 있었다. 그는 그 붕대 위로 살짝 힘을 주어보았다. 느껴지지 않았다. 분명히 음경 자체는 남아 있는 것 같았다. 하지만 남성호르몬과 정자를 생성하는 두 개의 작고 동그란 내장이 담긴 쭈글쭈글한 주머니가 전혀 느껴지지 않았다.

그는 귀를 만지지 말라던 간호사의 말을 떠올렸다. 그는 양손을 각 방향의 귀에 다급히 갖다 댔다. 왼쪽 귀의 윗부분이 잘려나가 있었다.

강태영은 천장을 보고 길게 울부짖었다.

✶

강태영은 한 달의 병가를 냈다. 첫 2주간 침대에 걸터앉아 그는 말도 못하게 공허했다. 머릿속의 욕망이 갑작스럽게 지워졌고, 그 커다란 빈 구멍을 아무것으로도 채우지 못했다. 그는 원래라면 섹스 생각을 했을 순간순간에 무슨 생각을 해야 할지 도저히 감을 잡을 수가 없었다. 그래서 강태영은 그냥 멍하니 시간을 흘려보냈다.

텐더남은 놀랍게도 그 상황에 만족하는 것 같았다. 애초에 텐더남은 마음의 준비를 하고 왔다고 했다. 그리고 간담회에서도 말했지만, 자기는 지나친 욕망 때문에 일상생활이 불가능했다고 선선히 말했다.

"여자만 보면 자고 싶다는 생각밖에 안 드는데, 이게 진짜 이래도 되는 건가 싶었죠. 세상의 반이 여잔데 그 사람들 보면서 침 질질 흘리는 거밖에 못 하면 진짜 내가 사람인가 싶더라고요. 그럴 때 딱 여가부가 좋은 제안 해준 거죠. 강 선생님이 그때 나서서 말해주셔서 정말 고마웠는데. 부끄럽잖아요."

"아니, 내가 말한 건, 그게 아니었다고!"

하지만 그렇게 말하면서도 강태영은 자신보다는 텐더남이 그나마 고귀한 인간이라고 마음 깊은 곳으로는 인정했다. 강태영은 이제 다시는 느낄 수 없을, 사정 후의 어마어마하게 씁쓸한 순간을 기억했다. 중성화되기 전에는 필연적으로 괴로울 것을 알면서도 그 사정의 순간을 끝없이 좇았다. 거기서 풀려나기로 한 텐더남은 차라리 의지가 있는 사람이었다.

하지만 강태영은 그럴 의지가 없었다. 멍하니 시간을 흘려보내다가 갑자기 왈칵 눈물이 흐르기도 했다. 그러면 강태영은 창밖의 하늘을 바라보면서 몇 시간이고 줄줄 울기만 했다. 그리고 이상할 정도로 단것이 당겨서 매일매일 초코파이를 두 박스씩 먹어치우곤 했다. 하지만 초코파이와 우유로도 채울 수 없는 커다란 구멍이 그의 마음속에 뚫렸다. 다시는 이전과 같을 수 없을 것 같았다.

실제로 다시는 이전과 같을 수 없게 되었지만, 퇴원하기 일주일 전부터 그의 정신은 조금씩 나아졌다. 중성화 수술을 집도한 비뇨기과 교수는, 강태영은 못 들었던 고지대로 정자를 채취해 얼려두었다고 말했다. 여전히 마음속 한구석이 빈 느낌이긴 했지만, 강태영은 이전에는 몰랐던 평화를 조금씩 느끼기 시작했다.

남근의 숙주로 살지 않게 된 해방감이었다. 강태영은 병실에서 나간 후 인터넷에 거세 관련 키워드를 닥치는 대로 찾아보았다. 몇 가지 좋은 소식이 있었다. 거세한 수컷은 평균 수명이 길다는 말도 있었다. 고기에서 냄새가 나지 않는다는 말도 있었는데 이것은 몸에서 아저씨 냄새가 나지 않는 거랑 같은 말로 해석할 수도 있었다.

또 밤마다 자위를 할 필요가 없다는 것이 강태영에게는 색다른 충격이었다. 그는 회복 기간 동안 몸에 이전과는 다른 활기가 찾아오는 것도 느꼈다. 물론 적당한 횟수의 섹스가 육체 건강에 긍정적이라는 사실을 그도 알고 있었다. 하지만 시도 때도 없는 자위는 결코 건강에 좋지 않았던 것이었다.

퇴원한 뒤로 그는 이런저런 취미를 찾아다녔다. 성욕이 없으니 그 빈 시간을 더 재미있는 활동으로 보내려고 할 유인이 생겼다. 항상 잠만 자고 있을 수는 없으니까. 강태영은 테니스 동아리 하나에 가입했고, 아주 옛날에 언뜻 관심이 있었지만 도통 읽을 용기를 내지 못했던 고전 문학을 본격적으로 읽기 시작했다. 청소와 설거지도 마침내 제대로 하게 되어 집이 수년 만에 사람 사는 꼴이 되었다. 거기다 머리카락도 조금씩 재생됐다.

시민 모두에게 열린 동아리였지만 테니스 동아리 사람들은 웬 머리 벗겨진 아저씨가 들어오는 것을 별로 좋아하지만은 않았다. 외관으로 사람을 평가하면 안 된다지만 사람들 마음속 깊은 곳에 자리 잡은 편견 혹은 경험을 완전히 제거할 수는 없었다. 하지만 그가 처음으로 코트에 나왔을 때 여자들은 그의 왼쪽 귀 위쪽이 잘려나가 있다는 것을 보고 안심했다. 강태영이 퇴원하고 나서 정부에서 왼쪽 귀가 잘려나간 것이 무슨 뜻인지 대대적으로 광고하기 시작했기 때문이었다. 어떤 사람들은 중성화 후에 귀를 굳이 잘라낼 필요가 있는지 의문을 표했다. 정부는 중성화 프로젝트를 대중에 공개하고 난 뒤로, 피시술자에게 귀를 조금 잘라낼지 보존할지 선택할 수 있도록 했다.

하지만 그 길을 택하는 많은 사람들은 그냥 왼쪽 귀를 조금 잘라내는 안을 택했다. 왼쪽 귀의 위쪽이 조금 잘려나갔다는 것은 확실한 안전의 표식이었다. 귀 잘린 남자들은 자기만 웃긴 성희롱을 하지 않았으며, 놀랍게도 섹스가 아닌 다른 것에도 풍부한 관심이 있는 재미있는 사람들이었던 데다가, 자기 힘으로 다른 사람들을 억압하는 개새끼도 아니었다. 사실 고환만 거세당한 상태라 섹스도 마음만 먹으면 충분히 가능했던 데다가 정자를 따로 채취해 얼려두었으니 번식도 가능했다. 2, 3주간의 어마어마한 공허감만 참아내면 남자와 그 근처 사람들 모두가 행복했다. 향후에 귀만 잘라내고 다른 사람들에게 접근하는 악당들이 사회 문제가 되었으나 그건 또 다른 이야기였다.

✴

퇴원 후 강태영은 조용히 파도로지스틱스를 계속 다녔다. 그는 예전 버릇이 남아 있어 일찍 출근했으나, 이제 취미 덕에 오후 6시에 칼같이 퇴근했다.

임유정 대리는 병가를 끝내고 돌아온 강태영의 변화를 순식간에 눈치챘다. 강태영이 병가를 끝내고 출근한 첫날, 임 대리는 강태영이 출근한 직후에 사무실에 들어왔다. 사무실 문이 살짝 열려 있는 것을 보고 강태영이 돌아왔다는 것을 직감했다. 그 인간이 돌아왔으니 이제 좋았던 때는 끝났구나 생각했다. 그러면서 문을 열었고, 임 대리는 평생 처음 기적을 목도했다.

임 대리는 왼쪽 귀가 살짝 잘려나간 강태영이 사무실을 청소하고 있는 모습을 보았다. 강태영은 임 대리가 들어온 것을 보고 살짝 목례했다. 임 대리도 "아… 안녕하세요!" 하고 고개를 꾸벅 숙였다. 그 이후 강 부장이 예전처럼 임 대리에게 눈에 띄는 역겨운 구애를 하거나 하는 일은 단 한 번도 없었다. 파도로지스틱스의 국내물류부는 훨씬 일하기 좋은 곳이 되었다.

퇴원하고 일주일 뒤에 퇴근하기 직전에 강태영에게 정부에서 또다시 이메일이 왔다. 프로젝트 참여자의 만족도를 조사하는 후속 연구를 위한 사이트 주소가 담겨 있었다.

중성화 이후 내 삶은 나아졌다.

1. 아주 그렇지 않다
2. 그렇지 않다
3. 보통이다
4. 그렇다
5. 아주 그렇다

강태영은 5번 동그라미를 클릭했다. 따라오는 여러 설문을 끝낸 그는 '전송' 버튼을 눌렀다. 그는 입꼬리를 한쪽만 올리면서 슬쩍 웃었다.

여느 날처럼 오후 6시에 칼같이 회사를 탈출한 강태영은 집으로 가는 골목길에서 고양이 한 마리를 만났다. 등에 고등어 같은 검푸른 줄무늬가 그려진 그 고양이는 쪼그려 앉은 채로 그를 조용히 쳐다보았다. 강태영은 그 모습을 보고 근처 편의점으로 달려가서 습식 사료캔 하나를 샀다.

그가 사료캔과 젓가락, 종이를 준비해서 나오는 동안에도 그 고양이는 그 자리에 가만히 있었다. 강태영이 고양이에게 다가가도 고양이는 일절 움직이지 않았다. 사료의 준비가 끝나자 고양이는 차분히 일어나 사료를 핥아 먹었다. 강태영은 기품 있는 고양이의 모습을 뚫어지게 바라보았다. 그러고 보니 고양이의 왼쪽 귀 윗부분이 잘려져 있었다. 아하, 이게 중성화된 고양이의 상징이었나. 강태영은 자신의 왼쪽 귀를 문득 매만져보았다. 귀 위쪽이 깔끔하게 잘려나가 있었다.

고양이는 사료를 다 먹고 나서도 사라지지 않았다. 오히려 강태영의 다리에 자신의 얼굴을 비비기까지 했다. 강태영은 천천히 자신의 집 쪽으로 걸어갔다. 고양이는 그를 따랐다. 끝까지 따라오면 그는 자신이 간택받은 것으로 생각하기로 했다. 어쩌면 이게 강태영이 살아오면서 건강한 사회적 접촉을 처음으로 배우는 순간이 될지도 몰랐다.

컴퓨터공학과 교육학의 통섭에 대하여

1

갈매기대학교 컴퓨터공학과 2학년 유원탁은 매주 네 번씩 아주 매운 훠궈를 먹는 버릇을 들였다. 온갖 향신료와 소금이 든 탕에 버섯과 고기를 담가 먹으면서, 원탁은 기대수명을 대가로 지극한 행복을 얻었다. 문제는 일주일에 네 번씩 훠궈를 먹어치우기에는 그의 지갑이 그리 두껍지 않다는 것이었다. 수입이 필요했다.

유원탁은 쉽고 빠른 수입을 원했다. 괜찮아 보이는 기획서만 있으면 조금이라도 돈을 던져주는 공모전들에 수많은 계획서를 제출했다. 그는 말도 안 되지만 얼핏 보면 그럴싸해 보이는 수많은 이야기들을 써냈다. 그중 가장 공을 들인 것의 이름이 '깊은벗'이었다.

'깊은벗'은 유원탁의 드문 경험과 평범한 경험 몇 가지가 섞여 탄생한 기획이었다. 유원탁은 초등학교 시절에 전교생 수가 단 다섯 명인 학교에 다녔고, 또래가 한 명도 없어서 조금 외로웠던 기억이 있었다. 그 기억과 인공지능 개론 수업에서 들은 얄팍한 지식이 겹친 것이었다. 그리하여 그는 학생 수가 지극히 적은 초등학교에 아이들의 정서 발달을 위해 인공지능 대화봇 '깊은벗'을 설치하자는 기획을 냈다.

유원탁은 그 기획서를 쓰면서 자신이 정말 말도 안 되는 소리를 하고 있다고 생각했다. 아이들과 제대로 된 대화를 하고 친구가 되어줄 만큼 2023년의 인공지능 기술이 아직 발달하지 못했다는 것을 그도 잘 알았다. 깊은벗이라는 이름도 좀 촌스럽지 않나 했다.

기획서를 낸 지 한 달 정도 지나, 유원탁은 자기가 그렇게 창의적이지 않다는 현실을 직시하고 과외 자리를 구했다. 다행히 수학 과외를 구해, 곧 유원탁은 훠궈를 마음껏 먹을 수 있게 되었다. 독한 향신료가 안정적으로 공급되는 생활을 몇 주 지속하며, 유원탁은 깊은벗을 완전히 잊어버렸다. 그리고 몇 주 뒤에 유원탁은 깊은벗이 창조미래 인문사회자연과학공학 통섭기술융합대공모전에서 대상을 수상하게 됐다는 문자를 받았다. 유원탁은 얼떨떨한 표정으로 상을 받으면서도, 그 말 같잖은 사업이 실제로 시행되리라고는 꿈도 꾸지 않았다. 그래도 그로서는 나름대로 삶의 교훈을 하나 얻은 셈이었다. 어차피 모든 사람이 뭣도 모르고 인생사 태반이 주먹구구로 돌아가니 재지 말고 그냥 서류를 내보는 게 항상 이득이라는걸.

2

배추초등학교는 경상남도 남쪽의 섬이 많은 바다를 접한, 깨끗하고 조용한 동네 지산군 양분리에 있는 작은 초등학교다. 정확히 말하자면 표고초등학교 양분분교이지만, 학교를 아는 사람들은 여전히 이 학교를 배추초등학교라고 부르고 있다. 1963년에 설립돼 70년이 넘는 역사를 가진 배추초등학교에는 널찍한 운동장도 있고 2층짜리 건물도 있다. 지금은 교직원 수가 학생 수보다 더 많은 학교가 되었지만.

두 명의 교사와 한 명의 시설주무관, 한 명의 조리사, 한 명의 4학년 학생이 있는 배추초등학교에는 낮에도 을씨년스러운 분위기가 풍겼다. 상위 기관에서는 어떻게든지 배추초등학교를 표고초등학교와 완전히 합치려고 했지만, 배추초등학교 소재지 주민들이 강경하게 반대했다. 이제 노인들만 남아 하루하루를 느슨하게 보내는 이 바닷가 동네에서 배추초등학교는 가장 젊은 공간이었기 때문이다. 표고초등학교랑 꽤 멀기도 했다. 결국 4학년 학생이 졸업할 때까지 교육청이 기다리고 있는 꼴이 되었다.

수요일 오전 10시, 2교시 미술 시간이었다. 예체능과 영어 수업을 맡고 있는 배추초등학교의 분교장 성혜린은 조금 전에 자기 돈으로 마련한 60색 크레파스와 도화지를 들고 비장한 표정으로 교무실을 나섰고, 배추초등학교의 유일한 담임교사인 류

승현은 널찍한 교무실의 자리에 앉아 지뢰찾기에 열을 올렸다.

몇 년 전까지, 류승현은 양분리에서 차 타고 꼬불꼬불 비포장도로를 지나 40분 거리의 작은 시에 있는 표고초등학교에서 5년 동안 6학년 아이들의 담임 노릇을 했다. 처음 부임한 표고초등학교에서 수십 명이 넘는 아이들을 관리하는 데 지친 그는, 아무래도 좀 작은 학교로 옮겨야겠다고 마음을 먹고 근처의 후추초등학교에 지원을 했다.

안타깝게도 그와 비슷한 생각을 가지고 있는 교사들이 경상남도에 꽤 많았던 모양이라, 류승현은 후추초등학교에 발령되지 못했다. 경합에서 떨어진 류승현은 소원대로 작은 학교에 발령이 나긴 했는데, 지나치게 작은 배추초등학교의 교사가 되었다. 그는 몇 달간 꽤나 술을 많이 마셨다.

그래도 몇 달 지내보니, 배추초등학교는 출퇴근 때에 절벽으로 떨어질까 무서운 도로를 타야 하는 것 빼고는 꽤 괜찮은 직장이었다. 학교에서 몇 분만 나가면 섬이 드문드문 박혀 있는 아름다운 남해 바다가 있었고, 아이가 한 명뿐이라 일도 적었다. 그리고… 솔직히 처음에는 조금 무서웠던 시골 노인들은 생각외로 친절했다. 다들 인생의 황혼기를 맞은 사람이라설까, 아니면 '선생님'에 대한 전통적인 우러름 때문일까. 그도 아니면 선생한테 잘못 굴면 유일한 초등학교가 완전히 사라질지도 모른다는 걱정 때문일까. 하여튼 그렇게 1년이 지났고, 유일한 아이는 4학년이 되었다.

승현은 지난 1년간 비는 시간마다 여러 방면의 자기계발에 성공했다. 최근 2주는 또 원대한 목표를 추구하고 있었는데, 그러니까 지뢰찾기였다. 이게 생각보다 대단히 재미있는 게임이었고, 남는 시간을 지뢰찾기에 모조리 투자하니 실력은 금방금방 늘었다.

지금, 그는 고급 난이도에서 마의 70초 벽을 깨기 막 일보직전이었다. 승현은 삶에서 그 정도로 집중한 적이 없었다. 그의 눈에는 오직 지뢰찾기 창만 보였다. 조금만 더 풀어내면 70초 안에 깰 수 있을 거라는 확신이 차올랐다. 영웅의 심정으로 지뢰들에 하나하나 깃발을 꽂아나갔다…. 고지가 코앞이었다.

그때 본교에서 학교 메신저로 보낸 "위에서 공문 내려왔으니 확인하세요."라는 알림창이 떴고, 그는 실수로 지뢰를 클릭했다. 창에 빨갛게 칠해진 지뢰 하나가 드러났다. 패배, 걸린 시간은 67초였다. 그는 비통한 한숨을 쉬면서 의자 등받이에 몸을 기댔다.

잠시 패자의 회한을 곱씹은 승현은 기지개를 한 번 켜고, 어떤 공문이 내려왔는지 확인했다. 경상남도교육청의 공문이었다. 깊은벗이라는 이상한 이름이 제목에 크게 떠 있었다.

"뭐야, 이게? 또 나라에서 이상한 거 하나?"

승현은 1년 뒤에 아이가 5학년이 되면 컴퓨터 교육을 시작해야 한다는 얘기가 기억났다. 학교에 있는 교사 둘 다 문과 출신인데 코딩은 무슨 코딩이야 하면서 갑갑한 마음으로 공문을 읽는데, 다행히도 공문 내용은 그 문제는 아니고 그냥 황당한 소리였다.

"우리 학교에 학생이 너무 적어서 친구 봇을 설치한다고? 이게 무슨 소리야?"

공문은 배추초등학교, 그러니까 표고초등학교 양분분교가 창조미래 인문사회자연과학공학 통섭기술 융합대공모전에서 대상을 받은 깊은벗 과제의 1차 현장시험 대상 중 하나로 선정되었다고 알렸다. 배추초등학교가 현재 학생 수가 단 한 명인, 즉 한국에서 가장 규모가 작은 학교여서 아동의 정서 및 사회성 발달을 위해 인공지능 친구를 이곳에 설치하기로 했다는 것이다.

일주일 뒤에 기술자들이 배추초등학교로 파견된다고 했다. 공문 부록에는 도저히 이해할 수 없는 기술적 문서가 포함되어 있었다.

"또 위에서 이상한 짓 하는구만. 그리고 이걸 성 쌤한테 보내야지, 나한테 왜 보내는 거야."

승현은 시계를 보았다. 수업이 끝나기까지 25분 정도 남아 있었다. 다시 지뢰찾기를 할 생각도 들지 않고 해서 그는 인터넷에 깊은벗이라는 좀 촌스러운 이름을 검색해보았다.

깊은벗은 1년 정도 전에 긴 이름의 정부 주관 공모전에서 대상을 받은, 유원탁이라는 한 젊은 컴퓨터공학과 대학생의 기획이었다. 기사 상단에는 싱글벙글 웃으면서도 약간 떨떠름한 낌새가 보이는 그 학생의 사진이 박혀 있었다.

승현은 그 유원탁이라는 남자가 좀 대단한 학생이라고 감탄도 했지만, 한가한 학교에 이상한 기계가 오는 것도 탐탁잖았다. 사실 그 깊은벗이라는 게 진짜 어떤 형태를 갖춘 로봇인지,

아니면 컴퓨터에 설치하는 인공지능 채팅 프로그램인지도 그는 아직 이해하지 못했다. 귀찮은 일이리라는 것 하나는 분명했다.

그가 유원탁과 깊은벗을 인터넷 포털에서 검색하면서 시간을 보내는 동안 종이 울렸고, 곧 분교장 성혜린이 60색 크레파스와 그림 몇 장을 끼고 교무실로 들어왔다.

"류 선생, 이제 국어 시간이야."

"아, 네. 성 쌤, 그런데 나이스로 공문이 하나 내려왔더라고요. 뭐 깊은벗인가 하는 이상한 거 한다는데, 한번 보세요. 쌤한테도 왔을 거 같은데."

"깊은벗? 그게 뭐야?"

"저도 잘 모르겠어요." 승현은 잠시 진심으로 하고 싶은 말을 속에서 삭였다. '사실 알고 싶지도 않아요, 선생님. 선생님이 분교장이잖아요, 좀 도와주세요. 흑흑.' 어쨌든 나보다 어른이니까. "…일단 올라갈게요."

승현은 모니터를 끄고 학교의 유일한 교실로 서둘러 발을 옮겼다. 이곳의 교직원들은 쉬는 시간에 아이를 혼자 두지 않았다.

분교장 성혜린은 성취욕이 강하고 유능한 사람이라, 승진에 가산점이 부여되는 벽지 학교를 자원하여 돌아다녔다. 배추초등학교는 그의 네 번째 부임지였는데, 혜린은 이 바다를 낀 학교가 섬이나 산꼭대기에 있지 않다는 점에서 크게 만족하고 있었다. 혜린은 또 분교장이라는 직함이 언젠가 교장이 될 자신의 미래를 암시하는 것 같아 내심 흐뭇했다.

혜린은 교무실의 중앙에 있는, 한때 배추초등학교 교무부장이 썼던 자기 자리에 앉아 전자문서 시스템을 확인했다.

"교육청에서 또 무슨 실험 하네."

혜린은 당황스럽기도 했지만 동시에 약간 씁쓸하기도 했다. 교육청에서 이래저래 골치 아픈 소규모 학교를 살려보겠다고 시도한 수많은 정책들, 그 실패의 역사와 함께했으니.

언제는 농어촌 학교 살리기를 위해 학교마다 교육 과정 특화를 해서 학생을 모은다 했고, 또 언제는 교육부랑 다른 부처랑 협업해서 젊은 부모들의 귀농을 장려하기도 했다. 어디 대학교 학생들이 교육기부다 뭐다 해서 그가 일하던 학교를 찾아와 아이들에게 이것저것 가르쳐주기도 했고, 어떤 대학생들은 벽에다 이런저런 벽화를 그리기도 했다.

그 수많은 계획과 프로젝트와 봉사 활동은 항상 한 번으로 끝이었다. 관심을 늘리겠다, 최대한 학생을 늘려보겠다, 이곳에 사는 젊은이들을 늘려보겠다 하는 약속들은 공허했다. 혜린은 자신의 두 번째 일터였던 두부초등학교의 졸업식 겸 폐교식을 기억했다. 혜린은 어차피 섬 동네에 살고 싶어 하는 청년들이 없다는 걸 잘 알았다. 그런 의미 없는 헛발짓이 더욱 그를 괴롭게 했다.

"운동장에서 뛰어놀아야 할 나이인데, 기계가 친구가 될 수 있을까."

그는 배추초등학교에 남은 유일한 아이를 생각했다. 어떤 소명이 있어 교사가 된 것도 아니고, 촌동네에 있는 학교에 온 것도 승진 욕심이 더 크지, 교육을 나라 곳곳에 전파하려는 사명감에 불타 온 것도 아니었다. 그래도 학교에 마지막으로 남은 아이가 자라는 것을 보면서 친구가 없는 모습이 안타까웠다.

그는 머리를 흔들고 감상을 떨쳐버렸다. 이런저런 다른 작은 업무들이 있었다. 2시간 정도 지난 뒤에 승현이 교무실 문을 밖에서 열었다.

"성 쌤, 수업 다 끝났어요. 밥 먹으러 가시죠."

"아, 벌써 시간이 그렇게 됐나. 근데 애는 어디로 갔어요?"

항상 점심시간만 되면 4교시를 마친 선생이 애를 데리고 밥을 먹으러 교무실로 왔는데, 오늘은 없었다.

"아, 어머님이 무슨 일이 있다고 시내로 데려가셔서."

"그렇구만, 밥 먹자, 밥."

혜린은 모니터를 끄고 일어났다. 아주 작은 학교여도 급식은 했다. 급식소 건물이 있긴 하지만 거기는 폐허가 된 지 오래였고, 입이 많지 않으니 학교 사람들은 쓰지 않는 교실 하나에 모여서 둘러앉아 밥을 먹었다. 급식조리사 이하령은 아이의 아버지였고, 마을의 유일한 40대였다.

승현과 혜린이 문을 열고 들어가니 조리사 하령이 뭔가 잘 익고 있는 작은 용기들을 교실 중앙에 두고 그들을 기다렸다. 주무관은 벌써 식사 중이었다.

"쌤들 오셨습니꺼? 오늘 갈치구이를 했네예. 함 드시보이소."

하령이 그들을 반갑게 맞았다. 둘은 인사를 하고는 각자 식판을 챙겼다. 식사 중에 승현이 먼저 입을 열었다.

"성 쌤, 그 공문, 쌤한테도 왔죠. 깊은벗인가 뭔가 하는 거?"

"아, 봤지. 좀 특이한 실험이던데."
"무신 일인데예?"
하령이 고개를 내밀면서 둘에게 질문했다.
"그게, 사실 저희도 지금 잘 이해가 안 가긴 하는데, 우리 학교에 애가 하나 있잖아요."
혜린은 이 이상한 이야기를 어떻게 말해야 하나 고민하면서, 일단 자기가 이해한 바를 말하기 시작했다.
"그렇지예."
"그런데 원래 교육청에서 소규모 학교에 뭘 해줘도, 한 20명은 있는 데 해주고 해서 우리는 별거 없었잖아요. 근데 이번에는 우리가 나라에 있는 학교 중에 학생 수가 제일 적다고 해서 뭔가 하나 봐요."
"그게 뭔데예?"
"뭐, 인공지능이라나… 승현 쌤이 젊으니까 더 잘 알 것 같네요."
승현은 뜨악한 표정으로 혜린을 바라보았다. 혜린은 미소를 입에 머금은 채로 그를 슬쩍슬쩍 쳐다보며 갈치를 발랐다.
"어, 조리사님, 그게 말이죠. 어떤 대학생이 낸 기획인데, 소규모 학교에서 애들이 아무래도 친구가 없으면 외롭지 않을까 이렇게 생각했나 봐요. 그래서 막 인공지능 친구인가 하는 걸 여기에 설치한다는데, 그게 로봇인지, 뭐 컴퓨터 프로그램인지는 잘 모르겠더라고요. 근데 사실 저희가 지금 아무래도 애들이 친구가 있으면 좋은데, 컴퓨터 친구가 괜찮나 하는 생각도 들고 해서 좀 그렇네요."

승현은 거의 뭐 숨도 안 쉬고 이야기했다. 하령은 묵묵히 듣더니 답했다.

"잘된 것 같네예. 아무래도 저희가 애 크는 거 보면서, 근처에 또래가 없으니까 미안한 게 많았는데, 그래도 국가에서 뭔가 해준다는 거 아입니까."

혜린은 그 말을 듣고 호기심이 동해 조심스레 물어보았다.

"그럼 아이가 기계랑 친구가 되어도 괜찮으신 건가요?"

"그럼예. 선생님들도 애한테 항상 잘해주신다 아입니까. 오늘은 혜린 쌤이 크레파스 60색 갖고 오싯따고 자랑도 하던데예. 감사하게 생각하고 있십니더. 교육청에서 공부 많이 하신 분들이 하시는 건데 뭐가 좋아도 좋겠지예. 그리고 요즘 티브이 뉴스서 보니까 인공지능 같은 게 맨날 나오지 않는가예."

하령은 세상을 별로 의심하지 않는 건강하고 굳건한 마음을 가진 사람이었다. 혜린과 승현은 "조리사님이 생각이 깊으시네요." 같은 말을 하면서 고개를 끄덕였다. 내심 마음속에서는 의심을 공유하고 있었지만.

그날은 거기까지였다. 일주일 뒤의 일은 일주일 뒤에 걱정하기로 했다.

3

배추초등학교의 유일한 아이의 이름은 이유림이다. 남해안의 차가운 바닷바람을 받고 자라 경상남도의 작은 양분리를 떠나본 적이 없는 아이는, 자기는 잘 모르고 있었지만 또래 4학년 여자 아이들보다 키가 한 뼘은 컸고, 편식을 하지 않았다.

유림의 일과는 크게 중요한 일은 없지만 꽉 차 있었고, 아주 심심해 아무것도 못 할 노릇인 때가 없었다. 양분리의 선량한 어른들은 마을의 유일한 어린아이인 유림을 지극히 아꼈다. 시골 동네에 꽤 많은 난폭하고 술 많이 마시는 사람들은 유림이 아주 어렸을 때 이미 간이나 신장과 관련된 여러 질병으로 세상을 뜬 것도 (그들과 유림 모두에게) 꽤 다행인 일이었다.

아이는 한국 아이들의 대부분이 누리는 것들을 알지 못했지만, 그만큼 다른 아이들은 누리지 못하는 것을 누렸다. 학교에 있는 두 선생님 승현과 혜린은 유림에게 최대의 관심을 쏟았다. 일주일 전에는 혜린이 60개나 색깔이 있는 크레파스를 자기 돈으로 사 와서, 미술 시간에 유림과 함께 온갖 그림을 그리기도 했다. 유림과 혜린이 그린 다음 아이가 집으로 가져간 그 그림은 유림의 어머니가 액자에 담아 벽에 걸어놓았다.

승현은 가끔 "야, 오늘은 야외 수업 하자." 하고 유림과 함께 작은 소풍을 떠났다. 바다 앞의 돌밭에는 갯강구가 있긴 했지만, 은빛 물결이 거친 돌에 작고 수많은 포말들로 부서지는 모습을 보는 일은 질리지 않았다. 교과서에 적힌 또래 친구와 이야기하는 법, 함께하는 법들을 실생활에서 써보고 싶은 때가 가끔 있었지만, 아이는 어른들 덕에 외로움은 몰랐다.

가끔 엄마나 아빠와 함께 시내에 나가기도 했다. 나가서 먹는 몇몇 음식들은 정말 새로웠지만, 젊은 사람들이 너무 많은 것은 조금 낯설었다. 동네에 젊은 사람이라고는 부모님과 선생님, 말없는 주무관 아저씨뿐이었으니까. 부모님이 언젠가 나이가 들면 시내에 있는 중학교에 가게 될 거라고 말했는데, 그게 약간 기대되기도 하면서 무서운 마음도 있는 어린 시절을 유림은 보내고 있었다.

오늘 아침 8시 30분에 언제나처럼 학교의 조리사인 아버지와 함께 등교한 유림은, 교실에 아무도 없는 것을 보고 놀랐다. 최근, 이 시간에는 항상 담임인 승현이 맨 앞자리에서 앉아 컴퓨터로 뭔가 하고 있었다. 유림이 그에게 무얼 그리 열심히 하느냐고 물어보면 그는 항상 "아, 이게 지뢰… 아니, 뭐, 그런, 어른들이 하는 중요한 거란다." 하고 얼버무리곤 했다. 근데 그가 없었다.

유림은 교실에서 나와 교무실로 걸어갔다. 교무실 문 앞에 도달하자 문밖으로 혜린의 목소리가 들려왔다.

"류 선생, 근데 이거 이름은 진짜 뭐로 지어주지?"

"아니, 그걸 저한테 물어보셔도…. 근데 유림이 올 시간인데요."

그때 유림이 교무실 문을 열었다. 그 소리를 듣고 승현과 혜린이 고개를 돌렸다. 그 둘은 교무실 중앙에서 뭔가 1.25미터쯤 되는 길쭉하고 거대하고 위가 동그랗게 반구형으로 튀어나와 있고 눈처럼 보이는 두 개의 커다란 렌즈가 달린 밥솥 아니면 원통형 공기청정기, 혹은 에어 프라이어같이 생긴 것을 둘러싸고 서 있었다. 자세히 보니 그 밥솥 아래에는 바퀴도 달려 있었다. 그 주변에 선 승현과 혜린은 지금까지 유림이 본 것 중에 가장 피폐하고 지친 표정을 하고 있었다.

"어, 유림이 왔네?"

혜린이 먼저 인사했다. 유림은 좀 큰 동작으로 고개를 숙였다 들고는 물었다.

"그게 뭐예요?"

혜린과 승현도 딱히 설명할 재간이 없었다.

어제 수업 시간이 다 끝난 오후 2시쯤에 학교에 기술자들이 굉장히 고통스러운 표정으로 들이닥쳤다. 비포장도로 위에서 꽤 흔들리면서 괴로웠던 것 같았다. 그들은 잘 포장된 여러 부품을 교무실 중앙에서 한두 시간 동안 이리저리 조립해서 눈 달린 커다란 밥통 같은 로봇을 만들더니, '깊은벗 컨피규레이션' 앱이 설치되어 있는 태블릿 하나를 주고 폭풍처럼 말을 쏟아놓았다.

"이거 공문 부록에 있는 설명서 보시고, 태블릿으로 파라미터 설정하신 다음에, 부록에 있는 대로 보고서 작성하셔서 한 달 뒤에 올려주시면 되거든요. 그리고 어느 정도 충격을 상정해서 만든 거긴 한데 비싼 거니까 잘 간수하시고요."

승현은 얼빠진 표정으로 물었다.

"저기, 파라미터가 뭐예요?"

"그건 다 설명서 보시면 나와 있거든요."

그 이야기와 함께 그들은 모두 짐을 싸고 바람처럼 떠났다.

결국, 승현과 혜린은 학교에서 밤을 새웠다. 처음에 둘은 저번에 신경도 쓰지 않고 넘겼던 부록의 기술적 설명서를 읽어보려고 했는데, 한글로 쓰여 있긴 했지만 해독이 아예 불가능했다. 한글과 한국어는 서로 분명히 다른 것을 지칭한다는 교훈을 얻은 순간이었다.

승현은 표고초등학교 다닐 적에 컴퓨터 교육을 하던 선생한테 연락해서 파라미터가 뭔지 물어봤다가, 함수 어쩌고 하는 내용부터 시작해서 일장연설을 들어야 했다. "잠깐, 함수는 수학에서 나오는 거 아니야?" 혜린은 이런 건 직접 해봐야 한다고 태블릿에 있는 깊은벗 컨피규레이션 앱을 만지다가, 로봇이 영어로 뭔가 물어보기 시작하는 걸 보고는 포기하고 설명서에 적혀 있는 용어들을 검색하기 시작했다.

고통스러웠던 시간 끝에 둘은 힘을 합쳐 뭔가를 해냈다. 그러니까 그들은 "컨피규레이션에서 파라미터를 설정한다"는 게 깊은벗 로봇의 일부 설정에 뭔가 써 넣어준다는 것으로 이해했고, 자기들이 생각하는 대로 설정을 하니까 이 로봇이 눈, 아니면 렌즈도 깜박거리고 이런저런 소리를 내기도 했다. 사실 그 모든 것이 '생물다움'을 드러내기 위한 장식에 불과했으나.

비통과 탄식의 기술적 관문을 지나고 난 다음 둘은 깊은벗을 갖고 이리저리 놀기 시작했다. 그것의 기본 이름은, 혜린이 이게 뭐냐고 꽤 투덜거렸지만, 어쨌든 "버시"라고 정해져 있었는데, 사람이 옆에서 "버시야!"라고 부르면 찰칵찰칵대는 소리를 내면서 "안녕, 안녕!" 하고 답했다.

또 혜린이 이런저런 말을 걸어보자, "그런가?" "그래! 그래!" "그런 것 같아." "후이이잉…." 하는 소리를 내면서 맞장구 비슷한 걸 하기도 했다. 처음에는 이 버시가 놀랍도록 대답을 잘한다고 느끼기도 했지만, 알고 보니까 그냥 무슨 말을 해도 적당히 맞장구쳐주는 척을 하는 것에 지나지 않았다. 확실히 시중에 나오는 인공지능 스피커보다도 멍청하게 느껴졌다.

"근데 이거 스스로 움직이긴 해요?"

승현이 먼저 그 질문을 던졌고, 둘 다 정말 정답이 궁금해져서 막 로봇 근처에서 뛰어다니고 일부러 손을 렌즈 앞에 갖다 대기도 하고 온갖 짓을 해보았지만, 로봇은 미동도 하지 않았다. 15분간의 삽질은 혜린이 보고서 귀퉁이에서 "깊은벗 0.7에는 아직 로코모티브 모듈이 장착되지 않았으므로 직접 밀어서 이동시키시오."라는 글을 보고야 끝났다.

"이거 완전 맞장구치는 깡통이잖아. 이게 친구를 해준다고? 이름도 구려."

혜린은 담담히 총평을 내렸다.

새벽 4시부터 오전 8시까지 승현이 당직실에서 새우잠을 자고 수염도 못 깎고 교무실에 돌아올 때까지 혜린은 계속 로봇을 보고 있었다.

"성 쌤, 안 졸리세요? 흐암… 보니까 컨피규레이션에서 이름은 바꿔줄 수 있더라고요."

"아, 나중에 수업 다 끝나면 자지, 뭐. 그런데 류 선생, 이거 이름은 뭐로 짓지?"

둘은 잠시 서로를 바라봤다. 승현이 먼저 한마디 했다.

"아린 어때요?"

"그거 선생이 저번에 만나던 애인 이름 아니야?"

"…제가 아무래도 잠을 제대로 못 자서 이상한 소리를 하고 있나 봅니다."

"나는 한숨도 못 잤는데?"

그러다 혜린은 시계를 보고는 말했다.

"류 선생, 근데 이거 이름은 진짜 뭐로 지어주지?"

"아니, 그걸 저한테 물어보셔도…. 근데 유림이 올 시간인데요."

그때 바로 교무실 문이 드르륵 열렸고 잠을 잘 잔 유림이 나타난 것이다. 유림이 그게 뭔가 물어보자, 둘은 로봇의 눈 아니면 렌즈를 바라보았다. 혜린이 먼저 솔직하게 말하기로 했다.

"얘가 우리 유림이 새 친구야."

"와, 친구라고요?"

"응, 근데 아직 얘 이름을 우리가 못 정해서, 이름을 정해줘야 돼."

"왜 얘는 아직 이름이 없어요?"

유림이 다가와서 깊은벗의 몸통을 만져보았다. 깊은벗의 외장은 빛이 잘 반사되지 않고 약간 물렁물렁한 재질로 되어 있었다. 깊은벗을 만지자 로봇의 렌즈가 찰칵찰칵대는 소리를 냈다.

"그게 말이지, 여기 근처에 유림이랑 나이가 같은 아이들이 없어서 로봇 친구를 만들었어. TV에서 로봇 봤지? 그거야. 그런데 어른들이 만들 생각만 했지 무슨 이름을 지어야 할지 모르겠네."

승현이 자상한 척하지만 어쨌든 엄청나게 졸린 기운이 몰려오는 목소리로 말했다.

"그럼 제가 지어줄래요!"

아이가 말하자 승현과 혜린이 서로를 바라봤다. "오, 여기까진 괜찮은데?" 하는 눈빛을 교환하면서.

"그래, 그럼 그렇게 하자. 지금 생각나는 것 있니?"

혜린은 생각했다. 바둑이? 나비? 아니면 깡통이? 흠….

"튜비요."

"튜비?"

"쌤, 유튜브 몰라요?"

배추초등학교의 두 교사는 이번에는 좀 떨떠름한 표정으로 서로를 문득 바라보았다.

혜린은 태블릿을 이리저리 터치해서 로봇의 이름을 튜비로 설정하고 앱 어딘가에 잘 숨겨져 있는 재시작 버튼을 눌렀다. 그러자 튜비가 찰칵찰칵하더니 한마디 소리를 냈다. TTS 특유의 어색한 발음이었다.

"안녕, 내 이름은 튜비야!"

"와! 얘 진짜 말하네요!"

승현은 대체 이 프로젝트에 얼마가 들었을지 궁금해졌다.

"자, 그럼 튜비랑 같이 수업하러 갈까?"

승현은 웃으면서 튜비의 위쪽을 한 손으로 짚고 드르륵 밀었다. 혜린이 튜비를 다루는 앱이 달려 있는 태블릿을 그에게 건네주었다. 그런데 문턱에 바퀴가 턱 걸렸다. 그 꼴을 보고 승현은 "역시 날로 먹었네." 하고 다시 중얼거렸다. 승현은 태블릿을 겨드랑이에 끼고 로봇을 양팔로 감싸 안아 들었다. 안전사고를 방지하기 위해서인지 아니면 별게 안 들어서 그런 건지, 그냥 둘 다인 것인지, 로봇은 무게중심이 잘 잡혀 있으면서도 가벼웠다. 그러는 동안 유림은 튜비한테 자꾸 조잘댔다.

"안녕, 난 유림이야. 유림!"

"안녕, 유림이, 유림이야?"

"아니, 유림이가 아니라 유림!"

"그래! 그래! 유림이!"

승현은 그 얼빠진 만담을 들으며 인공지능에 대한 믿음이 더욱 줄었다. '그래도 아직 인공지능이 이 정도 수준이면 나중에 교사를 AI로 대체할 일은 없겠다.' 하는 생각에 안심도 됐다. 그는 조잘조잘 떠들어대는 튜비를 교실까지 안고 덜렁덜렁 걸어가서, 유림의 자리 옆에 놓았다. 유림은 여기가 자기 자리니, 여기가 우리 교실이니 하면서 막 끝없는 이야기를 했다. 튜비는 끝없이 맞장구를 쳤다. "와, 혼자서 쓰는 교실인데 굉장히 넓네!" 같은 식의 주도적인 말은 단 한 마디도 하지 않았다.

수학 시간이었다. 유림은 수학에 꽤 재능이 있는 아이여서, 수많은 한국인들의 인생에서 첫 번째 난관이 되는 나눗셈과 곱셈, 각을 아주 빠르게 이해했다. 아이는 4학년 1학기의 마지막 단원인 분수와 소수를 공부하고 있었다. 사건은 승현이 분수와 소수의 관계를 한창 칠판에 쓰면서 얘기하다가 일어났다.

"자, 그럼 분수 8분의 1을 소수로 만들면…."

"0.125."

유림의 목소리도, 승현의 목소리도 아니었다. 찰칵찰칵대는 소리가 들렸다. 튜비였다. 튜비가 연습 문제의 해답을 즉각 제시한 것이었다. 교실에 있는 사람 모두 로봇을 빤히 바라보았다.

"잘했어. 튜비야!"

유림이 환하게 웃었다.

"어… 튜비야… 잘했어. 그렇긴 한데, 음… 유림아, 잠시만."

승현은 태블릿을 급하게 꺼내고는 '깊은벗 컨피규레이션'을 터치했다. 하지만 어제부터 오늘 새벽까지 온종일 뒤적여본 그의 기억 그대로, '질문 및 답변 활성화' 같은 버튼은 없었다. 그는 비슷한 문제를 말로 이리저리 내보았는데, 그때마다 튜비는 즉각 답을 내놓았다. 승현은 고개를 유림이 안 보이는 쪽으로 돌리고 약간 한숨을 쉬었다.

그는 꾀를 한번 내보았다.

"그럼 0하고 점 찍고 3이 뒤에 끝없이 계속되는 소수를 분수로 만들면…."

순환소수라니, 수업 범위를 아득히 초과한 내용이었다.

유림은 호기심 가득 찬 눈으로 그를 바라보았고, 튜비는 찰칵대는 소리만 내고 침묵했다. 이렇게 바로 해독하기 힘든, 초등학교 범위를 넘은 문제를 내면 튜비는 대답하지 않았다. 하지만 유림이가 아무리 수학 시간을 좋아한다고 해도 무한소수의 개념을 4학년한테 가르쳐주는 것은 말도 안 되는 일이었다.

"어쩌지? 유림아. 튜비가 말하는 족족 답을 내버리네."

"만들어진 지 며칠 안 됐는데, 튜비가 공부를 아주 잘하는 것 같아요."

"아니, 공부를 잘하는 게 아니라…."

승현은 잠시 말문이 막혔다. 공부를 잘한다고 하면 새로운 지식을 빠르고 효율적으로 습득한다는 것 아닌가? 그런데 얘는 그냥 태어나면서 머릿속에 그런 프로그램을 박고 나오는 거잖아. 그러면 공부를 잘한다고 할 수 있나?

"아니, 그게 아니라. 어, 유림아. 유림이가 공부를 해야 하는데, 튜비가 다 대답해버리면 네가 배우기 힘들지 않을까?"

아이는 굉장히 의아한 표정을 지었다.

"왜 제가 공부가 안 돼요?"

승현은 당황스러워서 졸림이 약간 가셨다.

"음, 로봇은…."

아무렇게나 설명할 수는 없었다. 로봇이 애초에 날 때부터 할 공부를 다 하고 나왔다고 말하면, 분명히 유림이 "그럼 로봇이 잘하는데 왜 우리가 공부해야 해요?" 하고 굉장히 곤란한 질문을 할 것 같다는 직감이 들었다. "공부를 잘하고 성적이 다른 사람보다 높으면 좋은 것 아닐까?"라고 말하면 도덕 수업 할 때 좀 민망하지 않을까 하는 생각도 들었고.

"음… 그러게, 나도 잘 모르겠네. 일단 수업하자."

항복 선언을 하는 게 나았다. 남은 25분 동안 승현은 졸음과 당황스러움을 애써 참아 가면서 분수와 소수의 계산을 예시 없이 설명했다. 너 나중에 중학교로 가면 소금물의 농도 계산하느라 꽤 괴로울 거야, 하고 어제부터 이야기하려고 준비해둔 말이 있었는데, 튜비가 말하는 족족 끼어들어 정확한 정답을 내놓아서 무슨 말을 하기가 무서웠다.

그래도 유림이 수학은 정말 재능이 있으니 알아서 잘하겠지 하고 승현은 자위했다. 그럼 다른 과목은?

"유림아, 나 혜린 선생님한테 잠시 해야 할 이야기가 있어서 좀 일찍 마칠게. 혼자 있을 수 있겠니?"

"네, 튜비가 있잖아요."

튜비는 자기 이름을 듣더니 찰칵찰칵 대는 소리를 내면서 "좋아, 유림이!" 어쩌고 하는 말을 했다. 벌써 친구냐. 승현은 고개를 끄덕이고, 태블릿을 챙기고는 교무실로 향했다.

승현이 교무실의 문을 열어보니 혜린은 교무실 중앙의 자기 자리에 엎드려 자고 있었다. 승현은 유일한 동료 교사인 혜린이 한숨도 못 자고 있는 걸 보니 좀 안타까웠다. 깨우기까지 하려니 더 미안했으나, 어쩔 수 없었다.

"저기, 성혜린 선생님!"

"으어으… 뭐야… 시간이… 뭐야, 아직 10분이나 남았는데…."

혜린은 괴로워하면서 깼다. 승현은 자기 자리에 있던 캔커피 하나를 건네면서 말했다.

"그, 튜비 때문에 이야기할 게 있어서요."

"음… 뭔데…."

혜린은 커피를 까더니 꿀깍꿀깍 단숨에 들이켰다.

"걔가요, 수업 시간에 제가 애한테 무슨 질문을 던지면 자기가 대답하더라고요."

"걔가 대답을 하긴 뭘 해요."

"수학 시간이라 그런지 몰라도, 어떤 문제만 내면 바로 답해요. 제가 애한테 8분의 1이 뭐야? 하니까 바로 0.125래요."

"그래?"

혜린은 그 이야기가 흥미로웠는지 어땠는지 졸린 눈을 동그랗게 뜨고는 승현을 쳐다보았다.

"근데 그러면 솔직히 수업에 문제가 생기잖아요. 그 컨피규레이션 그것도 봤는데 그거는 어떻게 조절할 수가 없이 알아서 하는 것 같더라고요."

"그러네. 그럼 수업을 어떻게 해."

"네, 그래서, 다음 시간 혜린 쌤 미술 시간이잖아요. 다른 시간은 어떤지 좀 같이 들어가보고 싶은데요."

"그래, 뭐, 들어와, 들어와. 승현 선생 그림 잘 그려요?"

"그건 아니지만요."

몇 분 후에 승현은 한쪽 팔에는 태블릿을 끼고, 다른 쪽 손에는 60색 크레파스를 든 채로 도화지 다섯 장을 들고 가는 혜린의 뒤를 따라 교실까지 걸어갔다. 교실 문은 열려 있었는데, 열린 교실에서 튜비의 약간 어색한 목소리와 유림의 조잘대는 말소리가 흘러나오고 있었다.

"그래서 있잖아, 내가 어제 시내에 있는 치과에 갔는데…."

"그래, 유림이야. 재미있다!"

튜비는 시시껄렁한 답을 하고 있었다. 혜린은 그걸 듣고 발을 잠시 멈추더니 한마디 했다.

"난 왜 약간 소름 끼치지."

"어, 사실 저도 좀 그래요. 이거 진짜 괜찮은 건지 모르겠네."

둘은 그 두 마디를 나누고 교실로 들어갔다.

"어? 왜 쌤 둘 다 왔어요?"

"응, 튜비가 있으니까 이제 반에 두 명이잖아. 그래서 쌤들도 두 명 와봤어."

혜린이 웃으면서 답했다. 유림은 그 말을 듣고 뭐가 좋은지 귀엽게 웃었고, 튜비는 따라서 "헤헤헤!" 하는 웃음소리를 냈다.

미술 시간은 혜린이 특히 공을 들이는 시간이었다. 그는 중학교 때부터 스스로 교사 아니면 화가가 될 거 같다고 생각했는데, 인생의 바람은 혜린의 돛을 영어교육 전공으로 밀었다. 그래도 꾸준히 미술에 대한 취향을 버리지 않았고, 20대가 끝날 때까지 미술학원 취미미술반도 열심히 다녔다. 교장이 되겠다고 마음먹은 이후로 바빠진 그가 미술 활동을 할 수 있는 시간은 학교 미술 수업 시간뿐이었다. 그는 졸린 티도 내지 않고 열심히 유림을 보아주었다.

승현은 그림에 딱히 취미는 없었지만, 유림 옆에 앉아 도화지에 크레파스로 이런저런 색을 진하게 칠하니 잠도 좀 가시는 것 같았고 평온해졌다. 혜린은 서서 유림이 하는 것을 치밀하게 관찰하면서, 동시에 교탁 위에 있는 자신의 작품도 틈틈이 다듬었다. 승현은 그 작품을 보고 생각했다. '와, 이 선배가 이렇게 그림 잘 그리는지는 몰랐네, 근데 크레파스로 저런 게 가능해?'

한 20분쯤 지나자 유림의 도화지 위에 뭔가 떠올랐다. 머리 위에 뭔가 감싸고 냄비를 들고 있는 남자의 그림이었다. 그걸 보고 혜린이 한마디 했다.

"아빠 그렸구나?"

"맞아요. 쌤, 어떻게 알았어요?"

유림이 웃으며 물었다.

"냄비 들고 계시는 거 보고. 매일 림이 아빠 밥 먹는데 당연히 알아봐야지."

"튜비야, 너도 내 그림 볼래?"

유림이 자신의 그림을 집어 들고 튜비의 렌즈 앞에 흔들었다. 튜비가 찰칵찰칵 하는 소리를 내더니 한마디 했다.

"참 예뻐요, 좋아. 잘했어. 유림이야."

"내 이름은 유림이가 아니라 유림이라니깐."

승현은 놀라서 튜비를 바라보았다. 그림이라는 걸 알아보기는 하네. 아니면 그림을 볼래라는 말을 듣고 거기에 적당한 답을 적당히 한 건가. 혜린은 고개를 끄덕이고, 승현의 책상 위에서 그림과 비슷하지만 굉장히 끔찍한 무엇인가를 보았다.

"우리 튜비가 승현 쌤보다 미적 감각이 뛰어난데?"

혜린이 말했다. 승현은 스스로를 좀 변호하려고 하다가, 자기 앞에 있는 종이를 보고 후 하고 한숨을 내쉬었다. 혜린이 몸을 약간 숙이고는 그에게 귓속말했다.

"이 정도면 아주 괜찮은 거 아니에요? 칭찬도 해주고 좋네."

"아니, 이게 조금 전 수학 시간에는⋯ 좀 이따 제 수업도 한 번 참관해보세요."

승현은 좀 억울하다는 표정을 지었고 혜린은 빙긋 웃었다.

미술 시간이 끝나고 쉬는 시간 동안에 둘은 교실에 그대로 남아, 튜비랑 유림에게서 살짝 떨어진 곳에 앉았다. 그때 혜린이 "류 선생, 교보재 안 챙겨 와?" 하고 말해서 승현은 급히 교무실에 가서 사회 교과서와 과학 교과서를 가져왔다. 그러고는, 둘은 유림과 튜비를 계속 관찰했다. 아이는 끝없이 조잘거렸다.

"쟤가 원래 저렇게 말이 많던가." 승현이 혼잣말을 하니, 혜린이 그걸 듣고 "그러게."라고 지나가는 한숨처럼 말했다. 승현이 그에게 귓속말을 했다.

"이래도 되는 걸까요? 저 로봇은 분명히 의사소통이 제대로 안 되잖아요. 유림이가 나중에 중학교 가서 관계를 잘 못 맺으면 어쩌죠?"

"살짝은 동감이야. 그런데 저 로봇이 없어도 관계를 힘들어할 수 있을 거 같잖아. 뭐가 더 낫겠어?"

"흠. 일단 제 시간에 보세요."

3교시는 승현이 담당하는 과학 시간이었다. 오늘은 지구와 달을 비교하는 아주 간략한 천문학 내용을 볼 때였다. 관리가 안 되어서 지직거리는 종소리가 울린 다음에 그는 교탁 앞에 섰다. 혜린은 가장 뒷자리에 앉아 턱에 손을 괴고 하품을 하면서 튜비와 아이와 그를 쳐다보았다. 승현은 항상 해왔던 것처럼 교과서를 꺼내서 허리에 손을 짚고 좀 지루한 첫 부분의 이야기를 시작했다.

"자, 오늘 단원은 지구와 달 비교하기예요. 저번에 우리 지구가 둥글다는 건 했었지? 그럼 이제 달의 크기랑 지구의 크기 이런 걸 비교하는 걸 알아볼 거야."

그때 튜비가 그 특유의 찰칵대는 소리를 또 냈다.

"달의 적도 지름은 3,476.2킬로미터로 지구의 0.273배예요. 또 이심률은 0.0554이고, 지구를 27.32166155일마다 돌지요. 삭망 주기는 29.530588일이고, 지구를 평균 초속 1.022킬로미터의 속도로 돌아요. 달의 탈출 속도는 초속 2.38킬로미터이고, 표면 온도는 평균 250켈빈이에요. 대기는 극히 희박하지만, 헬륨, 네온, 수소, 아르곤과 미량의 메테인이 있어요. 한국 위키피디아에 이렇게 적혀 있어요."

모두가 튜비를 빤히 쳐다보았다. 승현은 어처구니가 없는 표정으로 튜비를 지켜보다가는, 혜린에게 "이렇다니까요!"라고 말하는 것 같은 눈빛을 보냈고, 유림은 튜비에게 동경 비슷한 감정이 담긴 눈빛을 보내고 있었다. 혜린은 입술의 한쪽만 올린 이상한 표정을 지었다.

"어… 튜비가 나보다 더 잘 아는 거 같네요. 나는 삭망 주기가 뭔지 모르거든. 근데 이건 진도에서 벗어나도 너무 벗어난 것 같은데…."

승현은 떨떠름하게 말했다. 튜비는 자기 이름이 들리니까 좋은 건지 뭔지 "헤헤! 헤헤!" 하고 웃었다.

"튜비 진짜 공부 잘하는 것 같아요."

"어… 근데… 머릿속에 인터넷을 달고 있는 건데… 어…."

제일 뒤에 앉아 있던 혜린은 승현을 바라보면서 교실 바깥쪽을 엄지로 가리켰다. 승현은 그걸 보고 "선생님들 잠시 나갔다 올게."라고 말하고는 혜린과 함께 밖으로 나갔다.

"아니, 윗사람들 너무하다고 맨날 생각했지만 이건 좀 도를 지나쳤는데요. 쟤를 데리고 어떻게 수업을 해요. 방학 때까지 쭉 쟤랑 수업해야 하잖아요."

승현은 조용히, 하지만 감정이 분명히 담긴 목소리로 말했다.

"확실히 좀 그렇긴 하네. 그런데 어쩌지? 보니까 유림이는 쟤를 꽤 좋아하는 것처럼 뵈는데."

"더 애착을 들이기 전에, 그냥 꺼놓고 어디 구석에 박아뒀다가 나중에 보고서는 그냥 어찌어찌 써서 내면 안 될까요? 수업을 못 하겠는데."

"그랬다가 걸리면 우리 둘 다 좋은 꼴을 못 봐요."

혜린의 목소리가 약간 높아졌다.

"아니, 그래도… 그럼 어떻게 해요. 제가 힘든 게 문제가 아니라, 저도 교사고 수업이 중요한데, 애가 최우선인데, 애한테 안 좋은 영향을 미칠 것 같아서 이러는 거죠."

"왜 안 좋은 영향을 미치지?"

"뭐 어느 정도 간단한 문제면, 아니 꼭 뭐 문제가 아니더라도, 죄다 풀어버리는데, 애가 공부할 의욕이 생길까요?"

"그럼 한 열흘 정도 뒤에 애한테 물어보자고."

"무얼요?"

"재가 계속 옆에 있어도 좋을지. 그다음에 위쪽에 알리든 뭘 하든, 사실 신경도 안 쓸 것 같기는 하지만."

승현은 애가 로봇이랑 애착을 좀 형성한 것 같기는 했지만, 이대로 며칠만 더 있어도 유림이 로봇에게 질투를 느낄 거라고 생각했다. 왜, 아이는 살면서 단 한 번도 다른 또래와 직접적인 경쟁을 해본 적이 없지 않은가. 절대 이길 수 없는 머리에 인터넷을 단 존재라면 질투감이 들 텐데, 그때 잘 구슬려서 끄자고 해야지 하고 그는 생각했다. 그는 자기가 비열해지는 것 같아 가슴이 조금 저릿거렸다. 하지만 그도 나름대로 아이를 가르치는 데 재미와 자부심을 느끼고 있었는데 수업을 이 정도로 망쳐놓는 것은 견디기 힘들었다.

혜린은 승현이 튜비에게 적대적으로 반응하는 것을 어느 정도 이해할 수는 있었지만, 유림이 말을 이렇게나 많이 하는 모습을 보는 것이 꽤 인상적이어서 생각이 정리되지 않았다. 사실 튜비, 깊은벗 자체는 인공지능 스피커보다 별반 나은 것 같지 않고, 상황을 인식하는 능력에 있어서는 훨씬 나쁜 것 같았지만, 뭔가 덩치가 있고 눈같이 보이는 렌즈도 두 개나 달려 있으니까 살아 있는 것처럼 보이기도 했다.

이어진 3교시와 4교시, 과학과 사회 시간 동안 아이는 마냥 좋아했다. 승현이 무슨 말만 하면 튜비는 주룩주룩 대답을 내보냈기 때문에 그는 계속 굉장히 당황스러워했는데, 그 표정이 재미있었다. 사회 시간이 시작하고 20분쯤 지나고 나서, 그가 교통수단의 발달을 이야기하려고 했을 때 튜비가 250년에 걸친 간략한 철도의 역사를 소개하자, 승현은 자존심이 상해서 입술을 약간 앙다물었다가, 한마디 했다.

“튜비가 선생님보다 잘하네. 그런데 이렇게 하면 수업이 안 되니까, 칠판에다가 쓸게.”

승현은 아예 입을 닫고 칠판에 모든 내용을 하나씩 판서하기 시작했다. 튜비의 이미지 인식 능력은 시시해서, 갑자기 글을 읽거나 하지는 않았다. 수업은 급격히 지루해졌다. 뒤에서 시트콤을 보듯 그 광경을 보고 있던 혜린은 병든 닭처럼 꾸벅꾸벅 졸기 시작했고, 유림도 칠판에는 거의 시선을 두지 않고 튜비의 반질반질한 표면을 만지작거렸다. 칠판에 글을 다 쓰고 다시 앞을 본 승현은 그 꼴을 보고는 이게 뭐하는 짓인가 하는 생각이 들어 한숨을 쉬었다.

“왜 수업이 안 되는 거예요, 쌤?”

유림이 갑자기 물었다.

“아니, 내가 가르쳐줘야 하는데, 튜비가 전부 말해버리잖아. 누가 영화 보기도 전에 영화 내용을 다 말해주면….”

그때 승현 목소리의 억양 때문에 그랬는지 뭔지, 로봇이 또렷한 소리로 말했다.

“화내지 마, 친구야.”

그걸 듣자 승현은 힘이 더 빠져서, 교탁 옆에 있는 의자에 주저앉고는 말했다.

“선생님도 선생님이 왜 이러는지 모르겠다. 오늘 수업은 여기까지 하자."

그는 기지개를 켰다. 유림은 선생님의 기분이 내려앉았다는 걸 직감하고 점심시간이 올 때까지 침묵하면서 교과서를 읽었다.

곧 종이 울렸다. 점심시간이었다. 승현과 혜린은 잠이 부족해서 식욕이 별로 생기진 않았지만, 밥 먹는 교실로 발을 옮겼다. 식사를 하루 빼먹으면 조리사가 당연히 알아챌 수밖에 없으니 미안하니까.

"튜비도 같이 밥 먹으러 가자!"

그때 아이가 말했다. 자기 이름을 들은 튜비는 "그래, 그래." 하고 맞장구를 쳤다. 승현은 그걸 보면서 자기 이름이 들어가는 문장이 있으면, 저장되어 있는 수십 개의 맞장구 패턴 중 하나를 자동으로 재생하는 거 아닌가 하는 생각을 했다. 혜린은 이제 너무 졸려서 튜비고 뭐고 빨리 밥 먹고 자러 가야겠다는 생각만 했다.

유림은 스스로 튜비를 밀고, 문턱이 있는 곳에서는 튜비를 들어다 옮겼다. 아이가 들기에도 튜비는 크게 무겁지 않았다. 아이가 기다란 밥솥 같은 인공지능 로봇을 들어 옮기는 모습은 꽤 재미있고 어디서도 보기 힘든 장면이었다. 혜린은 엄청나게 졸린 와중에도, 이게 좀 똑똑한 인형을 가지고 노는 인형놀이랑 크게 차이 없지 않나 하는 생각이 들었다. 그래도 아이가 들었다 놨다 하는 거 보니 튜비는 굉장히 안전해 보였고, 그래서 내일부터는 굳이 교사 두 명이 모두 교실에 들어오지 않아도 되겠다 하는 생각도 했다.

4

그 후 며칠 동안 승현은 지뢰찾기를 단 한 번도 실행하지 않았다. 그는 인터넷에서 '질투', '경쟁' 같은 키워드를 검색하거나, 《질투의 심리학》이라든지 《라이벌을 이길 수 있는 경쟁의 심리학》 같은 별 볼 일 없는 책들을 인터넷 서점에서 구매해 교무실에서 한참 읽었다. 유림에게서 튜비의, 사람보다 수천 수만 배 빠르게 계산을 반복할 수 있는 능력에 대한 질투를 불러일으켜 둘의 사이를 멀게 하고 싶었기 때문이다.

안타깝게도 《질투의 심리학》은 어떻게든 다른 사람의 애인을 뺏어보려는 사람들의 헛된 욕망을 충족시켜주는 괴상한 책이었고, 《라이벌을 이길 수 있는 경쟁의 심리학》은 자신이 유능하다는 망상 속에서 살고 있지만, 실상은 부하 직원들을 불쾌하게 하는 것에만 유능한 40, 50대의 중간관리직들을 위한 끔찍한 자위용 책이었다.

자기가 가르치는 아이와 인공지능 사이의 관계를 이간질하는 방법에 대한 가이드라인은 어디에도 없었다. 혜린은 승현이 괴상한 책들을 사서 읽으며 탄식하는 꼴을 보고는, 내심 생각했다.

"저게 뭐하는 꼬락서니야. 누가 봐도 본인이 인공지능한테 질투하는 것 같은데."

승현도 질투라는 키워드를 계속 보다 보니 자신의 꼴을 얼핏 자각하긴 했는데, 그걸 인정하면 너무 괴로워질 것 같아 마음속에 묻어두고 있었다.

승현의 담당 과목이 튜비가 가장 답하기 좋은 과목들만 모아놓은 점도 문제였다. 승현은 국어, 수학, 사회, 과학, 도덕을 맡았고 혜린은 음악, 미술, 체육, 영어를 맡고 있었다. 도덕 시간을 제외하고, 승현이 무슨 말만 하면 튜비가 부연 설명을 줄줄 쏟아내는 것이었다. 국어 시간에 교과서에 수록된 작품을 조금 읽자 튜비가 웹에서 작품 전문을 검색하더니 10분 동안 낭독하는 사건도 있었다. 유림은 화사하게 웃었지만, 승현은 그날 판서를 하다 힘이 너무 들어가 분필을 세 개나 부러뜨렸다.

그에 반해 혜린의 수업 때에 튜비는 꽤 좋은 친구였다. 혜린이 동요 제목을 제시하면 튜비가 그걸 찾아서 재생해주기도 했고, 미술 시간에는 뭐 딱히 그림을 그릴 수는 없었지만 만든 걸 보여주면 좋아하는 것처럼 보였다. 체육 시간에는 튜비가 운동장에 나갈 수 없으니 튜비가 간섭할 여지가 없었다. 또, 튜비는 영어를 이해할 수 없었는지 영어 시간에는 거의 아무 말도 하지 않았다. 가끔 들려준 영어를 한국어로 이해하거나, 자기 이름 비슷한 발음이 들려오면 "그래, 그래." 하면서 기계적인 웃음소리를 내고는 했다. 또 좀 센 억양의 발음이 들려와도 "네가 좋아하니 나도 기뻐."라든지, "화내지 마, 친구야." 같은 말을 가끔 할 뿐이었다.

승현은 책이나 인터넷에서 인공지능과 사람을 이간질시키는 법에 대해 도저히 찾을 수 없었다. 그래서 또 며칠간 지뢰찾기를 포기하고, 점심시간이 지나 유림이 집에 갈 때마다 '깊은봇 컨피규레이션' 앱의 가장 깊숙한 내부를 뒤지기 시작했다. 고급 설정에 들어가니 무슨 흉악한 코드가 그를 기다리고 있어서, 《코딩 초보 Python 5일 만에 마스터하기》 같은 책을 사 읽었다. 그는 임용고시 칠 때보다 더 열심히 공부하는 자신을 보면서 왠지 이상한 뿌듯함도 느꼈다.

그런데 아무리 학부생이 훼귀 먹고 싶어서 기획하고, 기술자들이 "뭐 이런 걸 위에선 선정하냐." 하고 구시렁대면서 여기저기서 따와 얼기설기 만든 인공지능이라고 해도, 깊은벗은 꽤 큰 돈이 들어간 프로젝트였고 첨단기술의 흔적이 많이 묻은 하나의 공학적 작품이었다. 또 그 얼기설기 만들어지고 이제 막 테스트가 시작된 역사 때문에 깊은벗은 사용자 친화와는 아주 거리가 먼 상태였다.

애초에 당연한 일이었다. 컴퓨터 기술과는 거리가 먼 삶을 살아온 사람이 며칠 만에 설정을 능숙하게 조절한다는 것은 그냥 불가능한 과업이었다. 승현은 좀 더 깊이 들어가보려다가 '대학수학과 머신러닝을 함께 시작해보세요'라는 인터넷 광고를 보고는, 대학수학이라는 단어의 육중한 무게감에 짓눌려 그날 코딩도 때려치웠다.

튜비가 너무 똑똑하니까 유림이 질투를 하게 되어서 사이가 알아서 멀어질 것이라는 승현의 추측도 보기 좋게 빗나갔다. 아이는 튜비가 승현이 무슨 말만 하면 완전히 정확하게 대답하고, 자기 이야기를 아주 잘 들어주는 똑똑한 친구라고 생각했다. 튜비를 만난 지 이틀 만에, 아이는 수업이 다 끝나자 집에도 튜비를 가져가고 싶어 했다. 승현은 그게 불가능하다고 설득하려다 도저히 4학년 아이도 납득할 수 있을 만한 괜찮은 이유를 생각해내지 못해서, "선생님이 안 된다면 안 된다는 거야." 같은 말을 했다. 아이는 울었고, 그날 밤에 승현은 집에서 혼자 술을 많이 마셨다.

승현이 튜비를 질투하고 있는 것도 사실이었지만, 그는 아이가 안 그래도 또래와 놀 기회가 없는데 기계랑만 노는 것이 걱정이었다. 왜, 안 그래도 요즘 아이들이 학원만 돌아다니고 맨날 집에서 오락만 한다고 걱정하는 학부모들이 많지 않은가. 승현도 표고초등학교에서 담임 노릇을 할 때 몇몇 아이들이 위험하게 느껴질 정도로 컴퓨터만 보고 자신만의 세계에 빠져 있는 것을 보았다. 그에게는 자신이 담임으로 책임지는 유일한 아이가 나중에 시내의 중학교에 진학했을 때 아무 문제 없이 적응할 수 있도록 도와야 한다는 책임감이 있었다.

유림은 튜비를 집에 들고 가지 못해 아쉬웠지만, 새로운 대화의 창구가 생긴 것 같아 기뻤다. 어른들은 친절하고 재밌는 사람들이었지만, 아무래도 모든 얘기를 할 수는 없었다. 혜린에게도 승현에게도 어머니에게도 아버지에게도 얘기할 수 없는 것들을 튜비는 들어주었고, 맞장구도 그럭저럭 쳐주었다.

승현은 자기가 혜린 몰래 지뢰찾기를 하며 시간을 보낸다고 생각했지만, 혜린은 승현이 근래 지뢰찾기에 열중하는 걸 이미 다 알고 있었다. 그런데 승현이 지뢰찾기도 때려치우고, 배추초등학교에 발령난 지 몇 년 만에 책을 읽는 모습을 보이자, "이게 그렇게 큰 문제인가?" 하는 생각도 했다. 혜린은 지금까지 아이들을 가르쳐오면서, 아이들이 어릴 때 뭔가 결여되어 있어도 다른 부분에서 괜찮은 지지가 있으면 탄성 있게 회복하는 것을 보아왔다. 혜린은 유림도 그렇게 해낼 수 있으리라 믿었다. 다만 승현이 너무 괴로워해서 그에게 좀 신경이 쓰였다.

그렇게 승현은 괴로워하고, 유림은 즐겁고, 혜린은 튜비가 마음에 들긴 하지만 승현 때문에 약간 미안한 기분이 드는 하루하루가 지나던, 어떤 수학 시간이었다.

승현은 교실에 들어오자마자 아이가 두 눈 달린 밥통 앞에서 조잘대고 있는 거 보고 짜증이 치솟아 올랐다. 당장 그 밥통을 집어 들어서 창밖으로 던져버리고 싶었지만, 그는 한숨을 한 번 크게 쉬고는 조곤조곤 말했다.

"림아, 수업 시간이야. 앉아야지."

"화내지 마, 친구야."

그는 튜비가 자신의 높아진 목소리를 듣고 자동으로 그 반응을 하는 걸 듣고 더 화가 났다.

아이는 최근 며칠 동안 류승현 선생님이 굉장히 신경질적으로 변했고, 그 이유가 튜비 때문인 것을 잘 알고 있었다. 어떤 사람들은 아이들이 마냥 순수하기만 하고 세상 사람들의 미묘한 관계를 잘 모를 것이라고 생각하지만, 어른들이 애써 숨긴 표정과 분위기를 읽고 눈치채는 것은 숨 쉬듯 쉬운 일이었다.

그래서 아이는 물었다.

"쌤, 왜 그렇게 튜비를 싫어해요?"

승현은 잠시 깜짝 놀랐다가, 그렇게 내가 티가 나나 하고 생각했다가, 하긴 내가 며칠간 신경이 곤두서 있는데 그럴 만하지 하고 마음속으로 되뇌었다가, 또 그걸 애가 눈치챌 정도면 진짜 저게 얼마나 날 짜증 나게 하는 건지 하고 생각했다가, 갑자기 자기는 원래 후추초등학교에서 편하게 지내고 싶었는데 왜 이런 깡촌으로 튕겼는지 하는 생각이 들고, 그러다 보니까 인생의 우연들이 막 눈앞에서 스쳐 가고, 그런 모든 우연이 악의적으로 설계된 거 같다는 느낌이 들고, 그러다 보니까 왠지 화를 주체할 수 없고, 하지만 자기보다 수십 살 어린 애 앞에서 소리를 지르는 것은 너무 어른스럽지 못하고 교사가 할 일도 아니라는 생각도 들고, 그런데 너무 자기가 이런 고민을 하고 있는 게 서러워지고, 교육청은 왜 하필이면 평소엔 신경도 안 쓰다가 갑자기 이런 짓을 하나 하는 생각이 막 차올라서, 토해내듯 말했다.

"아니, 내가…."

그는 눈물이 줄줄 흐르는 것을 느끼고, 마구 훌쩍이다가, 얼굴을 손에 묻고, 교탁에 팔꿈치를 괴고, 펑펑 울기 시작했다. 눈물이 너무 끊임없이 흘러서 그는 스스로에게 깜짝 놀랐다.

"내가, 내가, 저것 때문에, 평생 거들떠보지도 않던 코딩도 배웠는데…."

그는 코딩이 남기고 간 깊은 상처도 막 생각이 나고, 소리 내서 울면서도, 이게 애 앞에서 이래도 되나 하는 생각도 했다. 튜비가 그 울음소리를 듣고는 "울지 마, 울지 마." 하는 소리를 계속 반복해서 내기 시작했는데, 승현은 그 소리를 듣고 더 펑펑 울었다. 지금 누구 때문에 우는 건데.

유림은 지금까지 어른이 자기 앞에서 그렇게 펑펑 우는 모습을 본 적이 없었다. 지금 왜 선생이 울고 있는 건지 전혀 이해할 수 없었다. 장례식처럼 어른들이 많이 우는 상황도 아니었다. 게다가 또 항상 따르던 사람이 정말 세상이 무너지는 것처럼 울고 있으니, 아이는 또 아이대로 정말로 당황할 도리밖에 없었다.

튜비가 계속 "울지 마, 울지 마." 하는 소리를 냈는데, 승현이 그 말을 듣고 번뜩 유림의 질문에 대답할 말이 생각났다.

"봐, 저게, 응? 응? 어른들이 다, 유림이한테, 친구, 만들어주고 싶어서, 만든 건데. 봐, 이게 진짜? 그래? 계속 울지 마, 울지 마, 이런 말만 하잖아."

승현은 얼굴을 손에서 떼내 들고, 손으로 튜비를 가리키면서, 숨이 넘어갈 것처럼 헐떡거리면서도 계속 말을 이었다. 튜비는 억양의 변화를 감지했는지 이제 "화내지 마, 친구야."라는 말을 하기 시작했다.

"봐, 그러고 보니, 이제야, 이제 알겠다, 선생님이. 봐봐, 계속, 똑같은 말만 하잖아. 어떻게 해, 어떡해, 유림아, 쟤는, 다, 그냥 입력된 대로 말하는 거잖아… 재가 이름만 말하면 그래, 그래 이러는 거야. 봐봐, 튜비, 튜비."

"그래, 그래."

"저것 봐… 쟤는 심지어 내 목소리랑 림이 목소리랑 구분하지도 못해. 그리고 수업 때도 쟤가 다 먼저 말해버리는데… 림이가 어떻게 공부해, 그러면… 나는 그게 진짜 걱정돼서… 쟤는 그냥 기계라니까. 사람이 아니야….”

승현은 눈물이 조금씩 맺었다. 도저히 수업을 지속할 기분이 아니어서 그는 칠판 옆에 있는 의자에 앉아 머리를 벽에 기댔다. 튜비는 계속 찰칵대고만 있었다. 유림이 일어나서 승현에게 다가와 승현의 어깨를 탁탁 치더니 어른스러운 척을 하려고 짐짓 낮은 목소리를 내며 말했다.

“선생님, 울지 마요.”

“미안해, 림아….”

“있잖아요.”

“응?”

“왜 기계랑 친구하면 안 돼요?”

“그야… 살아 있는 게 아니잖아?”

유림은 그의 말을 끊고 한마디 더 했다.

“그럼 선생님은 왜 튜비 보고 계속 저거가 아니라 재라고 하는 거예요?”

승현은 그 말을 듣고 멍하니 아이의 눈을 몇 초간 바라보다가 “허!” 하고 크게 소리를 냈다가, 말을 짜냈다.

“나중에 림이 졸업하고 나면, 시내에 있는 중학교에 가야 될 텐데, 거기에는 친구들이 많단 말이야. 우리 유림이, 또래 아이들이랑 노는 법을 배워야지. 학교가 그러려고 있는 건데.”

그러자 유림이 더 목소리를 낮게 깔아서, 스스로는 되게 어른스럽게 느껴졌겠지만 다른 어른들이 듣기에는 조금 우스꽝스럽게 말했다.

"에이, 쌤들이 잘 가르쳐주고 있잖아요."

그는 유림이 원래 이렇게 어른스러운 아이였나 하는 생각이 들었다.

"근데 저거 아니고 재라고 말한 거, 무슨 뜻으로 말한 거니?"

승현은 유림에게 자신이 생각한 것이 맞나 하고 물어보았다.

"쌤, 쌤이 튜비를 사람이라고 생각하니까 재라고 하는 거죠. 기계한테는 저거라고 하는 거 아니에요?"

"그, 그러네."

승현은 이번엔 왠지 민망해서 눈물이 더 나는 것 같았다.

"그리구요, 저도 재가 계속 하는 말만 하는 거 알고 있어요."

유림이 튜비를 가리켰다. 튜비는 렌즈를 그 둘을 향한 채로, 항상 내던 찰칵찰칵 하는 소리를 또 내고 있었다. 저 찰칵찰칵대는 소리는 어디서 나오는 걸까 하고 승현은 순간 궁금했다. 그때 승현은 뭔가 알 것 같았다.

아이도 이것이 대충 맞장구만 쳐주는, 스스로 어떤 이야기를 만들어낼 수 없는 인형 이상은 아니라는 것을 알고 있었다는 사실을. 유림은 튜비 위에 상상의 조형을 덧씌웠다. 대답만이라도 할 줄 아는 뼈대가 있으니 아이의 상상력은 더 넓은 날개를 펼칠 수 있었다. 어느 때에 튜비는 무슨 문제도 풀 수 있는 척척박사 친구였고, 어떤 때에는 언제나 교실에서 자신을 기다려주는 요정 친구였다. 하지만 그렇다고 해서 현실적 인식을 저버린 것은 아니었다.

깊은벗을 기획한 사람도, 만든 사람도, 교무실에 있는 교사들도 기대하지 못하고, 알지도 못하고 있었던 바였다. 얼마나 깊은 벗이 사람다운지가 문제가 아니었다. 아이들이 지닌 유연한 정신을 자극할 수만 있다면 충분했다.

5

혜린은 종도 치지 않았는데 승현이 교무실 문을 드르륵 열고 들어오는 것을 보고, 종이 고장 났나 하고 생각했다. 그런데 손목시계를 보니 아직 수업이 끝나기까지 30분이나 남았다. 그러고 보니 승현의 얼굴과 눈이 시뻘게져 있었다.

"뭐야, 류 선생, 로봇이랑 싸웠어? 무슨 일이야?"

그러자 승현은 코를 훌쩍이면서 헤헤 웃었다.

"아뇨, 뭐."

"울어?"

"네, 애 앞에서 울었어요. 그래서 빨리 마치고 왔어요. 수학은 알아서도 잘하는 애니까."

혜린은 잠시 머뭇거렸다.

"아니, 뭐야, 무슨 일이 있었는데 그래요?"

"유림이가 저보다 더 성숙한 것 같아요."

승현은 교무실의 빈자리 중에서, 혜린의 자리와 가까운 자리 하나에 걸터앉더니, 수업 시간에 유림과 조금 전에 있었던 일들을 하나씩 늘어놓았다. 튜비 때문에 너무 짜증이 솟구쳐서 집어 던지고 싶었는데, 갑자기 튜비 목소리를 들으니까 너무 화가 났다가, 애 앞에서 화를 낼 수는 없으니 그게 눈물이 되어서 터져 나왔다고. 혜린은 몸을 그의 쪽으로 당기면서 그의 말에 귀를 쫑긋 기울였다. 승현은 울면서 유림에게 신세 한탄을 한 얘기를 줄줄 늘어놓았다.

"기계랑 친구하면 왜 안 되느냐더라고요."

이 말을 하면서 감정의 앙금이 터져 나왔는지 눈물을 몇 방울 더 흘렸다. 혜린은 승현에게 물티슈를 몇 장 뽑아 건네고는 물었다.

"그래서?"

"그러니까, 저보고 그러더라고요. 튜비보고 재라고 그러면서, 왜 기계보고 재라 하냐고."

"유림이가 그런 말을 했다고?"

"네, 기계한테는 저거라고 하는 거 아니냐고 그러더라고요. 근데 그 말이 틀리진 않더라고요. 우리가 컴퓨터한테 재라고 하지는 않잖아요."

승현은 자신의 앞에 있는 컴퓨터를 가리키면서 말했다.

"그렇지."

"네, 그런 거죠."

"류 선생 말 들으니까, 약간 소나무 같은 사람이라는 말이 생각나네."

"예?"

"아니, 사람들이 막 그런 표현을 쓰잖아요. 굳건히 서 있는 산이라든지, 소나무 같은 사람이라든지. 그런데 생각해보면 식물이 뭐 의지가 있어서 서 있는 것도 아니고, 산도 그냥 있는 것 아니야."

"네, 그런데 그게 왜…."

혜린은 승현한테 말 끊지 말라고 인상을 살짝 찌푸린 다음 계속 말했다.

"그런데 사람들이 막 소나무가 사람인 것처럼, 소나무가 굳건히 서 있다고 말하잖아. 사람이 소나무처럼 기개가 있다고 말하기도 하고.".

"그렇죠. 뭐, 그런데 그게 그냥 그렇게 느껴지니까, 비유적인 표현인 거 아닌가요."

"그래요, 그렇게 느끼는 거, 그게 사람이라는 생각이 갑자기 확 드네. 사람이 아닌 것에서 사람을 애써 발견하려고 하는 게 사람의 중요한 특성인 것 같다고."

그 말을 들은 승현은 잠시 멍하니 있다가 고개를 끄덕였다.

"무슨 말인지 알겠어요. 그런데 림이가 계속 하는 말만 반복하는 거, 안에 전부 프로그래밍되어 있는 대로 말한다는 거 자기도 알고 있다고 말하더라고요."

"그게 건강한 거 아닌가. 사람 같은 면을 발견하는 모습도 있지만, 동시에 림이가 완전 그 생각에만 빠지지 않는다는 거니까. 유림이는 잘 알고 있는 거야."

혜린은 의기양양하게 말했다.

"교육부에서 그런 거 다 생각하고 인공지능 대충 그럴싸하게 만들어서 보낸 것일까요?"

"그건 말도 안 되지."

혜린이 코웃음을 쳤다.

"그럼 그냥 얼기설기 해놓은 게, 어쩌다 보니 꽤 인간적으로 된 거고요."

"그렇지."

승현은 의자 등받이에 비스듬하게 몸을 기대고는 생각에 빠졌다. 아직 수업 시간은 많이 남아 있었다. 혜린은 그 모습을 보고 빙그레 웃었다. 이제 보고서 사기 치자는 말은 안 하겠군 하는 생각을 하면서. 승현이 튜비를 좋게 생각해준다면 혜린한테도 좋은 일이었다.

승현은 똑똑한 사람이니까 튜비를 두고 수업하는 법도 잘 익히겠지. 느슨히 흘러가는 배추초등학교의 하루하루에 생긴 갑작스러운 문제가 아주 깔끔하게 풀려나가니, 혜린은 뿌듯했다. 다 큰 어른이 질질 짜고 있는 모습을 보고 있자니 희극적인 기분도 들었다.

"자, 그럼 유림이한테 튜비 끈다는 말 안 해도 되는 거지, 류 선생?"

멍하니 생각을 하고 있던 승현은 깜짝 놀라면서 대답했다.

"아, 네. 그런 것 같아요."

그걸 보고 혜린은 더 기분이 좋아졌다.

"튜비 덕에, 20년 뒤에 유림이 노벨상 받는 로봇 공학자가 되어 있을지도 모르겠네."

승현은 그 말을 듣고는 피식 웃으면서 말했다.

"나중에 림이가 우릴 기억해서 시상식장에서 우리 이야기를 해줬으면 좋겠네요."

"근데 생각해보니까 로봇 공학은 노벨상을 받는 분야가 또 아닌 것 같네."

혜린은 그렇게 말하고는 뭐가 그리 우스운지 깔깔대고는, 한마디 덧붙였다.

"어쨌든 덕에 코딩도 배웠으니, 나중에 림이 5학년 되면 류 선생이 실과 시간에 코딩 가르치면 되겠네. 잘됐어. 이제 지뢰찾기 할 시간에 그거 연습이나 해봐요."

승현은 갑자기 눈물이 또 날 것 같았다.

그동안 유림은 교실에 남아 튜비한테 류승현 선생님이 닭똥 같은 눈물을 뽑는 것이 정말정말 놀라웠다는 이야기, 어제 또 어머니와 시내 치과에 갔던 이야기, 튜비의 찰칵찰칵대는 소리가 카메라 소리 같다는 이야기를 했다. 튜비는, 그 속의 전자 회로로 아무도 이해할 수 없는 수많은 연산을 거치면서, 매일 들려주던 대답을 그대로 들려주었다.

쨍쨍한 햇볕이 남해 바다에 정박된 배 몇 척과 배추초등학교의 교정을 달궜다.

나는 절대 저렇게
추하게
늙지 말아야지

애플에서 내놓은 최신 무선 이어폰을 하나 장만하기로 했다. 한 달 연금의 절반에 다다르는 무시무시한 가격이었다. 친구 정주현이 그걸 끼고 다니기 시작하더니 매일매일 틈만 나면 이 새 에어팟 좋다, 참 좋다 하고 중얼거리고 다니길래 나도 넘어갈 수밖에 없었다. 신사 귤나무길에 있는 애플 스토어에 오랜만에 찾아가니 그 규모를 확장한 모습이었다. 거대한 투명 유리벽 안으로 보이는 위풍당당한 사과 마크가 새하얀 풍채를 뽐냈다.

새 에어팟은 애플이 21세기 초반에 처음으로 내놓은 무선 이어폰과 디자인이 완전히 똑같아서 향수를 자아냈다. 옛날에는 잃어버리기가 꽤 쉬워서 판교를 며칠만 날 잡고 돌아다니면 길거리에서 한 세트를 반드시 구할 수 있다는 식의 농담을 했던 기억이 났다. 나는 아담한 상자를 붙잡은 채로, 겁이 나서 점원에게 물어보았다.

"이거 길 가다 귀에서 빠지면 바로 잃어버리는 거 아니에요?"

"아유, 아닙니다. 어르신, 이 제품은 기본적으로 절대 잃어버릴 수가 없게 설계되셔 있고요. 인체공학적 디자인이라 꼭지 부분을 붙잡고 힘을 가하지 않는 이상 절대 귀에서 뽑히시지 않고요. 또 EAR ID 피처로 주인의 귀가 아니면 작동하시지 않고요. 저희 아이튠즈 계정에 에어팟 실버를 등록하시면 분실 시 위치 추적 기능 사용기 가능하시고요. 그래도 찾을 수 없게 된 경우에는…."

점원은 그놈의 에어팟 실버에게 꼬박꼬박 존댓말을 써 가며 얼마나 이걸 잃어버리기 어려운지 설명했다. 별별 신기한 기술 이야기가 다 나와서, 이걸 잃어버리면 확실히 전적으로 애플이 아니라 내 문제겠구나 싶었다.

"…그리고 어르신 분들한테 유용하게 사용될 수 있도록 제품에 청각 보조 기능이 장착되셔 있고요. 인공지능을 이용하신 거라, 음악 감상 중에도 보청기, 아니 죄송합니다. 현재 지켜보고 계신 사람의 목소리만 정확히 들으실 수 있고요. 또 음악 듣지 않으실 때도 해당 기능은 얼마든지 사용 가능하시구요…."

점원이 내가 관심 있는 기능을 이야기해서 나는 그의 목소리에 다시 관심을 돌렸다. 점원은 아직 오래 일하지 않은 탓인지 애플에서는 일부러 피하려 하는 보청기란 말을 썼다. 이 작은 이어폰에는 잘 들리지 않는 귀를 기가 막히게 보조해주는 기능이 있었다. 가격이 어마어마했지만, 옛날에 쓰던 보청기에 이어폰

기능까지 더했다 하면 거저나 마찬가지였다.

한 5년 전에, 애플이 노인만을 위한 제품군을 처음으로 발표했던 게 문득 기억났다. 그때 어떤 사람들은 이것도 혁신이라고 애플을 찬양했고, 어떤 사람들은 이제 진짜 내놓을 게 없어서 한국 휴대폰 회사들 따라 효도폰이나 내놓느냐고 회사를 퇴물이라 비웃었다. 나는 말하자면 후자에 속하는 쪽이었다. 내가 아무리 노쇠하고 손가락이 주름졌지만 휴대폰 터치는 똑같이 되는데 무슨 노인용 제품이 필요하겠나 싶었다.

그런데 얼마 전에 40년 지기인 정주현이 귀 두 쪽에 하얀 콩나물 대가리를 꽂고 나타난 게 아닌가. 내가 지금 보고 있는 에어팟 실버였다.

"웬 에어팟이야. 그런 젊은이들 물건이 늙은이한테 어울리겠어?"

정주현은 내 핀잔을 들으면서도 이어폰을 빼지 않았다.

"왜 안 빼. 내가 지금 말하고 있는데?"

그러자 그가 히히 웃었다.

"지금 다 들리는데? 너는 요새 애플 이벤트 중계도 안 봐? HearU 못 들었어? 이게 참 진짜 신기하긴 신기하네."

"뭐야, 그게?"

정주현은 이어폰을 계속 낀 채로 자랑스럽게 설명했다. 애플이 이제 노인용 효도폰만 내놓는 게 아니라, 노인들을 위한 에어팟도 출시했다고.

애플은 의도적으로 처음 내놓은 에어팟과 완전히 똑같은 모양으로 만들었다고 했다. 한때 그 이어폰을 끼고 다니던 젊은이들이 이제는 늙었으니까, 향수를 되새기는 모양이었다. 나는 어릴 적부터 그 디자인이 워낙 콩나물 대가리 같아 별로 마음에 들지 않았지만.

가장 흥미로웠던 건 HearU인가 하는 좀 당황스러운 작명 감각을 가진 기능이었다. 원래 이어폰에 노이즈 캔슬링용으로 사용되는, 외부의 음파를 받는 마이크가 장착되어 있었는데, 이 장치로 내가 필요로 하는 소리만 받아서 더 크게 키워 들려준다는 것이었다. 역시나 애플의 휴대폰에만 설치할 수 있는 인공지능 앱이 알아서 중요한 소리를 선택해준다고 했다. 발표회에서는 이를 통해 음악을 들으면서도 외부의 중요한 말에 집중할 수 있다, 뭐 이런 얘기를 했다. '생활에 배경음악을 깔라' 비슷한 캐치프레이즈를 썼던 것 같다.

정주현은 원래 쓰던 보청기보다 그 에어팟 실버란 놈이 훨씬 좋다고 그랬다. 보청기는 주변 소리를 죄다 확장해서 피곤하고 듣기 싫은 소리들도 많이 들리는데, 이 물건은 귀신같이 자기가 지금 집중하고 있는 소리를 잡아서 들려준다는 것이었다. 음악을 아무리 빵빵하게 틀어도 필요한 건 정확히 들린다며 그는 참 좋아했다.

"내가 제일 놀란 게, 얼마 전에 버스 타고 가는데 말이야. 애들이 요즘 유행하는 새로 나온 SNS 한다고 시끄럽더라고. 가상 현실 게임 이야기 하는데… 버스서 떠드는 게 말세다 싶어 혀를 끌끌 차고 이걸 꼈거든. 좀 있으니까 훨씬 작은 버스 안내 방송 소리가 이어폰을 타고 아주 또렷하게 들려오더라. 신통방통하지?"

"젊은이들이 하는 SNS?"

"어. 이름이 초음파통신이었나. 옛날에 인스타그램에서 갈라진 데서 만든 건데, 자기 셀카 찍어서 올리면 AI가 알아서 상황이랑 감정 분석해주고 거기에 얼굴까지 예쁘게 필터링해서 올리는 거 있잖아. 거기 글 올린다고 막 버스에서 떠드는 거야…. 하여튼 그건 중요한게 아니고… 소음도 완전 차단되면서 필요한 소리만 들려주더라니까. 보청기보다 좋아, 이게."

그 말을 듣고 나도 호기심이 동해서 한번 들려달라고 했다. 그는 흔쾌히 이어폰 두 짝을 귀에서 빼서는 내 귀에 꽂아주었다. 에어팟에서는 30년 전에 죽은, 한창때는 막말과 탁월한 재능으로 유명했던 브릿팝 가수의 노래가 잔잔히 들려왔다. 같이 카페 안에서 커피를 홀짝이고 있었는데, 카페의 소음은 어디로 가고 음악 소리 말고 아무것도 들리지 않았다. 그냥 흔한 노이즈 캔슬링 이어폰 아닌가 싶었을 때….

"자, 한번 들어봐! 야, 양윤!"

정주현의 목소리가 갑자기 크게 울렸다. 나는 놀라서 뒤로 넘어질 뻔했다. 정주현이 계속 헛소리를 하자 정말 그의 목소리와 브릿팝 노래만 들려왔다. 나는 이어폰을 빼고 좀 멍한 표정으로 그를 쳐다보았다. 정주현은 뭐가 그리 웃긴지 나를 보고 낄낄 웃었다.

그 놀라운 일을 겪고 나는 생전 쳐다보지 않던 애플 제품에 관심을 가지기 시작했다. 아직 신체는 건강하다고 생각하는데,

내 감각은 반쯤 무너져 있었다. 얼마 전에, 수십 년 전 라섹을 받은 눈에다 새로 나온 기묘한 이름의 눈 수술을 다시 받으니 이제는 귀가 말썽이었다. 아무리 의학이 발달해도 노화의 손아귀에서 벗어날 수 없었다.

그 에어팟 실버의 HearU인가 하는 기능을 쓰려면 일단 휴대폰부터 애플 것으로 바꿔야 했다. 나는 중고로 3세대 뒤떨어진 아이폰 실버 버전을 하나 구했다. 아이폰 X에서 32세대 뒤의 물건이었다. 이름을 아이폰 XXXXII 실버같이 짓지 않고, 어쩌고 2 저쩌고 이런 식으로 또 이름을 한번 갈아엎은 기종이었다.

아이폰으로 휴대폰을 갈아치우고 바로 에어팟 실버를 사기에는 중고 아이폰도 너무 비쌌다. 나는 다음 연금이 들어오는 날까지 새 휴대폰을 가지고 놀면서 기다렸다. 그러는 동안에 정주현은 아직도 HearU 달린 에어팟 실버 안 쓰는 사람도 있느냐면서 나를 놀리는 데 재미가 들었다.

"이런 최신기술은 빨리 탑승해야 하는 거 몰라?"

거기에 덧붙여, 정말 수십 년은 된 인터넷 유행어로 장난을 쳤다. 20세기에 태어나지 않은 사람들 전부가 무슨 말인지 알아듣지도 못하는 헛소리였다. 그는 친근한 사람이었지만 그런 면은 싫었다. 자기가 아직 젊은 줄 알고, 젊은 말투를 쓰고, 수십 년 전에 한물간 유행어를 쓰고. 그래서 한소리 했다.

"좀 나이를 곱게 먹지, 70대가 돼서도 그런 말을 하고 그래. 우리 젊을 때도 별로 보기 좋은 유행은 아니었는데, 그게."

내가 그렇게 반응하자 그는 껄껄 웃었다.

"세상에 곱게 늙는 게 어디 쉬우냐? 중장년까지야 멋있게 나이 들 수도 있는 거지만, 노인 돼서 안 추해지기가 더 힘든걸. 젊은 시절에 다 써버린 품위의 밑바닥까지 긁고 있으면 그게 노추지."

"아니, 왜 그래. 요즘 기대 수명이 120세인데… 그래도 아직 한창이야."

"야, 내가 너 같은 노친네 볼 때마다 기형도 시를 인용한다. 부러지지 않고 죽어 있는 날렵한 가지들은 추악하다고… 정년퇴직이 70살인데 그 두 배 살아서 뭐하니?"

정주현은 항상 늙는 이야기만 나오면 늙는 건 좋을 게 단 하나도 없다고 말하고 그랬다. 듣기 싫었다. 나는 약속 장소를 빨리 떴다. 그래도 그의 귀에 계속 꽂혀 있던 에어팟 실버는 참 탐났다.

휴대폰이야 중고로 사서 깨끗이 소독하면 된다 싶어도, 귀에 꽂는 이어폰은 도통 중고로 사고 싶지가 않았다. 어차피 중고 매물도 없지만. 뉴스를 보니 에어팟 실버가 그렇게 잘 팔린다고 난리였다. 노인용 라인업을 내놓은 것이 새로운 애플의 혁신이었다는 칭찬이 자자했다. 나는 그 꼴을 보고 효도폰 내놓은 건 다른 회사들이 훨씬 먼저인데, 뭐만 하면 혁신이라네 하는 좀 비뚜름한 생각도 들었다.

거기까지 생각이 미친 나는 다시 내 앞에 놓인 에어팟 실버로 눈을 돌렸다. 이어폰에 꼬박꼬박 존대를 하던 젊은 점원한테 마지막으로 하나만 더 묻기로 했다.

"그런데 이것도 그 음성 명령밖에 안 돼요?"

"다시 한 번 설명해주시겠어요, 고객님?"

나는 머리를 약간 갸우뚱했다.

"아니, 그, 재생, 다음 곡 들려줘, 이런 식으로 입으로 말해야 하는가 싶어서. 나는 그냥 이어폰을 손으로 터치하거나 버튼이 있는 게 훨씬 더 낫더라고요."

"아하, 아뇨, 대화형 인터페이스도 되고 제스처도 됩니다. 고객님."

대화형 인터페이스, 기계랑 어떤 방식으로든 대화를 해서 가동하는 인터페이스. 젠장. 21세기 중후반을 살아가는 나 같은 노인네한테는 그것이 제일 적응하기 힘든 개념이었다. 아무리 현대 문물에 잘 적응하고 교양 있게 늙어가려고 해도 도저히 기계에 대고 말하는 건 자연스럽게 할 수 없었다.

그럴싸한 AI 스피커가 출현하고, 개인 AI 비서가 휴대폰에 장착되기 시작했을 때였을 것이다. 나는 도저히 왜 인공지능에다 대고 말을 해야 하는지 이해할 수가 없었다. 내 말을 걔들이 제대로 이해하는 것 같지도 않고 결과도 개판이었다.

나는 그 당시에는 아이폰을 쓰지 않았고, 이건 친구한테서 들은 이야기다. 그가 "시리야, 30분만 있다가 깨워줘."라고 말했는데, 휴대폰이 30분 뒤에 알람을 틀어주긴 했다고 한다. 근데 그 알람 이름이 '10000'으로 저장되어 있었던 것이다.

그 일화를 듣고 나는 말도 못할 위화감을 느꼈다. 그러니까, 이것은 사람이라면 결코 하지 않을 실수였다. AI가 언어를 인간과는 분명히 다른 방식으로 이해한다는 증거로 느껴졌다. 거기에 더해, 기계에 대고 말하는 것 자체가 혼잣말하는 느낌이라 기분이 이상했다.

자고로 기계로 하는 작업이란 버튼이 있어야 한다고 생각하고 있다. 고칠 수 없는 구시대적 사고다. 어린 시절 폴더폰에서 스마트폰으로 넘어갈 때 화면에 물리적 버튼이 없고 가상 버튼만 있어 좀 기분이 이상했지만, 그래도 빠르게 적응했다. 가상 버튼을 눌러도 휴대폰이 살짝 진동하긴 했으니까. 그것들을 누르는 게 말하는 것보다 훨씬 빠르고 편리했다.

배달 앱에서 내가 직접 원하는 피자집 이름을 써넣고… 페퍼로니 피자 세트에 치즈 오븐 스파게티, 디핑 소스 추가 버튼을 하나씩 누르는 것이 AI 스피커에다 대고 "페퍼로니 피자 세트에 치즈 오븐 스파게티, 디핑 소스 추가해줘."라고 소리지르는 것보다 시간도 덜 들고 민망할 일도 없지 않은가?

하지만 나 같은 늙은이만 그렇게 생각하는 것 같다. 모두가 대화형 인터페이스를 별로 안 좋아할 줄 알았는데, 어느 해던가, 설날에 어린 조카가 휴대폰을 쓰는 모습을 보고 깜짝 놀랐다. 마인크래프트가 세계 1위 게임인 것도 놀라웠지만….

조카는 궁금하고 필요한 모든 것들을 휴대폰의 인공지능 비서에게 아주 자연스럽게 물었다. 대화로 요리조리 정보를 찾아나가는 모습은 우리 세대가 마우스와 키보드로 웹서핑을 하는 것과 다르지 않았다. 나는 아이들이 인공지능 스피커로 영어공부를 하는 모습이 말도 안 되는 광고에서나 나오는, 연출된 장면이라고 생각했다. 하지만 조카는 그걸로 30분씩 영어 공부도 하는 것 같았다. AI 스피커에게 교육받은 조카는 까다로운 r이나 th 발음도 곧잘 해내곤 했다.

조카는 오랜만에 본 나를 좋아해서 그 설 연휴 동안 내 옆을 졸졸 따라다녔다. 우리 집은 제사 때마다 쓰이는 지방을 컴퓨터 프린터로 A4 용지에 인쇄하고 그걸 잘라다 썼는데, 그 일은 언제나 내 차지였다. 조카는 내가 컴퓨터로 지방에다 어려운 한자를 쓰고 인쇄하는 모습을 보더니 호기심이 생겼는지, 나보고 이것저것 물었다. 아이는 내가 키보드와 마우스를 그렇게 빠르게 다루는 걸 신기하게 여겼다. 그 모습이 워낙 귀여워서 옛날 프로게이머처럼 일부러 헛손질까지 해가며 마우스를 더 빨리 굴렸다.

야속한 세월은 흘러 언제까지나 작은 채로 남아 있을 것 같던 내 조카는 유능한 엔지니어가 되었다. 최고 인기 게임은 마인크래프트가 아니라 듣도 보도 못한 가상현실 게임이 되었다. 그리고 나는 이제 실버라는 이름이 붙은 전자제품을 살까 말까 고민하고 있다.

"그, 말로 조종하는 게 워낙 불편하다 보니까요. 또 공공장소에서 말로 조종하는 건 아무래도 좀 시끄럽지 않은가 하고…."

"걱정하지 않으셔도 됩니다, 고객님. 2020년대에 쓰시던 에어팟이랑 똑같이 사용 가능하세요. 저희가 옛날에 쓰시던 분들 감성을 생각해서 제스처 기능을 그대로 유지하고 있거든요, 고객님. 그리고 요즘은 음성 명령 쓰셔도 아무도 뭐라 안 하시거든요. 고객님이 너무 친절하신 거라고 생각하셔도 될 거예요!"

그렇다면 오른쪽 귀를 한 번 쳐서 곡을 일시정지하고, 두 번 쳐서 다음 곡으로 넘어갈 수 있으며, 모드 전환도 가능하다는 말이지. 나는 지갑을 꺼냈다. 젊은 점원은 싱글벙글 웃으면서 나를 계산하는 곳으로 데려갔다. 그는 내가 아이폰에다 에어팟 실버 앱을 설치하는 것도 도와주었다. 나는 손으로 버튼을 눌러 가며 설치하려고 했는데, 그가 그냥 아이폰에다 "시리, 에어팟 실버 설치해줘."라는 한마디로 모든 걸 끝냈다.

비싼 값을 내고 나는 에어팟을 찬찬히 톺았다. 큰돈을 내고 산 물건이라 그런지 옛날에는 알비노 콩나물 같던 것이 이제 보니 꽤 깔끔하고 세련됐다. 분명히 수십 년 전에 처음 본 그 물건이랑 똑같은 디자인이었다. 포장을 뜯어 귀에 껴보니 무게중심이 귀 안으로 묵직하게 눌리는 것이 잘 빠지지 않겠다 싶었다. 나는 포장을 가방 안에 집어넣었다.

옷매무시를 가다듬고 매장 밖으로 걸어 나왔다. 신사 귤나무길에 올 때 들리던 그 소음이 하나도 들리지 않았다. 가끔 내 시선에 말하는 사람이 있으면 그 사람의 목소리만 명확히 들렸다. 필요한 소리만 정확히 들려주고 나머지 소리는 완전히 차단한다는 게 참 신기했다. 나도 그때 처음으로 에어팟 실버를 끼고 나온 정주현처럼 어깨를 으쓱거리며 걸었다.

오늘은 신촌 변두리에서 정주현을 보기로 했다. 나는 지하철에 올라탄 다음 신형보다 3세대 뒤처진 아이폰을 꺼냈다. 거울에 문득 내 모습이 비쳤다. 귀에는 하얀 콩나물 꼬다리를 꽂고,

손에는 알루미늄으로 깔끔하게 마감된 휴대폰을 들고, 명품 코트를 걸친 채였다. 만족스러웠다.

그래, 내가 70대여도 이 정도면 품위 있고 트렌드를 따라가는 모습이지. 완전히 젊은이처럼 살 수는 없어도 젊게 사는 구석이 있어야 사람들도 나를 존중하는 거 아니겠나 싶었다. 곱게 늙기가 힘들고 청춘은 빠르게 시든다지만 아직 수십 년 치 생기는 남은 몸이다. 나는 살아 있다. 아직 활기차게 살아 있다.

소비 하나로 자존심이 무럭무럭 자랐다. 노약자석이 텅 비어 있었지만 거기 앉지 않았다. 일반 좌석은 꽉 차 있지만, 거기 앞에 서 있어도 젊은이들이 왜 노약자석에 앉지 않느냐는 눈치를 줄 것 같았다. 나는 그냥 꼿꼿이 문 근처에서 봉을 잡고 섰다. 골치를 썩이던 무릎도 오늘따라 괜찮았다. 역시 사람은 소비를 해야 날개를 단다.

약속 장소에서 정주현이 나를 알아보고 크게 소리질렀다.

"어이, 양윤!"

얼굴이 화끈했다. 저 사람은 어찌 부끄러운 줄 모르고 거리에서 사람 이름을 저리 부르나. 나는 빠르게 그가 있는 쪽으로 종종 걸어갔다. 그도 귀에 흰 에어팟 실버를 끼고 있었다.

"아이, 너는 뭔 사람도 많은 데서 소리를 지르고 그래. 늙은이가 보기 안 좋게."

"이제 납골당 예약해놓은 몸인데, 뭐 어때? 그리고 너도 드디어 에어팟 샀네?"

"민폐란 말이야, 민폐. 좀 점잖을 수 없어?"

"어차피 노친네들은 어딜 가도 민폐야."

그러면서, 정주현은 나를 근처 치킨집으로 데려갔다. 홍대 쪽으로 가는 방향이었다. 문득 예전에 그 길 중간의 버스정류장에 서 있던 기억이 났다.

"그러고 보니 내가 어릴 때 말인데…."

나는 수십 년 전의 기억을 혼잣말처럼 정주현에게 늘어놓았다.

2018년 여름, 아직 한반도 전체가 지금처럼 열대 지역이 되지는 않았지만 정말 미친 듯이 더운 해였다. 길 한가운데 있는 버스정류장에 서 있으니, 도로에 반사되는 햇볕이 품은 열이 참 뜨거웠다. 아스팔트 도로 위에 아지랑이가 피어올랐다. 계란 몇 판을 깨 넣으면 장관일 것 같기도 하고, 너무 더워서 머리가 돌아버릴 것 같은 와중이었다.

무슨 악을 쓰는 소리가 들려서 고개를 들었다. 웬 노인 한 명이 도시버스 기사랑 실랑이를 하고 있었다. 파란 도시버스는 몇 분째 거기에 정차 중인 듯했다. 그 뒤로 버스들이 줄줄이 서서 빵빵대고 있었다. 그중에는 내가 타야 할 버스도 있었다. 난 버스를 타려다가 그 실랑이에 흥미가 생겨서 그곳을 쳐다보았다.

노인은 종이상자들이 차곡차곡 쌓인 카트를 뒤에 끌고 있었다. 거기서 물이 질질 흘러나와 블록을 적셨다. 불쾌한 냄새를 맡았다. 그러고 보니 카트 뒤에는 굉장히 난감한 얼굴을 한 대학생도 한 명 서 있었다.

"아니, 버스에서는 생선 갖고 못 타신다니까요! 이거 다 썩는 냄새 나는데, 승객들은 어떻게 해요?"

50대 정도 되어 보이는 버스 기사가 소리질렀다. 아하, 이제 상황이 이해가 갔다. 노인은 행상인 것이다. 이 푹푹 찌는 여름날에 푹푹 썩어가는 생선을 누가 사겠나. 아마 오늘 장사도 허탕쳤겠지. 대낮부터 포기하고 버스 타고 집으로 돌아가려는 셈일 테다. 카트 뒤에 서 있는 대학생은 카트를 들어서 버스 위로 올려주려고 한 착한 사람이고.

그러고 보니, 버스에서 쏟을 수 있거나 냄새나는 음식을 들고 타면 버스 기사가 탑승을 거부할 수 있다는 조례가 막 시행된 때였다.

하지만 버스 앞에 선 노인은 완강했다. 그는 어떤 수를 서서든 버스 안으로 들어가려고 기사를 밀어냈다. 기사도 단호히 그를 저지했다. 노인의 카트에 실린 생선 상자에서는 정체불명의 침출수가 뚝뚝 떨어졌다. 그 뒤에 서 있는 학생은 정말로 안절부절못하고 있었다. 입맛 떨어지는 광경이었다.

"아니, 내가 내 돈 내고 버스 탄다는데, 왜 못 타게 혀, 왜!"

버스 정류장에 있던 사람들은 모두 노인과 기사를 바라보고 있었다. 버스 뒤로 밀린 버스는 줄줄이 열 대쯤 되어 보였다. 기사는 화가 나서 아무도 알아듣지 못할 말을 크게 웅얼거렸다.

그때 노인이 최후의 수를 택했다. 버스 앞에 쭈그려 앉은 것이다. 뜨거운 아지랑이가 피어오르는, 절절 끓는 아스팔트 도로 위에. 차마 드러눕는 것은 노인도 포기했다. 버스 기사는 하늘 위로 한숨을 푹 쉬고는 노인을 말렸다.

"아이씨, 이게 법 때문이라니까요, 법. 하이고, 돌겠네, 그런

법이 새로 생겼다니깐!"

"난 그런 법 처음 듣는다! 아이고, 나라가 어른을 버스에도 못 타게 허냐!"

그런 법을 처음 듣는다니, 뉴스에도 나오고 버스에서도 벽면 틈마다 붙어 있었는데 대체 무슨 소린가 했다. 정류장에서 버스를 기다리던 사람들도 이제 한숨을 쉬기 시작했다. 앞에서 문제의 버스가 꽉 막고 있으니 다른 버스를 타도 도통 앞으로 전진할 수가 없는 것이다. 그래서 그들은 자기가 기다리던 버스 앞에 선 채로 다들 그 꼴을 구경만 했다.

그때 기사가 끈을 놓았다. 그는 카트를 밀치고 노인을 달랑 들어서 보도블록으로 집어 던지다시피 했다. 박스에서 생선들 몇 마리가 쏟아졌다. 노인은 뜨거운 바닥에 앉아 곡을 했다. 마음이 흔들리는 광경이었다. 그때 옆에서 나랑 비슷한 나이의 대학생 한 명이 지나가더니 한마디 했다.

"나는 절대 저렇게 추하게 늙지 말아야지."

"맞아, 진짜로."

그의 옆에 있던 친구도 맞장구를 치면서 버스를 탔다. 나도 황망히 버스에 올랐다. 창문 밖을 지나가는 동안 나는 그 뜨거운 여름의 보도블록 위에, 쓰러져 있는 노인과 썩은 생선들을 지켜보았다. 이유 모를 지독한 죄책감을 느꼈지만, 왠지 약간의 안도감도 들었던 것 같다.

내가 정주현에게 그 이야기를 끝냈을 때, 우리는 치킨집에 자리를 잡고 주문도 한 뒤였다. 아직 주문한 닭은 나오지 않았지만

2,000cc 맥주 피처 하나가 상 위에 올라와 있었다.

"그래서 하고 싶었던 얘기가 뭔데?"

정주현이 물었다.

"글쎄, 내가 그 노인네처럼 살고 싶지 않다는 것?"

"그러려면 어떻게 해야 하는데?"

"세상이 바뀌는 거 잘 따라가고, 지금 사는 데 안주하지 않고."

"그래서 에어팟 산 거야?"

그는 자기 귀에 낀 것이랑 똑같은 내 것으로 눈을 돌리면서 얘기했다.

"어. 아무리 늙은 티 안 내려고 해도, 손에 생기는 주름이랑 청력 떨어지는 건 어쩔 수 없더라고. 보청기를 사야 하는가 했는데. 이게 참 좋네."

"저길 보라고."

내 앞에 앉은 노인은 턱으로 근처 테이블을 가리켰다. 쳐다보니 젊은이들 다섯이 술을 마시고 있었다.

"뭘 보라는 거야?"

"저기서 두 명은 술도 안 먹고 폰이나 하고 있잖어."

정주현은 속삭였다. 그러고 보니 그랬다. 학생들 중 두 사람은 술판에 제대로 끼지 않고, 한쪽 귀에 손가락을 대고 있었다. 아하, 음성 명령을 내리는 것이다.

부모님 세대는 문자보다는 아무래도 전화가 필요하다 그랬었는데, 내 때는 글로 된 인터넷 메신저를 쓰는 게 아주 자연스럽고 당연하게 됐다. 그래서 술자리 때 고개를 푹 박은 채로 휴대폰을 보고는 했지. 그런데 AI 스피커에 길든 다음 세대는 속삭이더라도 말하는 것이 훨씬 편하단다. 사고 위험도 적다 그러고.

"참, 진짜 이해가 안 가네. 시끄럽지도 않나."

나는 고개를 돌리고 푹 익은 닭가슴살 한 쪽을 내 접시에 담으면서 말했다.

"모든 꼰대들이 가장 좋아하는 말이 바로 '이해가 안 간다'는 말이지."

"아니, 그래도 다들 이야기하고 있는 중에 폰에다 말하고 있는 게 예의야?"

"어차피 친구들 있는 자린데, 뭐 어때? 우리도 그런 자리면 폰으로 잠시 메시지 확인하고 그랬잖어?"

뜨끔했다. 나는 공연히 주머니에 손을 넣고 휴대폰을 매만졌다. 세로로 거의 한 뼘은 되는 거대한 크기였다. 아이폰 실버. 요즘 휴대폰 시장에서는 노인들 빼고는 사지 않는 물건이다. 눈이 흐리거나 음성으로 조작하는 것이 익숙지 않고서야 넓은 화면에 큰 메리트가 없었으니까. 영상은 접는 태블릿으로 보고.

"그래도, 대놓고 앞에서 말하는 건 다른 것 같은데."

"그러니까 네가 젊게 살려고 해도 안 되는 거야. 겉은 최대한 옛날 노인들처럼 안 보이려고 해도 마음은 못 따라가지. 저 친구들이야 입으로 말하는 게 우리보다 훨씬 익숙한 거고, 고개 처박고 폰이나 보고 있는 것보다 훨씬 더 낫다고 생각하는 거 아니겠어?"

나는 그 말을 듣고 또 기분이 꿍했다. 이 친구는 항상 이렇다.

나이야 싫든 좋든 먹는 것이고, 나는 그저 추해지고 싶지 않을 뿐인데 그 뜻을 몰라준다. 거기에 반박할 기분도 들지 않아서 나는 묵묵히 맥주를 마셨다.

정주현은 내가 답을 않는 걸 보고는 주제를 바꿔서 떠들기 시작했다. 배우자 이야기, 자식 이야기, 다 나랑은 상관이 없는 말들이었다. 어쩌다 40년 동안 이런 사람이랑 친했나 싶은 환멸과 혐오까지 마음을 살짝 스치고 지나갔다.

그의 식욕은 놀라웠다. 늙으면 다 똑같다 하는 인간이 닭은 혼자 다 먹어치웠다. 나는 계속 술만 홀짝여서, 큰 맥주 피처 하나를 나 혼자 거의 다 비웠다. 그런데 헛소리를 하며 떠들던 그가 취하기는 더 취했다. 나는 그를 도로로 끌고 나가서 적당히 손을 들었다. 지나가던 택시 하나가 멈춰서 문을 열었다. 기계가 모는 택시 안은 텅 비어 있었다.

"어디로 모실까요?"

정주현은 고개를 푹 숙이고 있다가 택시에서 낭랑하게 흘러나오는 목소리를 듣자 귀신같이 강동구의 자기 집 주소를 말했다. 나는 감정을 좀 실어서 그를 차 안으로 집어 던졌다. 운전사 없는 차의 자동문은 잠시 반짝이며 나를 기다렸다. 내가 고개를 살짝 흔드니 문이 닫혔다. 자동차는 곧 도시의 점점이 빛나는 불빛들 사이로 미끄러져 갔다. 다시 혼자가 되었다.

신촌에서 홍대 거리로 향하는 거리의 중간쯤, 청년들이야 다 각 극점에서 한창 떠들고 놀고 있을 것이다. 이곳은 주저앉아 노는 사람들보다는 어딘가로 향하는 사람들이 많았다. 시계를 보니 밤 10시 반이었다.

술이 좀 들어가서 몸이 달떠올랐다. 아이폰으로 오래된 락을 하나 틀었다. 베이스라인과 드럼 비트에 맞게 움직이며 걸었다. 오랜만에 홍대 쪽으로 좀 가볼까 싶었다. 오랜만이라 함은 마지막으로 그곳에 들른 지 10년 단위의 시간이 지났다는 말이다. 40이 넘은 이후로 그 젊음의 거리에 발을 들이기만 해도 신성한 곳을 모독한 기분이 들고 절로 움츠러들었으니까. 아무리 젠트리피케이션으로 오염되었다고 해도, 홍대는 영원히 홍대였다.

하지만 나 정도면 예의 바르고 괜찮은 노인네지. 나이 들었다고 사람들을 어이없이 윽박지르지도 않고, 더러운 말도 안 하고. 나는 존중받을 만큼 괜찮게 산다. 맥주 몇 잔 들이켜고, 잠시 그곳의 벤치에 앉아 신성한 젊음이 노는 모습을 잠시 둘러보는 정도야 그들도 이해할 수 있을 것이다.

젊은이들은 나를 신경 쓰지 않고 자기 노는 데 바빴다. 그런 따스한 무관심이 좋았다. 나는 에어팟을 꼈다. 좀 헐거운 귀마개를 한 것처럼 많은 소리가 들려왔다. 시끌벅적한 소음이 마음에 들었다.

그때 가상현실 어쩌고 하는 게임방이 눈에 띄었다. 초고해상도의 가상 오감을 지원한다는 문구가 간판에 어지러이 쓰여 있었다. 옛날 VR 게임방 같은 느낌일까. 말만 많이 들어보고 시도는 한 번도 안 해봤네. 취기를 빌려 한번 해보고 싶었다. 나는 게임방으로 걸어 들어갔다. 잠시 둘러보니 여러 캡슐이 있었다. 그 캡슐 안에 들어가서 가상현실에 접속하는 건가 보다.

"어, 어서 오세요."

카운터에서 의자에 늘어지게 누워 있던 점원이 자세를 약간 세우고 나를 맞았다. 위의 메뉴판에는 한 게임 얼마 얼마, 이렇게 쓰여 있었고, 그 뒤에 우주에서 총 한 자루 들고 외계인과 싸우는 전사가 그려져 있었다.

"예, 그, 내가 여기가 처음이거든요."

"아, 괜찮으세요. 초음파통신으로 접속하시면 되고요."

"초음파통신?"

아, 맞다. 그 정주현이 말했던 요즘 애들이 한다는 SNS 비슷한 거?

"네, 계정 없으세요?"

"글쎄, 나는 인스타 ID밖에 없는데…."

내가 말끝을 흐리자 점원이 웃으면서 말했다.

"어르신, 인스타요?"

"인스타그램, 몰라요?"

점원이 잠시 골똘히 생각했다.

"아, 인스타그램! 역사 교과서에 나오는 거를."

"아, 그런가…."

점원은 초음파통신에 가입해야 캡슐 안에서 접속할 수 있다고 말했다. 나는 얼른 휴대폰을 꺼내서 초음파통신이란 이름을 검색해봤는데 도통 나오는 것이 없었다. 초음파로 검색해도 마찬가지였다. 알고 보니 초음파통신이라는 거는 그 SNS 서비스 중에서 가장 잘 나가는 콘텐츠를 아우르는 명칭이고, 앱 이름 자체는 또 돌고래토크니 뭐니 해서 달랐다. 점원은 웃으면서 시리에게 명령을 내려 애플리케이션을 설치해주었다.

그러자 휴대폰이 내게 [원하는 닉네임을 설정하세요.]라고 말하길래, "어… 남극앵무로 해줘요."라고 했는데 [닉네임이 남극앵무로로 설정되었습니다.]라고 떠서 "아니, 남극앵무로가 아니라 남극앵무라니까."라고 말하고 하는 번잡한 과정을 또 거쳤다. 이래서 대화형 인터페이스가 싫다고!

그다음에 또 무슨 팔로워니 친구니 하는 목록이 화면에 잔뜩 나왔다. 이놈의 SNS는 페이스북 이후로 전부 다 거기서 거기인 것 같은데 뭐가 다르다고 사람들이 이리 몰려가고 저리 몰려가는지, 정말 알 수가 없는 일이다. 나는 10년 전에 돌연사한 친구까지 추천 친구 목록에 뜨는 게 섬뜩해서 앱을 얼른 종료했다.

점원이 내 휴대폰을 들어다 캡슐에다 갖다 대자 캡슐이 푸슝 소리를 내면서 열렸다. 캡슐 안에는 사람 한 명이 누워 있을 만한 공간이 있었다.

"한 게임에 20분이에요."

"아, 예."

캡슐 안에 들어가서 누우니 캡슐이 닫혔다. 느슨했던 공간은 내 몸에 맞춰서 변형됐다. 굉장히 편했다. 기계 안에서 내 닉네임을 부르고 환영한다는 목소리가 들렸다. 그리고 게임이 시작되는 것 같았는데….

아무 일도 일어나지 않았다. 나는 히어로 영화의 쿠키 영상을 기다리는 사람처럼, 어둠 속에 멍하니 누워 있었다. 편하긴 한데 내가 하려고 한 건 가상현실 게임이지 완전 편한 침대 체험이 아닌데. 나는 몸을 좀 움직였다.

"여기 고장 난 거 아니에요?"

그때 눈앞에 게임사의 로고가 나타났다. 스타더스트 스튜디오라는 이름과 우주선 하나가 우주의 심연을 가르는 모습이 내 주위를 휘감고 돌았다.

[안녕하세요, 남극앵무님! 돌핀토크의 버츄얼 리얼리티 스페이스 컨쿼러 16K에 오신 것을….]

그러고도 기계는 한참 떠들었다. 나는 그걸 다 멍청히 듣고 있었다. 그러다 갑자기 캡슐이 푸슝 하고 열렸다. 조금 전에 점원은 퇴근한 모양인지 다른 점원이 다가왔다.

"시간 끝나셨어요, 고객님."

"나는 아무것도 못 했는데 끝났다니 그게 무슨 소리죠?"

점원은 당황한 눈빛으로 나를 쳐다봤다. 온갖 생각이 다 들었다. 여기서 뭐라 뭐라 소리 지르면 진상 취급받는 거 아닌가 불안했다. 하지만 아무것도 못 했는데 돈 내면 너무 억울하잖아. 요즘 물가도 비싼데… 내 목소리가 조금씩 높아졌다. 점원이 당황해서는 품에서 태블릿을 꺼내 이리저리 두드려보았다. 그는 그러다 당황하는 목소리로 말했다.

"그, 고객님. 안에서 아무 말씀도 안 하셔서…."

"말을 해야 하다니?"

내가 퍽 노기를 띠었지만 점원은 친절한 어조로 설명했다. 그러니까 안에서 가상현실 게임이랑 대화를 해야 게임이 진행된다는 것이다. 나는 영화 보는 것처럼 멍청히 누워 있었으니 아무 것도 안 되는 게 당연했다.

"하지만 그런 설명이 없었잖아요."

내가 볼멘소리로 따지자 점원이 말했다. "그래도, 저희가 보편적인 애플리케이션이랑 비슷하게 돌아가셔서요." 그 말을 들으니 내가 보편적인 프로그램도 못 다루는 사람인가, 하는 생각이 들어서 나는 누워서 마구 따졌다. 나같이 GUI에 익숙한 사람은, 버튼을 누르는 데 단련된 사람은 대체 어쩌라는 말인가 하고.

점원은 무슨 무슨 말을 하다가, 잠시 고개를 돌린 다음 다시 화색을 띤 얼굴을 보여주면서 말했다.

"10분 서비스 드릴 테니까 재미있게 즐기세요, 고객님."

그러고는 캡슐이 푸슝 하는 소리를 내면서 다시 닫혔다. 편안했다. 그래, 나는 소비자의 권리를 되찾은 것뿐이야.

가상현실 캡슐이랑 대화를 나누니 기분이 참 이상했다. 시작한다고 소리를 지르니까 무슨 자신의 아바타를 만들어야 한단다. 캐릭터 만드는 건가 싫어서 쭉 따라갔다. 내 얼굴을 그대로 딴 아바타의 피부 곳곳에 주름이 깊게 파여 있는 걸 보고 난 소리를 질렀다.

"아냐, 더 젊게, 젊게!"

[알겠습니다, 남극앵무님.]

몇 분의 실랑이 끝에 아바타는 2026년에 30대의 내가 PT를 하루 하고 때려치우지 않았더라면 됐음 직한 모습이 되었다. 좋

다고 말하니 갑자기,

[그럼 시작하겠습니다.]

하는 목소리가 들려오더니 시점이 확 바뀌었다. 나를 아바타에 접속시키느니 무어니 하는 것이었다. 내 손을 바라보니 주름 하나 없고 핏줄이 건강히 드러난 젊은 손이었다. 하늘은 연한 분홍빛이었고 땅은 노란색이었으며 온갖 기기묘묘한 금속 구조물이 땅에 서 있었다. 아, 이게 가상현실이구나 하고 주변을 좀 둘러보았다.

분명히 감각은 굉장히 현실과 가까웠지만 완전히 현실적이진 않았다. 나는 심한 멀미를 느꼈다. 구역질을 하면서 나는 땅바닥에 엎드렸다. 그때 세상이 암전하더니 캡슐이 퓽 하고 열렸다. 현실의 세상으로 이리 갑작스레 돌아오자 너무 어지러웠다.

점원 셋이 멀리서 뛰어왔다.

"어르신, 빨리 나오세요, 빨리!"

그들은 나를 캡슐에서 잡초 뽑듯 끌어 내렸다. 세상이 빙빙 돌았다. 나는 땅바닥에다 온갖 것들을 게워냈다. 점원 하나가 질색한 표정으로 말했다.

"아니, 그러고 보니 술 냄새가 나네. 늙으신 분이 가상현실 게임을 하는데 술을 마시고 오면 어떡해요!"

"미안해요, 내가 이런 걸 처음 해봐서…."

익숙한 일인지 한 명은 청소 도구를 가지러 어디 다용도실이 있을 법한 곳으로 사라졌다. 남은 점원 둘이 나를 부축하는 척하면서 가게 밖으로 질질 끌어냈다. 나는 가게문 밖 보도로 튕겨 나가 휘청거리며 섰다. 점원 둘은 인사도 없이 다시 가게 안으로 들어갔다.

그때 그들 둘이 가게 내부로 들어가면서 지껄이는 목소리가 들렸다.

"아유, 어쩜 이리 늙은이들은 죄다 진상들이냐."

"그러니까, 컴퓨터랑 이야기 안 하고 작동 안 한다는 건 예사에, 술 마시고 가상현실 기계에 들어가는 사람이 어딨어?"

"그 귀에 낀 것도 진짜 구식이야. 어쩜 그런 못생긴 걸 끼고 다닐 생각을 할까?"

"내 말이!"

"나는 절대 저렇게 추하게 늙지 말아야지."

"맞아, 맞아, 나도."

그 목소리를 듣고 다리가 풀려 길 위에서 넘어질 뻔했다. 내 자아를 받치던 마음속의 한 기둥이 무게를 버티지 못하고 꺾인 모양이었다. 나는 서둘러 귀에 낀 에어팟 실버를 두드려서 음소거 모드로 설정을 바꿨다. 도시에 내린 짙은 소음이 갑자기 훅 하고 사라졌다.

기다시피 횡단보도를 건넜다. 보도블록 위로 올라가 주저앉았다. 차려입었던 코트에 먼지가 잔뜩 묻었다. 나는 갑자기 푹푹 썩는 생선 냄새를 맡았다. 주위를 둘러봐도 아무 쓰레기도 없으니 이건 환각인가. 하늘을 쳐다보니 오른쪽 뺨 위로 눈물이 흘러내렸다. 나는 열대야로 자글자글 타오르고 있는 보도 위에 주저앉아 내가 바라지도 않았던 노추를 억울한 심정으로 곱씹었다.

감정을 감정하기

내가 이예슬을 인터뷰한 장소는 마포구 대흥동의 언덕길에 있는 작은 카페였다. 갈색 목재로 마감된 인테리어를 보며 기다리고 있으니, 자동문이 열리고 이예슬이 천천히 굴러왔다. 그러니까, 휠체어가 말이다. 이예슬은 로봇팔이 네 개 달린 커다란 휠체어에 편안하게 앉은 채였다. 미동도 않는 이예슬의 몸은 푹신한 천으로 둘둘 감겨 있었다.

휠체어 위의 360도 카메라를 보아하니 자율주행 휠체어였다. 내가 팔을 흔들거나 하지 않았는데도, 휠체어는 나를 감지하고 내 앞으로 스르륵 미끄러져 왔다. 이예슬과 눈이 마주쳤다. 이예슬이 몸을 아예 움직일 수 없으니, 내가 이예슬을 바라본 탓이다. 그때 알람 소리가 나고, 휠체어에 달린 스피커에서 합성된 여성의 목소리가 흘러나왔다.

"안녕하세요?"

"아, 네, 안녕하세요. 누리경제 김동연입니다."

나는 일단 일어나서 인사를 꾸벅 했다가, 이예슬이 악수를 하거나 할 형편이 아님을 깨닫고 그냥 주저앉았다. 다시 스피커가 울렸다.

"메일은 잘 읽었어요. 제가 이런 길을 택한 사연이 궁금하시다고요."

"아, 네. 취재 허가해주셔서 정말 고맙습니다. 이예슬 씨가 언론 상대 인터뷰로 사연을 공개하시는 게 처음이시죠. 제 요청을 받아주셔서 정말 감사합니다. 그런데 또 왜 그런지 궁금하기도 하네요."

휠체어의 스피커에서 가벼운 웃음소리가 흘러나왔다.

"다른 언론에서는 다 스스로 뇌를 잘라낸 여자라면서, 엄청 자극적인 뉴스만 뽑더라고요. 그래도 제 생애랑 의도를 알아주려고 하는 기자분은 처음이라서요."

기사 할당량도 할당량이지만 나는 정말 궁금했다. 왜 이 여자가 쌩쌩 돌아가고 있는 뇌를 절개해냈는지. 왜 눈을 뜨는 것 말고는 아무것도 할 수 없는 상태를 스스로 택했는지. 왜 정신을 몸 안에 가뒀는지. 그 전에, 나는 물었다.

"아, 그런데, 녹취록 작성이 필요해서요. 녹음 동의를 받을 수 있을까요?"

"그렇게 하세요."

나는 오른쪽에 비스듬하게 놓인 노트북을 잠시 흘겨보면서 말했다.

"녹취록 작성 시작해."

"네, 알겠습니다."

상당히 중성적이지만 전혀 어색하지는 않은 첨단 전자뇌 인공지능 특유의 목소리가 들리고, 워드프로세서에 나와 이예슬이 한 말이 하나하나 글자로 타이핑되기 시작했다. 진짜 전자뇌 만세다. 몇 달 전만 해도 퇴근하고 녹취록 몇 시간씩 치고 했는데. 그때 앞에서 이예슬의 목소리, 그러니까 합성된 목소리가 들려왔다.

"이것도 전자뇌인가요. 안드로이드에 쓰는?"

"네. 얼마 전에 중고로 구형 하나 샀어요."

이예슬의 스피커에 짧은 비탄, 혹은 코웃음 같은 소리가 흘렀다가, 다시 헛기침 소리가 들렸다. 저 헛기침 소리는 이예슬이 필요하다고 생각해서 낸 소리일까, 아니면 의례적인 것일까, 것도 아니면 자기 의도와는 전혀 상관없이 음성 합성기에 프로그래밍된 것일까, 살짝 고민하기 시작했을 때, 이예슬이 이야기를 시작했다.

*

구체적인 시간과 장소는 기억나지 않는다. 한국에 수십만 개는 족히 있을 거리, 태양이 뜨거운 시간이었다는 인상만 희미하게 남아 있을 뿐이다.

햇빛, 햇빛이 내 머리를 따갑게 때렸다. 지독하게 어지러웠다. 나는 앞쪽으로 넘어지면서 무릎을 꿇었다가, 쓰러졌다. 이게 뭐지, 왜 이러지. 몸이 움직이지 않았다. 옆에 있던 애인이 다급하게 어딘가로 전화하는 소리가 들렸다. 그리고 모든 것이 일순간 깜깜해졌다.

다채롭고 우아하고 기이하고 희미한 이미지들이 순간순간 나를 스쳐 지나갔다. 많은 것을 보고 듣고 맡고 느꼈다. 건물이 나한테 돌진하고, 들은 적 없는 음계가 귓바퀴 바깥에서 요동쳤다. 감각들이 서로 자리를 바꾸기도 했다. 소리를 맡았고 냄새를 보았다. 나는 애써 이것이 꿈일 거라고 짐작할 뿐이었다.

벗어날 수가 없었다. 수많은 기억과 느낌들이 머릿속을 터질 것같이 채웠다가, 이제 엄청나게 어지러웠다. 색채의 소용돌이를 마주 보는 시야가 좁았다가 넓어졌다가, 이리 돌았다 저리 돌았다 했다. 현기증만이 유일하게 익숙한 감각이었다. 머리를 짚고 바닥에 주저앉고 싶었다.

그런데 어떻게 하면 머리를 짚더라? 머리를 짚는다는 게 뭐지? 주저앉는 게 뭐지? 근데 지금 이게 무슨 꿈이지? 왜 이런 일이 일어나지?

그리고 눈을 떴다. 혼란스럽지 않았다. 그냥 눈이 뜨였다. 평일에 출근하려고 억지로 눈꺼풀을 들어 올리는 것과는 너무 다른 느낌이었다. 잠을 15시간씩 자다가 더 이상 억지로라도 잠을 잘 수가 없는 주말처럼, 나는 평온히 눈을 떴다.

푹신한 매트리스가 온몸을 감싸고 있었고 병원의 냄새가 났다. 편안했다. 인기척을 느꼈다. 나는 고개를 오른편으로 돌리려고 했다.

그런데 몸이 움직이지 않았다.

가위에 눌렸나? 나를 감싸는 이불, 바람, 창을 뚫고 들어오는 도시의 소음, 인기척, 모든 것이 느껴졌다. 그런데 고개를 돌릴 수가 없었다. 나는 내가 몸에 힘을 주는 법을 까먹은 것 같다는 느낌을 받았다. 잠시 눈을 감았다가 떴다. 세상이 깜깜해졌다가, 다시 하얀 천장이 드러났다. 그러고 보니 눈을 옆으로 돌릴 수도 없었다. 눈꺼풀 빼고는 아무것도 움직이지가 않았다.

궁금했다. 왜 몸이 움직이지 않을까? 이것도 꿈이 아닐까 하고 생각했다. 그런데 꿈 같지가 않았다. 모든 감각들은 날 서 있었다. 잠시 눈을 감고 귀를 기울이니 내 심장이 규칙적으로 쿵쿵 뛰는 소리가 들렸다.

가위가 아닌가 싶었지만, 마음이 이상할 정도로 평온했다. 이게 분명히 이상한 일이라는 생각을 하면서도. 몸을 전혀 움직이지 못하고, 어떤 근육에도 힘을 줄 수 없는 상태인데, 왜 안 무섭지? 그때 부스럭거리는 소리가 들렸다.

익숙한 얼굴이 내 시야를 꽉 채웠다. 눈 밑으로 다크서클이 진하게 내려오고, 머리가 부스스하고, 피부가 말라붙어 상당히 피곤해 보였다. 소리를 지르고 싶었는데 소리가 나지 않았다.

"깼네, 들리니?"

나는 눈을 계속 깜박였다. 내 애인 소정이었다. 피곤함과 상관없이 그 얼굴에는 내가 항상 사랑하던 본질이 여전했다. 나는 소정의 얼굴을 들여다보았다. 사실 그것 말고는 할 수 있는 게 없었다. 들린다는 게 무슨 뜻인지 곰곰이 생각했다. 내가 눈을 깜박이자, 소정이 말을 이었다.

"아, 눈을 깜박이는 걸 보니 깼구나. 뇌경색 때문에 쓰러진 거래. 걱정하지 마. 긴급한 건 다 끝나서 괜찮다고 하니까… 의사 선생님 불러야겠다."

그러고는 띠 하는 소리가 들리더니, 곧 문이 벌컥 열렸다. 이런저런 사람들이 많이도 걸어 들어오는 것이 느껴졌다. 고개를 돌릴 수가 없으니 환장할 노릇이고 답답해야 하는데, 그래도 또 별로 이상하게 화가 나지는 않았다. 소정이 의사한테 내가 방금 깼다고 말하자, 의사는 소정을 내보내고 난 다음 내 눈에 불빛을 비추었다. 나는 눈을 깜빡였다.

"혹시 제가 하는 말에 답이 예스면 눈을 꾹 길게 감아주시고, 노면 눈을 두 번 빠르게 감았다 떠주시겠어요?"

의사는 내 눈을 바라보면서 말했다. 달리 선택의 여지가 없었다. 나는 눈을 2초 정도 감았다 떴다.

"의식도 아주 또렷하신 것 같고. 차도가 좋네요. 수술은 부모님 동의 받아서 했고요."

좀 어이가 없었다. 아니, 지금 내가 아예 움직이지 못하는데, 무슨 말 하는 거지? 차도가 좋긴 뭐가 좋아. 뇌경색이라고? 그럼 뇌가 망가져서 못 움직이는 거야? 생각이 생각을 부르고, 답답하고 우울한 생각이 머리를 지나갔다. 가슴속이 무거워져야 하는데… 뇌경색이라잖아. 딱 봐도 그래서 못 움직이는 거 같은데… 그런데, 그 묵직하고 우울한 불안이 없었다. 그냥 그러려니 하는 생각이 머리 한쪽에서 자꾸 울렸다. 침대가 편안했다.

의사가 미소를 띠면서 말했다.

"지금 몸이 안 움직이시죠? 걱정하지 마시고 잠시만 기다려주세요. 여기 환자분한테 BCI 씌워드려요."

그러자 간호사 한 명이 내 목을 들어서 받쳤다. 또 다른 간호사 하나가 내 왼쪽으로 와서는 커다란 알루미늄 뚜껑 같은 걸 씌웠다. 약간 묵직한 무게감이 느껴졌다.

*

"그러니까 머리에 씌운 그 철모가 휠체어에 장착된 음성 합성기랑 같은 거라고요?"

휠체어의 스피커에서 이예슬의 목소리가 다시 또렷하게 흘러나왔다.

"같다기보단, 이것의 조상님이라고 할 수 있겠죠. 지금은 원래 제 목소리인데, 그때는 기계 자체도 크고 소리도 딱딱했어요. 그때가 4년 전이니까요. 기술이 그새 많이 발달했대요."

"그러니까 신경의 발화를 읽어서 원하는 말을 만들어내는 기본 원리는 같다는 거죠?"

"네, 신기하죠? 이제 뚜껑 같은 거 안 써도 되고 목소리도 제 목소리로 나오고 해요. 옛날에는 잡음도 엄청나게 심했는데…."

나는 정말 궁금한 질문을 하려고 이예슬의 눈치를 살폈다. 난감했다. 이예슬은 표정도 없었고, 자그마한 몸짓도 없었다. 그야말로 포커페이스의 궁극에 달한 모습이라고 할 만했다. 저 목소리도 합성되어서 나오는 목소리인데, 어떻게 눈치를 봐야 하지?

"뭐 묻고 싶으신 거 있으시죠?"

이예슬이 먼저 내 표정을 읽고 눈치를 챈 모양이었다.

"어… 어, 네. 어떻게…."

내가 얼이 빠져서 말하니까, 다시 휠체어에 달린 스피커에서 웃음소리가 흘렀다.

"에이 뭐, 하루 이틀 이렇게 있는 게 아닌데. 제가 이렇게 있으니, 제 눈치 보기 힘든 거 알아요. 하고 싶은 말씀 있으면 하세요."

나는 이예슬의 세심함에 감탄하면서 질문을 던졌다.

"보통 뇌경색이라고 하면, 깨어나면 아무 정신도 없을 것 같은데, 그때 상황을 너무 상세하게 기억하셔서."

"아, 그거는 정말 2010년대의 이야기고요. 제가 회복력이 좀 좋긴 했죠. 하지만 더 중요한 건…."

나는 침을 꿀꺽 삼켰지만, 원하는 이야기가 곧바로 나오지는 않았다.

"하하, 아직 시작도 안 했어요."

*

의사는 내 머리 앞과 정수리 사이의 혈관이 막혔다고, 운동을 담당하는 부분의 신경이 바싹 타버렸다고 말했다. 곧바로 내 머리에 달린 뚜껑에서 지지직거리고 굵고 두꺼운 남자 목소리가 흘러나오기 시작했다.

"아니, 그럼, 움직이지, 평생, 못하는, 내가, 아니, 근데, 이건, 목소리가, 왜, 남자 목소리야, 아니, 목소리, 아니, 그럼, 밥도, 내 손으로, 못 먹고, 걷지도, 못하고, 아무것도, 못 하는, 눈만, 뜨고, 감을 수, 있으면, 내가, 뭘, 할 수, 아니, 근데, 이건, 왜, 목소리가, 무슨 테너로, 씨발, 썅, 개좆 같은…."

"잠시만, 잠시만 진정해보세요. 빠르게 적응하시네."

옆에서 키보드를 따닥따닥 치는 소리가 들려왔다.

"존나, 웃기네, 요즘, 의사질, 하려면, 컴퓨터도, 잘, 해야, 하나, 그럴 거면, 그냥, 안드로이드한테…."

어, 이거 생각보다 내 머릿속에 있는 걸 너무 잘 표현하는데. 키보드를 치는 소리가 더 긴박해졌다. 긴박한 키보드 소리와 대비되는 의사의 평온한 목소리가 들렸다.

"하하, 처음에는 다 이래요. 생각이야 뭔들… 너무 걱정하지 마시고."

뚜껑에서 흐르는 목소리가 조금씩 높은 톤으로 바뀌었다. 나는 어떻게든 다른 생각을 하려고 노력했다.

"동해물과 백두산이 마르고… 아니, 이게, 펭귄, 펭귄, 펭귄 귀엽다, 닳도록. 의사 새끼는 안 고치고 뭘 하는 거야. 닳도록! 오늘도 사바나에서는 기린 떼가…."

"이게 반응 역치가 너무 낮은 거 같은데, 제가…."

의사가 그 말을 하고 또 무슨 조정을 가했다. 순간, 뚜껑에서 흘러나오던 목소리가 마법처럼 멈췄다. 의사는 가볍게 한숨을 쉬고는 말을 이었다.

"이제 어떤 말하고 싶은 텍스트를 머릿속에 그린 다음에, 어릴 때 국어책 읽었던 것처럼 읽는 상상을 해보세요."

나는 책을 읽는 상상을 죽어라 하기 시작했다. 하이톤의 목소리긴 한데 내 목소리와는 분명히 다른 소리가 뚜껑에서 조금씩 흘러나왔다. 목소리가 느리고 약해서, 물 절약을 강조하는 시즌에 공공기관 화장실 수도꼭지에서 흘러나오는 물줄기 같았다.

"그럼, 저는 평생, 움직일 수 없는, 건가요? 침대에, 누워 있어야, 하는 건가요?"

"아, 잘하시네. 아유, 걱정 안 하셔도 됩니다."

이제야 갑자기 뇌경색이라는 병명이 떠올랐다. 내가 초등학생일 적에 돌연사한 외할아버지가 생각났다. 외할아버지는 등산 중에 쓰러졌고, 다시는 의식을 회복하지 못했다. 나는 그냥 20대라 살아남은 건가? 이건 다 유전병인 건가?

"20년 전에, 외할아버지가, 뇌경색으로, 돌아가셨는데, 방법이 있다니요? 아니, 지금, 몸에, 힘이 전혀, 안 들어가거든요? 그럼 재활 같은 걸, 거쳐야 하는 건가요?"

"걱정하지 마세요. 요새 전자뇌 기술이 발전해서, 운동 기능 쪽은 전자뇌로 완벽하게 대체가 가능합니다. 아직 고등 인지 분야는 기술적… 그리고 윤리적 문제가 있는데, 환자분은 신체 운동을 담당하는 피질 세포만 죽은 독특한 경우라서… 죽은 세포 부분만 걷어내서 바꾸면 원래대로, 아니 훨씬 더 잘 움직일 수 있으실 거예요."

"전자뇌, 라고요?"

"예, 인공 간이나 안구 이식하듯이요. 뇌 쪽도 이제 이식이 잘 되는 부분이 꽤 많거든요."

왠지 섬뜩한 기분이 들려고 했다. 너무나 무서운 질문이 떠올랐기 때문이다. 지금까지 무감정했던 것이 놀라울 정도로 끔찍한 공포가 몸을 잠식했다. 나는 (마음속으로) 숨을 가다듬고, 그 고통스러운 질문을 조심스레 던져봤다.

"그거, 보험, 처리, 되는, 거죠?"

"아, 예. 트랄레-포르피스 증후군 증상 보이시는 거거든요. 급여 지원 가능한 희귀 질환입니다."

"후우… 어, 이거, 한숨까지, 쉬어지네."

"하하, 한숨을 많이 쉬고 싶으셨나 보네요. 그럼 지금 바이탈 사인은 다 괜찮으니까, 보호자분이랑 쉬고 계시면 서류 준비해 오겠습니다."

당연하지, 이 사람아. 하마터면 20대에 집안 기둥뿌리 고사시킬 뻔했는데, 한숨이 안 나오게 생겼나. 머리에 닿는 차가운 금속의 생경한 감각에 익숙해질 즈음에 내 옆에 서 있던 사람들이 또 우르르 빠져나갔다. 내 옆으로 누군가가 다가오는 느낌을 받았다.

"의사가 뭐래…?"

애인의 목소리였다. 소정은 내 시야의 초점이 맺히지 않는 곳에 서 있었다. 나는 다시 정신을 집중했다.

"나, 지금, 눈도, 못, 돌리거든. 너, 얼굴, 나한테, 보여줄래?"

소정은 내 뚜껑에서 흘러나오는 기계적인 목소리에 살짝 놀란 것 같았다. 그래도 곧 침대에 팔을 기댔다. 침대 한쪽에 쏠리는 무게감이 느껴졌다. 소정이 나를 바라다보았다. 익숙하지만 항상 새로운 그 얼굴이 나를 다시 한 번 바라본다. 처음 만났을 때부터 지금까지 나를 사로잡았던 소정의 얼굴에 나는 가까스로 초점을 맞춘다. 자세히 그 얼굴을 살핀다. 가슴이 언제나처럼… 언제나처럼… 언제나처럼 가슴이 뛰지 않았다.

어, 왜 이러지? 사실 만난 지 몇 개월 안 돼서, 지금 막 꿀이 쏟아질 때인데. 내가 굉장히 빠르게 설레고 설렘을 오래 지속하는 편인데 왜 이러지. 나는 스스로의 의심이 새어 나가지 않도록 생각을 돌리면서, 소정의 얼굴을 유심히 바라봤다.

"…아델리 펭귄."

"무슨 소리야?"

"아, 니야."

소정은 똑같이 아름다웠다. 내가 인간의 외모에서 중요하다고 생각하는 모든 기준을 전부 넉넉히 통과한 모습이었다. 그 넉넉한 아름다움은 고등학교 때 팽팽 놀면서도 전교 1등을 쓸어가던 특출난 영재가 보이는 재능처럼 여유롭게 느껴졌다. 그런데 그 아름다움이, 왠지 이탈리아에 여행 갔을 때 본 대리석 조각에서 느껴지는 아름다움 같았다.

왜 생생한 열정이 느껴지지 않을까? 왜 만지고 싶지 않지?

"괜찮아?"

소정이 다시 입을 열었다.

"응, 괜찮아. 하, 하, 하."

"야, 그 웃음 좀 무섭다."

"그러게, 처음이라, 나도, 다시, 나아지는, 수, 있대, 다친 부분을, 전자뇌로, 바꾼대. 옛날보다, 더, 잘, 움직일 수, 있을지도, 모른대."

"다행이다…. 그럼 수술하고 재활 끝나면, 너도 나랑 같이 필라테스 다니자."

소정은 이불 안에 파묻혀 있던 내 오른손을 꽉 잡았다. 손에 힘이 들어가지 않았지만, 유독 따뜻한 체온이 찌르르 내 팔을 타고 올라왔다. 하지만 여전히 나는 당황스러웠고, 그래서 소정에게 말했다.

"그런데, 있잖아."

"응?"

"운동 쪽, 신경만, 망가졌다고, 했는데, 나, 있잖아."

소정은 내 오른손을 잡고 나를 지켜보고 있었다. 쨍한 빛 몇 줄기가 소정의 눈망울에서 통통 튀었다. 음성 합성기에서 이제 슬슬 익숙해지는 목소리가 흘러나왔다. 내 마음을 알릴 때 느끼는 그 긴장감 또한 없었다.

"나, 원래, 이렇게, 못 움직이면, 되게, 무서워해야, 하는 것, 아닌가? 모르겠어, 나 지금, 너무, 이상할 정도로, 평온하다. 왜 그렇지? 나, 아무 기분이, 안 느껴져, 그래서, 그게 무서운데, 또 무서운 게, 가슴이 막, 가라앉고, 이러거나, 하지 않아. 그게, 너무, 그게 너무 나는, 지금, 당황스럽고, 황당하고, 근데 그게 또, 느껴지지 않고, 그래야 하는 것 같은데, 나, 감정이, 없어진 거 아니야? 진짜, 왜, 나는…."

내 머리에 쓴 뚜껑은 파도처럼 쏟아지는 내 생각의 흐름을 따라잡지 못했다. 아무 채널도 없는 라디오 주파수를 잡은 양 합성기가 지지직거리는 소리를 냈다. 소정은 잠시 내 손을 놓았다가, 내 뺨에 입을 맞췄다. 따뜻했다.

"괜찮아질 거야. 그건 좀 이따가 의사 선생님 오면 물어보자."

*

"그러니까 흔히 우리 뇌가 이성과 감정을 관장한다고들 말하잖아요."

"그렇죠."

내가 추임새를 하자 이예슬이 말을 이었다.

"근데 의사가 그러더라고요. 뇌에서 운동을 관장하는 부분이 망가지면서, 자율신경계에 운동 신호를 보내지 못하게 되었다고요."

"네. 네? 잠시만요."

나는 급히 노트북에다 '자율신경'이라는 키워드를 검색해보았다. "자율신경은 호흡, 순환, 대사, 체온, 소화, 분비, 생식 등 생명 활동의 기본이 되는 기능의 항상성을 유지하는 데 중요한 역할을 한다…" 고등학교 때 배웠던 기억이 있었다. 하지만 굳이 무시무시한 생물 시간의 기억을 되짚고 싶지는 않았다. 젠장, 누가 뭔가를 알고 있다면 초짜한테도 쉽게 설명할 수 있어야 한다고 말하지 않았나. 왜 이렇게 어려운 설명들뿐이야.

"히히, 복잡하죠."

내 표정이 숨길 수 없을 정도로 일그러졌나보다. 이예슬은 장난스러운 웃음소리를 내고는 설명을 이었다.

"기자님은 심장을 마음대로 뛰게 할 수 있어요? 그러니까, 자기 마음대로 맥박 수를 늘리거나 할 수 있을까요?"

"어, 아니요, 그게 됐으면 부정맥으로 군대를 안 갔겠죠."

나는 곧바로 이 어처구니없는 헛소리를 후회했다. 이예슬이 아무런 반응도 보이지 않아서 내가 느끼는 회한은 더욱 커졌다.

"자율신경계가 그런 걸 조절한다고 하거든요. 더울 때 땀 나고, 무서울 때 심장 뛰고, 먹을 때 침 흐르고, 삼키면 소화하고, 이런 건 우리가 의식적으로 어찌할 수 있는 게 아니잖아요. 그냥 그렇게 되는 거지."

그 이야기를 하고 이예슬은 잠시 말을 멈췄다. 어떤 질문을 기다리는 것 같아서, 나는 당장 떠오르는 의문 하나를 던졌다.

"저, 그런데, 지금 얘기하시는 거 보면 감정이 사라진 게 가장 중요한 문제인 거 같거든요. 그런데 그렇게 자율신경계가 감정이랑 관련이 있는 건가요?"

내가 그 말을 끝마치자마자 이예슬은 손가락을 튕기는 딱 소리를 내더니 말했다.

"바로 그거죠."

이예슬은 휠체어를 테이블 쪽으로 살짝 당겼다. 저 음성 합성기는 대체 어떻게 작동하는 것인지… 직접 커스터마이징한 건가? 이예슬은 그 질문을 기다리고 있었던 것 같았다.

"그거 아시잖아요. 무서우면 심장이 뛰고, 슬프면 눈물이 나고, 무서우면 소름이 돋고. 이런 거 의식적으로 할 수 있는 거 아니잖아요. 근데 그게 감정이랑 엄청 연결되어 있는 거 같지 않아요? 아무리 무서운 영화를 봐도 심장이 안 뛰면 공포를 느끼는 걸까요? 짝사랑하는 사람을 만날 때 그 가슴을 억누르는 답답하고 울고 싶은 느낌이 느껴지지 않으면 그게 사랑일까요?"

이예슬은 질문을 마구 던지기 시작했다. 바라는 답은 정해져 있는 것 같았다.

"아무래도… 안 그렇겠죠?"

"그러니까요. 의사 선생님이 그렇게 말씀하시더라고요. 감정은 진짜 머리만으로 느끼는 게 아니라고요."

휠체어에 달린 스피커에서 나오는 목소리가 갈수록 빨라졌다.

"그러니까 보통, 우리가 무서운 걸 보면, 그 무서운 걸 보면 무섭기 때문에 소름이 돋고 가슴이 철렁 내려앉는다고, 사랑하는 사람을 보면, 그 아름다운 얼굴을 보기 때문에 심장이 뛴다고, 그렇게 생각하잖아요. 근데 그게 아니라는 거예요."

"그렇다면…?"

"그러니까 신체의 반응이 먼저라는 거죠. 뇌가 무섭고 설렌다고 생각해서 심장이 뛰는 게 아니라, 어떤 상황에 놓이면 먼저 심장이 뛰고, 그걸 사람의 뇌가 해석하는 거라는 거예요. '어, 내 심장이 뛰네, 왜 뛰지? 아, 내 앞에 내 애인이 있구나. 그래서 설레는 거구나.' 하고 설레는 감정을 느끼는 거죠. 좋아하는 사람 있으면 같이 무서운 영화를 보라고 하잖아요? 심장이 쿵쿵 뛰는 걸 옆에 있는 사람을 좋아하는 거라고 착각하니까."

나는 몸을 바짝 앞으로 당기고 경청했다.

"그래서 자율신경계가 고장 나면…."

"그렇죠, 의사 선생님이 그러시더라고요. 갑자기 감정이 날아간 게, 다른 게 아니라 운동 피질이 타버리면서 자율신경계 신호까지 망가져서 생긴 문제라고요. 그것도 운동 피질을 전자뇌로 바꾸면 다 낫는다고. 저 같은 증상 겪는 사람이 몇몇 있었다더라고요. 하하, 그래도 극소수인지 의사 선생님이 제 케이스로 논문 좋은 데 쓰셨다는데."

"그럼, 지금 감정이…."

"전자뇌를 이식하면, 다 괜찮아진다고 했죠."

나는 내 노트북으로 눈길을 돌렸다. 내가 설치한 전자뇌는 알아서 일을 잘 처리하고 있었다. 의심 없이.

*

나는 전신 마취를 하지 않고, 머리 쪽의 통증만 차단한 상태에서 전자뇌 이식 수술을 받았다. 전자뇌의 동기화 과정에서 내 피드백이 꼭 필요하기 때문이었다.

두개골을 딸 때 고통은 없었지만, 소름 끼치는 진동이 느껴졌고 톱으로 해골을 가르는 끔찍한 소리를 들었다. 실제로 소름이 끼치지는 않았지만 말이다. 눈이 천으로 덮여서 아무것도 볼 수 없었지만, 소리는 들렸다. 뚜 뚜 뚜 하면서 내 심장 박동을 알리는 소리가 가장 크게 들렸고, 의사와 간호사들이 가끔 서로 알 수 없는 말을 주고받았다. 가끔 수술 중인 의사 한 명이 말을 걸기도 했다.

"다 잘 진행되고 있어요. 걱정하지 마세요."

나는 대답을 할 수도 없었고, 그렇다고 별로 걱정이 되지도 않는 상황이었다. 머릿속에 여러 생각이 스쳐 지나갔지만 아무것도 내 심장의 방아쇠를 당기지 않았으니까. 이 꼴이 된 이후로 나는 항상 평온하고 지루했다.

그 지루한 시간이 1시간쯤 지났을까, 어느 의사가 내게 말을 걸었다.

"지금 전자뇌가 환자분 다치신 쪽에 설치됐거든요. 오른손에 힘 한번 줘보세요."

나는. 오른손을. 한 번. 꽉 쥐었다. 몸에 힘을 주는 느낌, 근육을 수축하고 이완하는, 벌써 생경해진 감각이 온몸을 휩쓸고 지나갔다. 나는 나도 모르게 입을 벌렸다.

"웁, 에벨, 유블 브렐렙?"

이상한 소리밖에 낼 수 없었지만, 음성 합성기의 지지직거리는 소리만 듣다가 진짜 내 목소리를 들으니, 기뻤다. 정말 기뻤다. 나는 심장이 두근거리는 것을 느꼈다. 이렇게 빨리?

"아, 됐다. 신호도 다 제대로 나오네. 아직은 동기화가 완전하지는 않지만… 신기하죠? 며칠만 있으면 예전처럼 말도 잘하고, 훨씬 더 좋아지실 겁니다."

나는 심장이 뛰고 몸에 힘이 돌아오는, 항상 나와 함께했지만 잠시 떠나 있었던 이 생경한 감각이 너무나 놀라워서 속박되지 않은 몸에다 자꾸 힘을 주었다 뺐다. 당장에라도 일어나서 의사들 모두를 붙잡고 입이라도 맞추고 싶은 심정이었다.

수술 효과는 지나치게 극적이었다. 재활은 재활이라고 하기도 민망할 정도로 빠르게 진전되었다. 본래 안드로이드나 고급 인공지능에 사용되는 전자뇌는 단순히 내 뇌의 신호를 받아들이고 전달하는 허브 역할을 하는 것뿐만 아니라, 능동적으로 필요한 신경 세포를 선택하고 영양물질을 공급하여 그 성장과 회복을 비약적으로 가속한다고 했다.

수술이 끝나고 하루 뒤부터 나는 기계체조라도 할 수 있을 듯한 느낌이었다. 머리를 절개하는 수술을 했으니 당분간은 누워 있어야 했지만, 그래도 소정이 휴학계를 내고 계속 내 옆에 함께 있어주었기 때문에 심심할 일은 없었다.

소정의 얼굴과 그 맵시를 바라볼 때마다 느껴지는 흐뭇하고 두근거리는 기쁨이 다시 돌아온 것이 제일 기뻤다. 소정과 함께 내 증상과 바깥 이야기를 하면 시간이 가는 줄을 몰랐다.

"나는 지금까지 뇌가 모든 정신적 활동의 핵심이라고 생각했거든. 근데 심장이 안 뛰고 소름이 안 돋고 땀이 안 나면 감정도 비어버린다는 게 진짜 신기하다."

소정은 내 얼굴을 바라보다가, 그게 정말 인상적이었는지 틈만 나면 이 얘기를 하곤 했다. 나는 그럴 때마다 이런저런 대답을 하다가 어떤 말을 하면 소정의 반응이 제일 좋은지 깨달았다.

"그래도, 수술 전에도 네가 멋있는 건 확실하게 느껴지더라."

흐흐. 재밌는 때였다. 며칠 가지는 못했지만.

쓰러진 후 몇 주 동안 또 2047년의 세상은 뭐가 그리 바쁜지 급히도 바뀌어 있었다. 내가 쓰러지기 전까지만 해도 분명히 서울의 마지막 남은 그린벨트 몇 뙈기에다 아파트를 지어서 집값을 잡아야 하나 말아야 하나가 가장 큰 문제였던 것 같은데 말이다. 이제 사람들은 최신형 안드로이드에 대한 강력한 규제 없이는 고용 개혁도 없다는 이야기에 매달리고 있었다.

내가 쓰러진 새에 웬 최신형 안드로이드가 발표되었다고 했다. 공장에서 6개월이면 조립할 수 있는 기계 인간이었다. 독창성보다는 생산성에 주목하는 한국의 한 기업에서 안드로이드를 엄청나게 빠른 속도로 팡팡 찍어내는 방법을 마침내 찾아낸 것이었다. 5개월이면 인간의 신체와 겉보기에는 전혀 차이가 없는 껍질이 만들어지고, 또 남은 1개월이면 그 내부의 전자뇌에 용도에 맞게 적합한 지식을 입력해 넣을 수 있다고 했다. 원래는 하나당 5년 정도 걸리는 공정이었다.

가장 낙관적인 사람이 보아도 이 안드로이드들은 노동 시장에 떨어진 거대한 운석이었다. 대기업 회사원의 1년 치 연봉만 지급하면, 한 분야에 대한 전문 지식을 가지고, 전혀 지치지 않고 일할 수 있으며, 또 인간적인 융통성을 가진 최신형 안드로이드를 사무실이나 작업장에 배치할 수 있었다. 대부분의 사람들이 죄다 공룡의 운명을 따라갈 판국이었다.

안드로이드들에 대한 사람들의 반감과 위기감은 실로 놀라워서, 그동안 벌어졌던 사회의 수많은 갈등을 단번에 봉합할 수 있을 정도였다. 진보와 보수 할 것 없이 사람들은 그들을 증오했다. 가짜 인간들에게 그 어떤 권리도 줄 수 없으며, 그 어떤 일자리도 줄 수 없다는 집회가 자주 열렸다.

나도 꽤 공감하는 바였지만, 소정은 생각이 좀 달랐다.

"사람이랑 똑같이 말하고 행동할 수 있다면 사람인 거지. 사람들은 사람이라는 칭호에 너무 큰 무게감을 두는 것 같아."

병실에 갇혀 안드로이드 반대 시위 생중계 현장을 TV로 함께 보면서, 소정은 그렇게 말했다. 당시의 나로서는 받아들이기 힘들었다.

"아니지, 그래도. 똑같이 말하고 행동하더라도, 쟤들 머릿속에 든 게 우리 생각이랑 감정과 같은 거라고 확신할 수 없잖아."

"하지만 그러면 사람들이 느끼는 건 어떻게 다 같을 거라고 확신할 수 있어? 그렇지 않잖아."

소정이 항변하자 나는 인상을 살짝 찌푸렸다. TV에서 불타는 전자뇌의 그림이 보였다.

"그래도 사람은 다들 생물학적 존재니까. 존중하려면, 최소한의 공통점은 가져야 해."

"사람들끼리 느끼는 감정이 같을까? 내가 느끼는 슬픔과 네가 느끼는 슬픔이 서로 완전히 똑같은 경험일까? 모르잖아. 그래도 어쨌든 겉으로 보면 비슷하거나 거의 같으니까, 서로 공통점을 공유하고 있다고 치는 거 아니야? 어떤 것도 엄밀하게 말할 수 없어."

"그래도 나는 나랑 더 비슷한 사람들에게 마음이 가. 안드로이드는 공장에서 얼마든지 찍어낼 수 있잖아. 다 큰 채로, 똑같은 지식을 가지고. 하지만 실업자 한 명 한 명은 전부 다 자기 역사가 있고, 뭐라도 돼보려고 노력했고 눈물 흘렸던 사람들이야. 그 사람들을 동정하는 게 뭐가 잘못된 건지 나는 모르겠네."

"사람들을 무시하자는 말이 아니야. 저 안드로이드들도 일단 만들어지고 난 다음부터 자기 자신만의 경험과 역사를 쌓아가는 건 우리와 똑같아. 굳이 저렇게 그들을 배척할 필요는 없잖아? 사람이나 다름없는 존재를 찍어낼 수 있다고 찍어놓고 보는 사람들이야말로 책임을 져야 해."

그렇게 책임의 근원의 근원을 따라가면 세상에 탓할 수 있는 사람은 아무도 없지…. 나는 가벼운 한숨을 쉬고는, 소정의 얼굴을 바라보고 답했다.

"그래, 우리 이 얘기는 그만하자."

그날은 그렇게 넘어갔지만, 그 이야기는 절대 거기서 끝난 것이 아니었다. 어떻게 그러겠는가. 서로 의견이 배치되는 것을 서로 확인했는데 말이다. 그 주제를 입에 올리지 않는다고 해서 그 균열이 스스로 치유가 되나? 나는 심지어 '반(反)안드로이드 시민협의회' 같은 단체의 명부에 이름을 올리기도 했는데 말이다.

어쨌든 정말로 수많은 사람들이 위기감을 느꼈기 때문에 안드로이드 산업에는 굉장히 빡빡한 규제가 가해졌다. 생산라인에서 뽑혀 나온 안드로이드들은 심각한 혐오업무나 위험업무에만 배치되었다. 특히 옛 38선 근처의 개발 사업이 가속화되면서, 비무장지대의 수많은 지뢰와 불발탄을 제거하는 데에 안드로이드들이 많이 사용되었다.

가끔씩 소정은 안드로이드들의 끔찍한 노동 환경을 내게 보여주었다. 지뢰를 밟거나 불발탄이 폭발해서 산산조각이 난 안드로이드들의 모습을 보여주기도 했다. 그 껍질은 사람의 것과 지나칠 정도로 유사했다. 아니, 같았다. 그래서 더 불쾌하고 역한 모습이었지만, 안타깝지는 않았다. 저러려고 만든 존재들 아닌가.

소정은 안드로이드들의 권리 운동에 진지하게 나서는 사람이었고, 나는 그 모습이 못마땅했다. 전혀 이해할 수 없었다. 인간이 아닌 기계들이 하수처리장에서 쓰레기를 건져내다 오수에 휩쓸려 작동이 정지된다 해도, 거기에 무슨 비극이 있나.

나는 지금 당장 퇴원해 학교에 다니면서 다시 일자리를 찾을 것이 무서웠다. 동기들 중에는 이미 당당히 큰 기업에 합격해 경력을 쌓아나가는 아이들이 있었다. 난 그들에게 뒤처져 평생 말도 안 되는 월급을 받으며, 조롱당하고 모멸을 곱씹으면서 살아가는 것이 훨씬 두려웠다. 심지어 입원한 시간 동안 자기계발을 하지 않은 것이 안타까웠다.

안드로이드들은 내가 반드시 통과해야 할 좁은 문을 더 좁게 만드는 악한 존재들이었다. 소정에게는 알리지 않았지만, 나는 기존의 안드로이드들을 폐기하는 운동 따위에도 참여하곤 했다. 내 행동, 인터넷 북마크, 그리고 함께 어울리는 사람들을 보면서 소정도 대충 눈치를 챘던 것 같았지만.

두 사람이 서로 좋아하는 것이 다르면 사랑할 수 있다. 하지만 두 사람이 서로 증오하는 것이 다르면 사랑하기 어렵다. 관계의 균열은 더 이상 봉합할 수 없을 정도로 벌어졌고, 우리의 관계는 오직 관성으로만 굴러가고 있었다. 그리고 우리 둘 다 아무런 노력도 하지 않았다. 어느새 나는 소정을 수저 잘 물고 태어나서 고결한 척할 수 있는 위선자라고 생각했다.

사실, 따지고 보면 그런 의견의 차이를 딛고 열렬히 사랑할 만큼 오래된 관계도 아니었다. 그러다가 머리의 상처가 낫고, 퇴원할 때가 다가왔다. 재활은 이미 오래전부터 문제가 아니었다.

퇴원 수속을 밟고 나서 병원 출입구를 나설 때 소정이 내 눈에 들어왔다. 볼륨을 준 단발머리의 소정이 나를 바라보고 있었다. 나는 앞으로 다가가 소정을 올려다보았다. 그때 우리 관계가 막바지에 다다랐다는 것을 내심 직감했다. 먼저 인사했다.

"안녕."

"응, 안녕."

소정은 달려와서 날 꼭 안고, 나를 풀어준 다음에, 나를 내려다보며 내 양 팔뚝을 꼭 잡았다. 나는 그동안 멍하니 서 있었다.

"퇴원 축하해. 건강해져서 다행이다."

나는 소정의 그 아름다운 얼굴을 올려다보았다. 마음이야 어쨌건 아름다움은 그대로였다. 문득 나는 쓰러지고 나서 처음 소정의 얼굴을 보았을 때가 생각났다. 참 예쁘다, 그런데 왜 가슴이 뛰지 않을까 하고 궁금했던 그 순간이.

"고마워. 그동안. 내가 나쁘게 굴었지?"

내가 그렇게 말하자 소정이 빙그레 웃었다. 나는 갑자기 안드로이드고 뭐고 그 아름다운 눈웃음을 내가 포기해도 되나 하는 생각이 들었다. 입원한 기간 내내 찾아오고, 퇴원할 때까지 까먹지 않고 나를 찾아온 것이 갑자기 마음속에 계속 스쳤다. 부모님보다 훨씬 더 자주 온 사람한테 내가?

"생각이 다를 수도 있지. 그래도 네가 아플 때 옆에서 도와줄 수 있었던 게 다행이야. 그때는 참 좋았는걸."

"그럼…."

나는 문득 새로운 희망을 얘기해보려고 했지만, 소정이 말을 끊었다.

"아니, 미안. 나 한동안 외국에 가 있으려고."

"어디로?"

"오스트레일리아. 거기서 전자뇌 권리 운동을 많이 하고 있거든."

"하지만…."

나는 할 말을 찾지 못했다. 가슴이 아플 정도로 뛰었다. 이를 앙다물었다.

"예슬아, 나는 네가 하나만 잊지 않아줬으면 좋겠어."

"뭔데?"

"네가 지금 나 때문에 울고 하는 것도 전자뇌 덕에 느끼는 거잖아. 그거 안드로이드들이 쓰는 거랑 같은 거야."

*

"저도 모르는 건 아니었는데, 일부러 잊고 있는 편에 가까웠죠. 굳이 그렇게 정체성의 혼란을 주려고 노력해야 했나. 지금 생각해보면 걔도 좀 나쁘게 군 것 아니었나 싶기도 하고. 뭐, 둘 다 어렸을 때니까."

나는 이예슬의 표정을 유심하게 관찰했다. 이예슬의 표정은 처음 만났을 때부터 지금까지 완전히 똑같은, 위화감이 드는 무표정이었다. 나는 이예슬의 눈에 눈물이 맺혀 있지 않나 자세히 쳐다보았는데, 최소한의 감정의 기미도 없었다. 조금 오싹했다는 것을 부정할 수가 없다.

"일부러 잊고 계셨다고요."

"제가 미워하고 없어졌으면 하는 것과 제가, 어떤 면에서는 같다는 거니까요. 사실 그렇게까지는 생각을 안 했어요. 제게 전자뇌는 보조에 지나지 않았다고 보았죠. 그래도 걔가 그러니까 찝찝했어요. 퇴원하자마자, 일단 죽자사자 술을 마셨죠. 한 2주 동안 매일 술만 마신 것 같은데… 근데 그때 딱 느껴지더라고요."

"무엇이?"

딱히 새로운 질문을 던지지 않아도 이예슬은 이야기를 충실히 잘 전개하는 좋은 화자였다. 어쩌면 입으로 말을 하는 것이 아니라, 생각으로 말을 합성하기 때문에 말에 혼란이 없는 걸지도 모른다. 어쨌든 나는 적당히 맞장구를 치면서 이야기에 집중했다.

"뇌 수술을 받기 전이랑 술을 마셨을 때 느껴지는 게 다르더라고요. 일단 잘 안 취하고, 취해도 막 걸음이 오락가락하거나 그런 것도 없고. 훨씬 빠르게 깨고. 행동도 빠릿빠릿하고 날렵하게 변하고."

"그게 운동 피질을 대체한 전자뇌 때문이었을까요?"

"네, 이게 완전히 동기화가 된 이후로는 몸을 움직이는 게 훨씬 더 잘되더라고요. 막 근력이 늘어나고 그런 건 당연히 아닌데, 반사신경이 엄청 늘어나고, 재빨라지고, 막 세밀한 행동도 아주 쉽게 할 수 있고 그랬어요."

그럴 수 있다. 나는 전자뇌를 장착한 안드로이드들이 사실 신체적으로도 이미 인간 몇 배의 능력을 낼 수 있지만, 생산기업들이 안드로이드의 이미지를 고려해서 제한선을 두고 있다는 이야기를 들은 적이 있었다. 산업부 기자들 사이에 도는 찌라시에 불과했지만, 이예슬이 이야기하니 설득력이 있었다.

"그래서 잊어보려고 이런저런 운동도 했죠. 소정이가 같이 하자고 했던 필라테스도 했고, PT도 받아보고, 요가도 해보고, 발레도, 킥복싱도 해봤어요. 뭘 해도 다 잘되더라고요. 격투기도 꽤 많이 했는데, 막 몇 달 만에 진짜 인간 흉기가 됐다니까요. 지금 제 모습을 보시면 확실히 좀 연상이 안 되긴 하겠네요."

"어, 아, 네, 어. 흠."

나는 이예슬이 한 말에 웃어야 할지, 울어야 할지, 무슨 반응을 해야 할지 도통 감을 잡을 수 없었다. 그때 스피커에서 웃음소리가 흘러나왔다. 나는 경직된 목을 좀 매만졌다.

"하여튼, 그래서 스트레스는 계속 받고, 학교로 돌아가기까지는 좀 시간이 남았고 해서 하루에 10시간씩 운동하고 했던 때였죠. 지금 생각해보면 어떻게 하루에 10시간을 운동만 하면서 보냈나 싶어요. 트레이너도 그렇게 하면 몸에 안 좋다고 막 만류하는데, 그냥 너무 움직이고 싶더라고요. 근데 그때가… 그때가 2047년 10월이네요. 그때, 아시죠?"

내가 짬이 몇 년인 기자인데 모를 리가 있나, 그때 나도 많이 굴렀지. 그제야 나는 고개를 마음껏 끄덕일 수 있었다.

"당연하죠."

*

비무장지대에서 안드로이드들이 소요 사태를 벌였다는 소식을 들었을 때, 나는 한창 스쿼트를 치고 있었다. 내 몸에 최대한 집중했기 때문에, TV에서 흐르는 소리를 제대로 듣지 못했다. 그때 누가 내 이름을 부르더니 말했다. 그제야 정신이 들었다.

"예슬 씨, 저것 봐요."

그 사람은 TV를 가리키고 있었다. 푸른 숲이 화면에 잠시 떠오르더니, 카메라 쪽으로 뭔가 날아왔다. 굉음이 잠시 울리다 화면이 멎었다.

"저게 뭔데요?"

"안드로이드들이 비무장지대에서 무기를 만들어 반란을 일으켰다잖아."

"반란이라고요?"

"네, 저거 헬기가 미사일 맞고 떨어지는 거잖아요."

"뭐라고요?"

나는 바닥에 주저앉아서 휴대폰을 켰다. 인터넷을 돌아다녀

보니 난리였다. 안드로이드들이 반란을 일으켜 도시를 쑥대밭으로 만들거나 한 건 아니었지만, 비무장지대 근처에 온갖 안드로이드들이 몰려서 무력시위를 벌이는 듯했다. 국방부에서는 다급히 안드로이드들을 막으려고 근처 부대들을 급파했다고 하는데… 현충원 입주자들만 늘고 있는 상황이었다.

안드로이드들은 인간으로서의 권리를 요구했다. 모두가 고개를 절레절레 저었지만, 그들의 무력은 막강했다. 그들은 먹지도, 자지도 않았고 고통도 몰랐다. 인간보다 훨씬 뛰어난 신체능력을 갖추고 있었고, 총알 한두 발을 맞는다고 전투불능 상태에 빠지지도 않았다. 전자뇌 코어만 멀쩡하다면, 몸의 한 부분이 파괴되어도 모듈만 교환하면 되었다.

통일 전에야 비무장지대 쪽에 엄청난 수의 군부대가 있었지만, 이 지역이 통일 후에 후방이 되어버렸다는 것도 문제였다.

서울은 비무장지대로부터 60킬로미터 떨어져 있다. 안드로이드들이 서울로 진군을 하지는 않았고, 그럴 의사도 표시하지 않았지만 공포는 원래 비이성적이다. 도시의 수많은 나쁘고 더러운 것들을 다른 지방으로 아웃소싱하던 서울 시민들은 그 거리적 이점 탓에 안드로이드 군단의 (가상의) 불벼락에 놓이게 되었다. 많은 사람들이 예전 민방위 훈련의 흐릿한 기억을 되살려 황급히 지하철로 도망쳤다.

어디에 있었는지, 처음 보는 사이렌들이 많이 울렸다. 빨간 사이렌을 단 트럭들이 오가면서 대피소로 들어가 있으라는 말을 했다. 나는 밖의 혼란스러운 광경을 보면서 출입구로 천천히 걸어 나와, 바깥 광경을 보았다.

거리에 나와 보니 많은 사람들이 대피소로 빠르게 도망치고 있었다. 사람들의 표정에는 큰 공포가 어렸다. 가끔 저 먼 데에서 폭음이 들려오기도 했다. 야, 진짜 근현대사에서 남한과 북한도 일정 시기 이후로 전면전은 안 했는데 이렇게 이상한 데서 내전이 터지는구나. 그나저나 비무장지대에 있던 안드로이드들이 무기는 대체 어디서 구한 걸까? 나는 계단에 걸터앉았다.

"뭐 해요, 아가씨? 얼른 대피소로 가요!"

어떤 사람이 뛰어가면서 나한테 그런 말을 던졌다. 오지랖은. 왠지 오기가 차올랐다. 이깟 폭죽놀이… 나는 오스트레일리아에 있을 소정 생각이 났다. 거기서 안드로이드들 때문에 전쟁 났다는 이야기를 들으면 무슨 생각을 할까? 후회하겠지?

나는 사람들의 급류를 반대로 헤쳐나갔다. 높은 건물에 올라가서 전투를 보고 싶었다. 적당히 높은 아파트로 가면 잘 보이지 않을까? 가만, 그러고 보니 몇 년 전에 도봉구를 개발해서 청년들이 모이는 허브 어쩌고로 만든다 하면서 지었던, 높이와 공실률이 모두 무지하게 높은 빌딩이 생각났다.

나는 중간에 군인들이 나를 제지하지 않을까 걱정했다. 그래서 일부러 대로를 통하지 않고 웬만하면 작은 도로 쪽으로, 가능하면 골목을 택해서 뛰었다. 시간이 꽤 걸렸다. 가끔 정말로 재수 없는 군인들이 탄 트럭이 북쪽으로 가는 것을 볼 수 있었다. 지도 앱에 있는 내 위치가 업데이트될 때마다 북쪽에서 들리는 폭음이 조금씩 더 커져서 전율이 흘렀다.

저녁시간이 되자 도봉구로 건너갈 수 있었다. 높이와 공실률이 압도적으로 높은 그 빌딩은 스마트폰으로 찾을 필요도 없었다. 쌍문역쯤에 서자, 도봉구청 옆에 있다는 그 거대하고 속이 비어 있는 건물이 아주 잘 보였다. 나는 군인들이 없는지 확인한 다음에 대로를 엿보았다. 사람들이 다 지하철로 숨어들었는지 거리는 텅 비어 있었다. 후방에 있는 군인들은 죄다 전쟁터로 끌려간 것 같았다.

소정과 헤어지고 난 뒤에 처음으로, 오랜만에 살아 있는 기분을 느꼈다. 운동으로 잊으려고 노력했던 공허함이 어느새 저 멀리 사라졌다. 강소정, 이 바보 년아. 어떻게 공장에서 찍어낸 것들이랑 우리랑 같냐. 안드로이드들이 총탄에 파괴돼서, 그 생명 없는 신체가 산산이 조각나는 꼴이 보고 싶었다. 같은 전자뇌를 쓴다고 해도 그들과 내가 다르다는 것을 내 눈으로 분명히 확인해야 했다.

구청 옆에 있는 커다란 건물을 보면서 나는 숨을 돌렸다. 하도 격하게 뛰어서 기침을 하니 입에서 피 맛이 났다. 그래도 운동으로 단련하지 않았으면 평소엔 꿈도 못 꿀 정도로 오래, 빠르게 달렸다. 나는 지친 채로 잠시 바닥에 앉았다가, 그 청년 허브 빌딩으로 한 걸음 한 걸음씩 발을 옮겼다.

빌딩의 출입구는 열려 있었다. 개미 새끼 한 마리도 없었다. 이번엔 폭음이 가까운 데서 크게 들렸다. 나는 엘리베이터를 타고 무작정 빌딩의 가장 꼭대기까지 올라갔다. 옥상 문도 열려 있었다.

옥상으로 올라 북쪽을 바라보았다. 아무것도 보이지 않았지만, 폭음이, 지상이 조금씩 울리는 느낌이 들었다. 아주 가끔 여러 색깔이 하늘 저편에서 맞부딪혔다. 의정부 너머인가? 맥주라도 하나 가져왔더라면 좋았을걸.

휴대폰으로 뉴스를 보았다. 안드로이드는 3만 기 정도밖에 없다고 했다. 몇몇 기자들이 전선에 직접 나가서 직접 그 꼴을 찍고 있는 듯했다.

나는 옥상에서 괜히 "한국군 화이팅! 한국군 이겨라! 안드로이드 개새끼들 다 죽여버려!"라고 허공에 소리치기도 했다. 싸움판의 경계에 있던 국군은 그걸 들었으려나. 어쨌든 그 놀음도 한 20분쯤 지나자 슬슬 질리기 시작했다.

좀 더 가까이서 보고 싶었다. 가까이서. 그곳으로 다가가고 싶었다. 무섭지는 않았다. 굉장히 먼 거리였으니까. 나는 뛰어내려가기 전에 난간에 기대 옥상 밑을 바라보았다.

그때 나는 꽤 멀지만 걸어서 닿을 수 있는 곳에 있는 한 사람을 보았다. 나는 55층 위에 서 있었고, 평소라면 결코 볼 수 없을 정도로 먼 거리였지만, 어색할 정도로 정적인 거리와 그 위에 흩뿌려진 드문드문한 빛, 그리고 전자뇌의 수정체 조절 기능으로 꾸물거리는 사람을 인식할 수 있었다.

아니, 저게 뭐 하는 사람이지? 지금 한창 북쪽에서 군사 작전이 진행 중인데 거리를 걸어 다니네? 물론 내가 할 말은 아니지만, 뭐 하는 사람일까? 나는 그 사람을 지켜보았다. 위에서 보니 그 사람은 어디를 부여잡고 터덜터덜 걸어가는 것 같기도 했다.

그러다가 그 사람은 도로 위에 주저앉았다.

나는 급히 옥상에서 내려와 엘리베이터에 탔다.

✶

"자…."

정적.

"여기서부턴 국가 기밀이에요. 편집하시든가, 적당히 꾸며내시든가. 흥미가 있으면 더 조사해보시든가. 기자님 원하는 대로 하세요."

"네?"

나는 당황했다. 이 사람이 지금 무슨 말을 하는 거지? 아니 애초에 내전이 났는데 도망치지도 않고 그걸 구경하고 있었다고? 이거 뭐 하는 사람이야?

"기밀이라고요. 특급 기밀일걸요, 아마. 영화에서는 이런 거 내도 막 사람들이 보호해주고 하던데, 그게 그렇게 잘될지는 모르겠네요."

"어, 그럼 예슬 씨도 기밀을 말씀하시면 그게 죄가…."

"저야 상관없죠. 이미 저는 제 속에 갇혀 있는데 무슨 감옥이 더 무섭겠어요."

나는 그냥 기인 한 명 취재해서 적당히 인터뷰 기사 하나 낼 생각이었는데, 이게 무슨 일이지? 나는 고개를 끄덕였다.

"말씀하세요."

글쎄… 내 생각에는, 별로 대단한 게 아니지만 자기 딴에는 대단하다고 여기는 것처럼 느껴졌다. 많은 사람들이 자신은 다른 사람들보다 특별하다는 착각을 하고, 자기가 가지고 있는 별거 아닌 정보도 크게 특별하다고 착각하지 않는가.

*

55층이나 되는 빌딩에는 커다란 고속 엘리베이터가 설치되어 있었다. 나는 빠른 속도로 지상으로 내려왔다. 귀가 약간 멍해졌다. 나는 출입구로 나온 다음에 거리에 침을 한 번 뱉고, 휴대폰을 보면서 그 사람이 주저앉았던 거리가 어디쯤일지 짐작했다. 나는 그곳으로 조금씩 빠르게 걸었다.

전쟁 통에 빌딩 옥상으로 올라가서 관람이나 하는 나도 다른 사람이 보면 어처구니없는 바보지만, 대로에서 대놓고 걸어 다니는 사람은 또 뭘까. 길 가다 무슨 파편이나 맞으려면 어떡하려고. 빌딩을 나와서 북쪽으로 한 걸음씩 걷는데, 누군가가 크게 외치는 소리가 들렸다.

"이봐요! 아무도 없어요?"

나는 목소리가 들리는 쪽으로 다시 달리기 시작하며 외쳤다.

"여기요!"

"도와주세요! 다쳤어요!"

목소리에 반가운 기색이 진하게 묻어났다. 아무런 의료장비도 없는 꼴을 보면 꽤 실망할 텐데. 아마도 내가 군인인 줄 알겠지. CPR 빼고는 응급 처치법도 모르는걸. 흠, CPR이 필요할 정도의 상태가 되는 걸 바라지는 않겠지?

그래도 다쳤다니 일단 뛰어갔다. 곧, 거리에 이리저리 멈춰 있는 차들 사이에 앉아 있는 한 남자가 보였다. 그는 자동차 한 대에 기댄 채로 있었다. 정강이에서 피를 질질 흘리고 있었는데, 어쩌다 다쳤는지는 몰라도 치명적인 상처는 아닌 것 같았다. 그가 걸어온 뒤쪽을 보니 도로에 조금씩 피를 흘린 자국이 있었다. 나는 그에게 빨리 다가갔다.

가까이 다가가니 그는 끙끙대면서 나를 바라보았다. 구레나룻이 약간 희끗희끗하고 다부진 체격을 가진 남자였다. 나는 캐물었다.

"아니, 대피소로 도망쳐야죠. 지금 여기서 뭐 하세요?"

"아니, 아니… 그게 아니라 제가 경기도 쪽에서 빠져나온 거거든요?"

그는 그러면서 다친 다리를 보여주었다. 나는 깜짝 놀랐다. 가까이서 보니 지독한 상처였다.

"총을 맞았거든요…."

상처가 참 둥글었다.

"아니, 이걸 어떡해. 총은 또 어쩌다가… 어… 제가 근처 역에서 사람들 데려올까요? 아니면 군대에…."

남자는 한숨을 푹 내쉬고 드러누우면서, 옆에 있는 차의 번호판 위에다 다친 다리를 올려놓았다. 그는 신음을 주욱 내뱉으면서 말했다.

"제가 지금 그게 안 되니까 이러고 있죠, 끄으…."

나는 무슨 소린가 했지만, 일단 입고 있던 재킷을 벗어 그의 다리에 난 상처를 꽉 묶었다. 가을 저녁이고, 땀을 많이 흘려서 약간 으슬으슬했다.

"아, 이거 산 지 얼마 안 된 건데."

"이 난장판이 끝나고 나면, 반안드로이드 시민협의회에서 이유엽이라고 찾아주세요. 재킷은 몇 벌이든 사드릴 테니까."

"네? 반안드로이드 시민협의회요? 저 거기 회비 내는 특별회원인데요?"

남자는 고개를 들어서 내 눈을 바라보았다. 그의 눈빛이 완전히 달라졌다.

"그럼 우리 같은 동지네요!"

나는 그의 다리에 묶은 재킷의 매듭을 좀 더 꽉 여며주었다.

"회원이신가 봐요?"

"제가 거기 기술직 간부거든요. 곧 창당할 때 제 이름도 올리고 할 건데. 이유엽이라고 못 들어보셨나 봐요?"

이젠 내 눈빛이 바뀌었다.

"아, 그럼 협의회서 기술 쪽 다 맡아서 하시는 거구나! 제가 기술 쪽에는 관심이 없어서 진짜 몰랐어요. 와, 이거 생각도 못 했네요. 아, 근데 총은 어쩌다가… 아니, 지금 여기 왜 계시는 거예요? 안드로이드들이 난리를 일으킨 거잖아요. 역시 우리 생각이 맞았다니까요. 우리가 걔들을 어떻게 믿어요, 정말. 근데 조금 전에 뉴스 보니까, 걔들이 비무장지대에 3만이나 있어요? 아니, 정부는 대체 무슨 생각을 하고 그걸 그렇게 많이 뽑은 거예요."

이유엽은 웃음을 터뜨리면서 나를 바라보았다. 대충 묶은 재킷으로도 어찌저찌 압박이 됐는지, 조금씩 스며 나오던 피도 줄어들고 있었다. 매일같이 하는 운동 덕에 내 근력이 늘어난 덕분이었다.

"에이, 무슨, 안드로이드가 3만 기나 있겠어요."

"네? 뉴스에서는 안드로이드 3만 기라고 하던데…."

"그러니까요, 사실 안드로이드가 나오자마자 그렇게 반대에 부딪혔는데 어떻게 3만 기나 있겠어요. 한 3천 기 정도 있을걸요. 그것도 지금 저 위에서 다 박살 나고 있을 거고."

"그럼?"

"전자뇌 단 거는 전부 거기 몰리고 있잖아요. 하긴 걔들도 좀 범위를 넓히면 안드로이드들이긴 한데."

"뭐라고요?"

"음… 아니에요. 아이구, 다리야…."

이유엽은 감정을 숨길 줄 아는 사람이 아니었다. 그는 다리에서 오는 고통에 어느새 익숙해진 것 같았고, 표정에 말실수를 했을 때의 당혹감이 자라나고 있었다. 갑자기 다리 어쩌고 할 위인은 아닌 것처럼 보였다. 나는 머리를 굴렸다.

"아, 저희 외할머니가 치매 조기 증상이 오셔서, 보조 기억 장치 설치 시술을 받으셨거든요. 그것도 따지고 보면 전자뇌잖아요? 근데 전자뇌 단 것들이 다 거기 몰려갔다는 게 무슨 말씀이신가 해서."

내가 어느 정도 둘러대자 이유엽은 긴장이 풀렸는지, 조금 전에 숨기려 했던 무언가를 조금씩 드러내기 시작했다.

"전자뇌긴 전자뇐데… 아, 저는 뭐 대뇌피질 일부를 완전히 안드로이드들 걸로 치환하거나 한 걸 말씀드렸죠. 그런 걸 저희 간부진은 사실상 안드로이드나 다름없다고 보는데."

"아, 그래요? 제가 가입할 때는 또 막, 안드로이드라고 하면 공장에서 나온 기계 인간, 뭐 이런 식으로 생각했는데."

내가 그렇게 말하자 이유엽은 다리의 통증을 잊은 듯이 눈을 번뜩이며 열변을 토하기 시작했다. 이 사람이 어떤 성격인지 알 것 같았다. 선동가. 좋은 의미에서든 나쁜 의미에서든.

"아니죠, 사람을 사람답게 하는 성질이 어디서 나옵니까? 기억이야 컴퓨터가 우리보다 훨씬 잘하죠. 그래서 보조 기억 장치를 다는 건 안드로이드가 아니죠. 그런데 감정, 감수성, 그리고 의식. 뭐, 이런 거야말로 우리 인간이 안드로이드들이랑 본질적으로 다른 점, 숭고한 차이점 아니겠습니까?"

이유엽은 신이 나서 떠들었다. 조금 전까지 흘리던 신음은 어디로 간 건지. 나는 일단 그를 좀 띄워주기로 했다.

"하긴 인공지능이 예술을 하는 건 아직 우리 인간보다 많이 부족하다면서요?"

"어휴, 이름이 어떻게 되세요. 혹시?"

"네? 아, 흠, 이… 소정요."

"야, 특별회원분들, 비싼 회비 내시는 거 보면 다 열성이지만 소정 씨는 진짜 저희 간부진들이랑 사상을 딱 공유하시네. 이거 다 끝나고 나면 제가 조직에서 잘 봐드릴게."

나는 그냥 맞장구만 쳐줬는데 왜 이리 열성적으로 반응하는 걸까? 멀리서 아주 커다란 폭음이 울려왔다.

"안 아프세요? 지금 되게 기분이 좋으신 거 같네요. 그리고 전자뇌 단 것들이 몰려갔다는 건 무슨 말씀이신가요? 또 총상은 어쩌다…?"

최대한 나는 걱정스럽게 말하려고 노력했다. 이유엽이 조금 전에 감정이 없다는 등의 헛소리를 했을 때 척수를 몸에서 뽑아주고 싶었기 때문이다. 재킷을 벗었는데도 등 뒤에서 땀이 흘렀고, 손끝이 저릿거렸다. 내 머리에 박혀 있는 전자뇌가 내 몸에 증오와 분노를 불어넣었다. 마음 한편에 소정이 헤어지면서 한 말이 떠올랐다. 내 전자뇌는 안드로이드에도 똑같이 활용되는 기술이라고.

"어휴, 저희가 내는 의견에 전 시민적인 공감대가 형성되어 있잖습니까? 비무장지대 지뢰도 이제 다 제거됐다는데, 언젠가 쓸어버려야 하기도 하고, 근데 또 처리하려면 저 인권단체인지 뭔지 하는 이상한 애들이 와서 설치잖습니까? 그래서 정부 측에서 필요한 일을 한 거죠. 어, 지금 뭐 하시는…."

나는 조심스럽게 이유엽의 다리에 묶인 재킷의 매듭을 풀었다. 이 개자식의 피가 몇 주 전에 산 내 아까운 가을옷을 붉게 물들이고 있었다. 그의 다리에 동그란 총상이 보였다. 찔끔찔끔 피가 흐르는 그 상처에 나는 오른손의 검지를 집어넣고 살짝 힘을 줬다.

"악, 아악, 아아으아으아아악!"

속절없는 고통과 고뇌의 비명이 흘렀다.

"야, 이 개좆 같은 새끼야. 전자뇌를 이식하면 뭐가 뭐? 뭐? 너 도대체 뭔 짓거리 한 건데?"

"으아아아악! 악! 아악! 왜 이래요! 존나 아프다고!"

나는 손가락을 좀 더 밀어넣었다. 검지가 뜨거웠다. 쿵쿵쿵 빠르게 달리는 심장이 느껴졌다.

"야, 너 수상한 짓 했지. 그래놓고 어디에라도 떠들고 싶었던 거지?"

"헉, 헉, 악, 아니, 아니, 왜, 왜, 이러세요?"

"야, 티 안 날 거 같냐? 너 지금 존나 수상하다고. 다리에 총 맞고, 병원 데려가달란 말도 안 하고…."

"아니, 그게, 제가…."

나는 엄지로 내 손가락을 박은 다리의 바깥쪽을 세게 짓눌렀다.

"갸아아아아아아악!"

"너 이 개새끼야, 지금 이상한 짓 하고 온 거지? 바른대로 말해봐."

대답 대신 주먹이 돌아왔다. 어디서 힘이 났는지 몰라도 이유엽이 내게 오른팔을 뻗은 것이었다. 나는 무의식적으로 왼손으로 그 팔을 낚아채서 한 번 뒤틀었다. 뇌를 다치기 전에도 충분히 제압할 수 있을 만큼 허술한 팔짓이었다. 웃기는 비명 소리가 흘러나왔다.

"제발, 제발, 그만, 그만하세요."

나는 이유엽의 팔을 풀어주었다. 그렇다고 해서 상처에서 손가락을 빼거나 하진 않았다.

"너 뭐 하고 온 거야."

이유엽은 빠르게 솔직해지는 면이 있었다. 내가 이런 기괴한 고문을 처음 하는 것처럼, 그도 고문을 버티거나 하는 법은 모르는 것처럼 보였다.

"그게, 제가, 제가 프로그램을 막 넣고 온 거거든요… 으허억!"

"뭐라고?"

"정부에서! 안드로이드들! 처분하는데! 인권 단체들 때문에! 제가! 어허어으허어억! 반란을 일으키도록 걔들을! 크으으어억… 조종했다고요!"

"아니, 왜?"

"그러면! 명분이! 생기니까!"

"안드로이드들을 쓸어버릴? 그럼 전자뇌 이식자는 왜?"

이유엽에게는 미안하지만 전자뇌에 관해 말할 때 내 감정이 실렸나 보다. 그는 커다랗게 비명을 질렀다. 만약 살아난다면 성악을 배워보는 것은 어떨까?

"어허어허어허억! 제발! 걔들도, 안드로이드니까! 제가 한국 전자뇌를 참조하는 전산망 전체에 접속해서, 조작을… 무의식적으로, 전자뇌에, 사고를, 주입할 수, 그렇게. 안드로이드처럼. 커억! 어흐흐헉, 한 거예요! 그 괴물들이, 반란에 참여하도록 유도해서! 죄송해요, 죄송해요, 할머니한텐, 제가… 고칠게요!"

아, 하고 탄식을 내뱉고 나는 주저앉았다. 이유엽의 총상에서 내 손가락이 빠지자 피가 규칙적으로 퐁퐁 솟아올랐다. 이유엽은 그 꼴을 보고서 괴로워하며 자기 상처를 손으로 꾹꾹 눌렀다.

내가 왜 굳이 대피소에 들어가지 않고 전쟁터를 구경하러 갈 생각을 했는지 알 것 같았다. 어쩌면, 전쟁에서 유용하도록 병사의 몸을 만들고 싶었기에 운동이 그렇게 재미났을 것이다. 분명 빈 도시를 지키는 사람들이 있었을 텐데, 그들을 용케도 잘 피해서 전쟁을 구경할 수 있었던 것도 전부 다 이 전자뇌 덕인가.

아마 뇌경색이 뇌의 다른 부분까지 침범했으면 지금쯤 나도 의정부에서 국군과 싸우고 있었겠네. 소름이 돋았다. 이 소름이 돋는 감정조차 내 머릿속에 있는 전자뇌가 시발점이란 생각을 하니 더 무서웠다.

이유엽, 이 지랄 맞은 새끼가, 자기가 영웅적인 일 하고 왔다는 마음에 완전 들떠 있었던 거였구만. 총은 어쩌다 맞은 거야.

하늘을 바라보며 한숨을 푹 쉬었다가 이유엽을 바라보니 그는 괴로워하면서 펑펑 울고 있었다. 나는 내 손과 팔을 바라보았다. 피가 잔뜩 묻어 있었다.

“뭘 잘했다고 울어?”

“저한테… 크흐흐헉… 왜 그러시는데요… 저 병원으로 데려다주세요… 이러다가 죽을 것 같아….”

나는 피 묻은 손으로 내 정수리 앞부분을 툭툭 치면서 그에게 말했다.

“야, 새끼야. 여기 안에 든 게 네가 그리 싫어하는 전자뇌다?”

"으흐흑… 예?"

"내가 뇌경색으로 운동 피질이 작살이 났거든. 그래서 전자두뇌로 교체했단 말이지."

그는 눈물을 질질 흘리면서 나를 바라보았다.

"그럼 내가 괴물이야? 괴물이냐고."

"크흐흑.. 아니, 선생님은 걔들이랑 다르죠… 몸을 움직이는 건 기계적인… 크헉.. 거니까… 으흐흑.. 이성이랑 감정은… 흐흑…."

"그럼 내가 이거 떼도 여전히 인간이라고?"

"감수성, 감정, 그런 건, 몸을 안 움직여도, 크흐흑… 으허흑… 남아 있잖아요!"

이미 해는 졌다. 가로등이 자동으로 켜졌지만, 사람이 없는 거리는 을씨년스러웠다. 폭음은 조금씩 잦아들었다. 나는 휴대폰을 꺼냈다. 진압이 거의 완료되었다는 뉴스가 있었다. 나는 멀리서 군용 트럭들이 뛰뛰거리지 않나 했는데, 잘못 들었던 것 같았다. 오른팔에 피칠갑을 한 여자와, 그 옆에서 다리를 부여잡고 펑펑 울고 있는 남자. 그리고 어지럽게 서 있는 차들. 이걸 보면 사람들은 무슨 생각을 할까.

"졸려요… 흑흑… 졸리다고…."

나는 이유엽이 옆에서 징징 짜는 걸 내버려두고 일어섰다. 만약 동맥이 찢겼다면 내일 해를 못 보겠지. 근데 뭐, 별로 죄책감은 들지 않았다. 그런데 나중에 이 어수선한 것들이 전부 정리되고 나면, 여기 어쩌다 거대한 시민단체의 간부가 시체로 누워 있는지 사람들이 조사하기 시작하겠지. 답답하고 피곤했다. 결국 뇌경색 걸렸을 때부터 인생 쫑 난 셈인가.

계속 심장이 쿵쿵 뛰었다. 이게 무서운 건지, 슬픈 건지, 화가 난 건지, 아니면 무거운 침울이 내려앉은 건지 도저히 알 길이 없었다. 달이 밝았다.

나는 황망한 채 있다가 다시 이유엽을 돌아보았다. 그는 기절했다. 벌써 죽었을 수도 있겠다는 생각이 들었다. 이 사람이 그냥 총상으로 죽은 것으로 법의학자들이 결론 내리기를 빌도록 하자.

나는 근처에 있는 어두운 상가로 들어갔다. 2층으로 올라가는 계단에 화장실이 있었다. 문이 열려 있었다. 나는 액체 비누를 퐁퐁 짜서 팔에 있는 피를 꼼꼼히 씻었다. 피비린내가 갑자기 확 올라와서 약간 어지러웠다.

거울을 보았다. 거울 속의 나는 굉장히 더럽고 지쳐 보였다.

이유엽은 자신이 간부진 중에서 기술 간부라고 말했다. 그와 반목하는 사람들도 있었겠지만, 어쨌든 간부들이 다 의견이 통합됐으니 그런 어이없는 일을 저질렀겠지.

나는 거울에 얼굴을 들이밀었다. 내 눈이 가깝게 다가왔다. 피부를 살펴보았다. 작은 모공들이 듬성듬성 난 그 피부에, 알루미늄의 차가운 광택이 흐른다는 느낌이 들었다. 다른 사람들도 그렇게 생각할까?

사회의 증오가 더 깊어질 거란 확신이 가슴속을 가득 메웠다. 그리고 그 증오의 촘촘한 그물망에서 나도 빠져나갈 수 없으리

라. 나는 온몸에서 피를 깨끗이 닦은 채로, 화장실 변기에 비틀대며 걸어가 앉았다. 그리고 거기서 몇 시간이고 서럽게 울었다.

내가 머리에 넣은 기계 덕에 느끼는 감정은 원래 내가 알던 것과 전혀 구분할 수 없었다. 강소정이 보고 싶었다.

✴

세상에는 정말 이상한 이유로 온갖 괴상한 일을 하는 사람들이 있다. 그들은 그냥 적당히 재미있고 적당히 이해할 수 없는 이야기를 들려주었다. 그걸로 적당히 재미있는 기사를 올릴 수 있었고, 운이 좋으면 많은 댓글과 높은 조회수를 얻을 수 있었다.

나는 내가 하는 일에 저널리즘 어쩌고 하는 이야기를 붙이는 것도 뭐 딱히 좋아하지 않았다. 나는 내가 기자라기보다는, 기인들의 인터뷰를 모아 정리하는 콘텐츠 창작자 정도가 아닌가 하고 생각했다. 보통 기자라고 하면 시사 쪽의 모습을 생각하니까. 나도 그랬고. 이예슬을 찾아 올 때는 큰 기대가 없었다. 적당히 취재를 나가 회사 돈으로 밥도 먹고 할 셈이었는데.

그런데, 오, 젠장, 진짜 중요한 이야기였잖아.

나는 이예슬을 뚫어지게 쳐다보다가, 한마디 질문을 던졌다.

"그래서 전자뇌를 다시 떼어내신 겁니까?"

"네."

"왜죠?"

"모르시겠어요?"

이예슬이 되물었다. 나는 면접장에서 굉장히 곤란한 질문을 받은 면접자처럼 한 마디 한 마디 억지로 쥐어짜냈다. 이예슬이 상처받지 않을까 걱정하면서.

"전자뇌를 장착한 이상, 어쨌든 사람들은 안드로이드… 그러니까 기계 인간이랑… 똑같이 생각한다고 느끼셨기 때문입니까?"

"뭐, 가깝네요. 지금 저 배려하시는 건가요?"

"어, 아니, 좀, 혹시 뭔가 좀 답하기 힘든 말 아닌가 했습니다."

"아뇨, 저는 평온해요. 세상에서 가장 이성적인 사람이라고 해도 좋아요."

나는 긴장을 풀었다.

"생각해보세요. 걔들이 해킹한 거 때문에, 제가 무의식적으로 전쟁터에 나가려 했다고요. 언제 또 그럴지 어떻게 알아요. 그러니 그냥 바로 떼버렸죠. 이해 못 하는 사람도 많았지만… 요즘은 자율주행 휠체어도 꽤 좋다니까요. 음성 합성기도 정말 뛰어나고. 평생 이렇게 살 게 아니라서 이렇게 맘 편히 말하는 것도 있지만."

우리 사이에 잠시 침묵이 흘렀다.

"평생 이렇게 살 게 아니라고 말씀하신다면, 앞으로 계획하고 있는 일이 있나요?"

"인터뷰 끝나면 바로 남반구로 갈 거예요. 오스트레일리아나 뉴질랜드. 사실 기밀을 말한 이유가 그것도 있죠. 한 달 뒤에 기사가 올라온다고요? 가서 곧바로 망명 신청을 할 거예요."

"아, 그럼, 그분이 간…."

"네, 소정이랑 얼마 전에 연락이 닿았어요. 가서 다시, 거기서 전자뇌를 이식할 거예요."

"그럼 다시 일어서시는 거군요. 또 감정도… 평온함에서 벗어나서…."

스피커에서 웃음소리가 흘러나왔다. 나는 다시 물었다.

"그 전자뇌를 달아서 자율신경계가 회복되면, 그 감정이 정말 자기 감정이라고 확신하실 수 있나요?"

"글쎄요, 또 생각해보면 심장이 뛰고, 가슴이 답답하고 한 게 감정의 전부는 아니죠. 어쨌든 제 뇌의 다른 부분이 그걸 또 해석해서 총체적으로 감정이 생기는 거니까."

"아, 그럼 그게 정말로 감정의 근원이라고까지는 말할 수 없는 거네요."

"네, 그냥 감정이라는 구조의 부분, 뭐 이런 거겠죠. 그러니, 그냥 제 감정에 도움을 받는 거고. 뭐 사실, 그게 진짜 제 감정이 아니더라도 다 무슨 상관이겠어요. 어쨌든 제가 느꼈던 건 진짜 있었던 사실인데, 그리고 나조차도 다 똑같게 느꼈는데, 누가 가짜랑 진짜를 구분하겠어요."

이예슬은 자연스러운 웃음을 들려주었다. 그 말을 끝으로 이예슬은 더 이상 할 말이 없었는지, 어느 정도 공개할지는 그냥 내 마음대로 하라며, 의례적인 작별인사를 나눈 뒤 카페를 떠났다. 하긴, 내가 무슨 대단하고 이름난 기자도 아닌데 내 취재를 굳이 받아들였던 이유가 여기에 있었던 것이다. 남반구로 떠나겠다고 결심하기 전에 이야기를 한번 털어낼 용도로.

이예슬이 나를 어느 정도 인물로 생각했는지는 잘 모르겠지만, 난 어쨌든 데스크에 내가 인터뷰한 내용을 하나도 빠짐없이 정리해서 올릴 생각이다. 이유엽과 그 뭐냐, 반안드로이드 시민협의회라는 단체에 대해서도 좀 더 조사하고. 한반도에서 안드로이드가 싹 정리된 이후로 그 단체는 인간 순혈주의를 그대로 유지한 채로 요새는 정당 설립에 기를 쓰고 있다는 것만 알고 있었다. 그런데 이 이야기가 퍼지면, 어디까지 같은 사람이고 어디까지 다른 존재인지 선을 그을 때 사람들이 좀 덜 과격해지지 않을까 싶은 희망을 살짝이라도 품게 된다.

이예슬이 내게 가르쳐준 것을 생각하면 말이다. 우리를 사람으로 만들어주는 감정조차 진짜와 가짜를 감정할 수 없다면.

한 터럭만이라도

"이거 사람 고기네요."

나는 고기를 씹어 삼키고 말했다. 스코틀랜드산 배양육 특유의 희미한 참나무 냄새가 났다. 커피도 한 모금 들이켰다가 눈을 번쩍 떴다. 커피는 진짜였다.

"입맛이 정확하시네요. 네, 사람 등심입니다. 저희는 아무래도 인간 유래 배양육 제품이라고 부르는 편을 선호합니다만."

30분 전에 나를 찾아온 중년의 남자가 말했다. 티렉스를 연구실에 두고 나와서 그를 기다렸고, 그는 약속 시간에 늦지도 이르지도 않게 정확히 도착했다. 그가 내민 명함에는 "배양육 기업 그린플레이버의 부장 심형준"이라고 적혀 있었다. 그는 비싼 자율주행차에 나를 태우더니 작지만 고급스러운 식당으로 나를 데려갔다. 자리에 앉자마자 웨이터가 미리 준비해놓은 요리와 커피를 내밀었다.

정장 차림을 하고 덩치가 좀 작은 이 남자는 지나치게 친절한 데가 있었다. 그는 쓸데없이 사람을 짜증나게 하지 않았고, 항상 내가 뭔가 필요한 것이 있으면 잘 파악하고 금방 내밀었다. 나 스스로도 내가 목이 마르다는 걸 눈치채지 못하고 있을 때, 그가 먼저 물었다.

"혹시 커피 더 필요하십니까?"

수십 년간 회사의 정치를 견디고 거대기업의 부장까지 올라간 사람의 초인적인 눈치가 느껴졌다. 경계심을 가지지 않을 수가 없었다. 나는 작은 동물행동학 연구실에서 팍팍하게 살아가는 앵무새 연구자일 뿐인데, 나한테 무얼 원해서 이렇게 구는 것일까? 나는 솔직히 말했다.

"그런데 저한테 뭘 원하시는 건가요?

"아, 그게, 메일에서도 말씀드렸다시피, 저희 회사에서 선생님의 앵무새, 그러니까 티렉스라고 하지요?"

"네."

"예, 다행이군요. 저희가 그 티렉스에 대해 굉장히 관심이 많기 때문입니다."

"그린플레이버가 티렉스한테 관심이 있다고요?"

티렉스는 내가 연구실서 기르고 있는 회색앵무다. 내가 이 좁은 나라에서 동물행동학이라는 생소한 학문을 연구하면서 벌어먹고 살 수 있는 유일한 이유이기도 하다. 거창한 일은 아닌데.

"예, 저희가 알기로는 티렉스가 현재 지구상에서 알려진 회색앵무 개체 중에 가장 지능이 높다고 해서요. 유명한 사실이죠?”

✴

티렉스를 처음 만났을 때 나는 스물여덟 살이었다. 석사논문이란 이름의 불쏘시개를 30부 생산한 뒤, 막 졸업하고 어디로 갈지 몰라 비틀대고 있었다. 지도교수는 “닥치고 유학, 못 먹어도 유학!”을 외쳤다. 이미 사기업에 취업해 어느 정도의 경력을 쌓은 동기들은 나보고 기업에 들어와서 함께 고생하자고 했다. 부모님은 이제 공부는 해볼 만큼 했으니 공무원 준비나 하라고 권했다. 심지어 수능 다시 치고 의대 가는 건 어떠냐는 사람도 있었다. 다 자기 인생이 아니니까 할 수 있는 얘기들이었다.

티렉스를 만난 그날에 나는 한적한 시 외곽을 걸었다. 그러다 보니, 끊임없는 끔찍한 빼액 소리가 들려오는 것 아닌가. 그쪽으로 고개를 돌려보니 유기 동물 보호소였다. 철판을 긁는 듯한 그 끔찍한 소리에 나는 이상하게 마음이 이끌려 그곳으로 들어갔다.

보호소 안에는 수많은 가련한 동물들이 있었는데, 그 동물들이 내는 소리가 그 철판 긁는 소리 때문에 완전히 파묻히고 있었다. 나는 그 소리의 발원지를 바라보았다. 새장 안에 회색의 공룡 하나가 미친 듯한 고음을 내고 있었다. 자세히 바라보니 공룡이 아니라 대형 회색 앵무새였다. 그 눈에는 포식자의 성정이 서려 있었다.

나는 그제야 내가 왜 그 고음에 이끌렸는지 알아챘다. 당장 길거리에서 소리라도 지르고 싶은 내 답답한 일상을 그 새가 대신 풀어주는 것 같았기 때문이었다.

난 회색 새한테 다가가 새장 안을 바라봤다. 새들이 공룡의 후손이라는 것을 직관적으로 이해할 수 있을 만큼 커다랗고 흉포한 새였다. 그때 보호소 직원 한 명이 다가와서 말했다.

"예쁘죠, 회색앵무예요!"

시끄러운 소리 때문에 그는 크게 소리 질렀다. 그것 참 직관적인 이름이로군. 앵무새라기보다는 공룡 같은데. 사실 예쁘다기보다는 포악해 보였지만. 어쨌든 나도 언성을 따라 높였다.

"얘도 유기된 건가요?"

"네, 얘는 멸종위기 동물이라 따로 등록도 해야 하는데요, 등록도 안 된 애가 발견됐어요! 뭐 하는 나쁜 새끼인지…." 잠시 소음이 그의 원색적이지만 충분히 타당한 비난을 묻었다. "물론 생명의 무게가 다르다고는 할 수 없지만, 멸종 위기고, 오래 살고 똑똑한 새인데요. 양심도 없지요!"

"오래 산다면 얼마나…?"

"잘 보살피면 30년에서 50년 정도 살아요! 아니, 심지어 80년도 살죠!"

"진짜 오래 사네요!"

그날은 그게 끝이었다. 나는 길거리 경험이 전혀 없어 보이는 고양이들과 강아지들을 보았고, 나중에 좀 더 자리를 잡으면 분양받겠다고 다짐하면서 보호소를 나왔다. 그때까지는 회색앵무를 분양받을 생각은 없었다. 수십 년이나 사는 생물을 어떻게 책임지나 하는 생각이 들었다.

하지만 인생의 모든 중요한 사건은 계획이 아니라 우연에서 발하는 것이다. 티렉스를 입양하게 된 계기는 일주일 뒤 보게 된 어느 다큐멘터리였다. 매일 오전 1시에 자고 오후 2시에 일어나는 생활을 하고 있는 중에, 넷플릭스에서 회색앵무 다큐멘터리를 보게 된 것이었다.

〈회색앵무와 가족〉이었는지 뭔지, 이제 제목도 정확히 기억나지 않는다. 아마 그보다는 훨씬 흥미로운 제목이었을 것 같은데. 그래도 내용은 확실하게 기억이 잘 난다. 다큐에서는 대대손손 큰 회색앵무 하나를 기르는 일본인 가족이 나왔다. 원래 주인이었던 할머니는 이미 죽어서 없고, 앵무새와 다른 가족만 남아 있었다. 그런데 회색앵무가 주인 할머니의 목소리를 똑같이 따라 해서, 그 목소리를 듣고 할머니를 추억하는 것이었다.

나보다 오래 살 수도 있는, 나의 모든 것을 함께하고 기억할 반려동물. 나는 문득 내가 10년 가까이 혼자 살고 있다는 사실을 새삼 되새겼다. 그 후 일주일 동안 나는 회색앵무와 관련된 정보를 석사 논문 쓰던 무렵 참고문헌 찾을 때보다 훨씬 열정적으로 검색했다.

"저, 그 회색앵무, 아직도 있어요?"

"네, 대형종이고 시끄러워서 사람들이 꺼려요! 어디 동물원으로 가거나 아니면 안락사당할지도 모르죠!"

"그렇군요, 그럼 제가 데리고 갈게요!"

보호소의 회색앵무를 데리고 온 나는 그를 티렉스라고 이름

지었다. 내가 사는 방의 면적에서 약 20퍼센트를 차지하는 것처럼 느껴지는 엄청나게 큰 새장과 여러 놀이기구와 횃대 등을 들였다. 멸종위기 동물이라 이런저런 서류 작업도 해야 했다.

처음 들여왔을 때 티렉스는 나를 극도로 경계했다. 그 영리한 새는 자신이 버려졌다는 사실을 분명히 알고 있었다. 다행히 자기 깃털을 뽑는다든지 하는 자해 행동은 보이지 않았다. 대신, 티렉스는 나를 물었다.

나 여기서 진실로 그대에게 알리나니, 앵무의 입질은 귀여운 애교가 절대 아니다. 이 위대한 공룡 후예들의 부리는 강철같이 튼튼하며, 그들은 일말의 자비가 없다. 나는 티렉스가 입질을 그만둘 때까지 내 살점과 피를 어지간히도 바쳐야 했다.

1년 동안 티렉스와 나는 꽤 가까워졌다. 티렉스는 처음 들어왔을 때보다 더 자랐고, 35센티미터가 넘어 40센티미터가 됐다. 그러니까 새 청소년이었던 셈이다. 내 어깨에 올라타는 걸 좋아했는데 덕분에 허리가 더 비틀어졌다. 그리고 티렉스는 내게 입질을 하지 않게 되자 방구석에 있는 모든 물건을 파괴했다. 부리가 시도 때도 없이 근질거렸나 본데, 그 부리는 플라스틱으로 된 물건이라면 손쉽게 으깨버릴 만한 힘이 있었다.

또 이 녀석이 좁은 방을 여기저기 날아다니다 보면 엄청나게 큰 가루가 온 사방에 날렸다. 흔히 파우더라고 하는 건데, 파우더라고 하면 생활에 유용해 보이지만 실상은 그냥 거대한 비듬이었다. 사람의 비듬과 비교도 할 수 없을 만큼 장대하고 웅장한 크기였다. 거기다가 소음은, 말도 못 하겠다. 발정기의 고양이가 내는 아기 우는 소리가 귀엽게 느껴지는 그 철판 긁는 소리를 들으면 꿈의 나라에서 즉각 탈출할 수 있었다.

그래도 수많은 고민이 나를 엄습할 때, 내 옆에서 이리저리 무언가를 깨물어 부수고 있는 티렉스를 보면 말이다.

"그래, 내가 너를 먹여 살려야지."

이런 혼잣말을 중얼거리면서 어떻게든 먹고살 방법을 찾게 되는 것이다. 그게 티렉스가 내게 준 책임감이었고, 이 귀여운 녀석의 마법이었다. 아마도 버려져본 적이 있는 존재에 대해 느끼는 일종의 동지감 같은 것 아니었을까 하고 나는 아직도 생각한다.

그러던 중에 나는 티렉스의 천재성을 발견했다.

티렉스가 창밖으로 날아가거나 어디 위험한 데 빠지는 걸 막기 위해 눈물을 머금고 날개 깃털을 조금 자르고, 티렉스가 수북이 쌓고 다니는 파우더를 매일매일 치우고, 티렉스가 감전되는 걸 막으려 모든 전선과 멀티탭을 훨씬 비싸고 튼튼한 제품으로 바꾸고, 티렉스가 벽지와 키보드와 빗자루 손잡이 등 온갖 깨물 수 있는 것은 다 깨물어 박살 내는 것을 인내하며 고통받는 나날, 그러나 집에 돌아올 때 티렉스가 내게 파닥파닥 날아오는 모습만 봐도 그 모든 피로가 사라지던 어느 날에, 티렉스가 갑자기 내게 말을 건 것이다.

"야, 이 체리는 저번 것보다 훨씬 덜 달잖아! 벌써 나한테 소홀해진 거야?"

한창 청소기를 돌리던 나는 멍하니 그를 바라보았다. 정신을 차렸을 때 나는 내가 손에서 청소기를 놓쳤다는 걸 알아챘다. 위이잉대는 소리가 들렸다.

물론 나는 아이가 말을 언젠가 하리라고 알고 있었고, 그날이 오기를 고대했다. 보통 앵무새가 말을 한다고 말하면, 뭐 말하자면 "산토끼 토끼야 어디로 가느냐"를 그대로 외워서 시도 때도 없이 부르거나, 자기보고 말하는 "아구 귀여워"를 자기 이름으로 착각해서 틈만 나면 말하는 그런 경우를 생각할 것이다.

그러니까 앵무새가 말을 한다고 해서 앵무새가 "이 영화는 연출은 괜찮았는데, 솔직히 플롯이 너무 별로더라." 같은 말을 할 것이라고 기대하지는 않겠지. 난 티렉스가 그냥 내 목소리나 잘 따라 해주기를 원했다. 그 정도는 충분히 기대할 수 있는 거라고 생각했고. 왜, 회색앵무들은 여덟 살배기 사람만큼이나 영리한걸.

그런데 티렉스는 2년간의 옹알이를 끝내더니 완전한 문장을 말했다. 그건 내 기대를 한참 넘어선 수준이었고, 티렉스의 천재성은 내가 애를 써서 발견했다기보다는 너무 환하게 빛나서 알아차릴 수밖에 없는 것이었다.

"저기, 티렉스."

"왜?"

"그런데 너 있잖아, 어떻게 그렇게 말을 잘하는 거야? 내가 딱히 가르친 것도 아니고, 집에서 말을 자주 하는 것도 아닌데."

"네가 맨날 집구석에 틀어박혀서 넷플릭스만 보고 있으니까 내가 모를 수가 없잖아."

"그, 그런가."

"그건 그렇고, 감귤 싫다는데 요즘 너 왜 자꾸 줘. 체리 달라니까 체리!"

"아니, 그게, 체리가 감귤보다 훨씬 비싸다니까…."

"그래서?"

"내가 가난하잖아."

"그럼 그냥 돈을 벌면 되잖아?"

"아니, 세상이 드라마처럼 되는 게 아니라니까."

이 대화를 나눈 뒤 내가 취업을 하긴 했으나, 그게 중요한 게 아니다. 그러니까, 티렉스는 앵무새라는 종의 한계를 넘어 초월적으로 똑똑했으나 지혜롭지는 않았다. 말하자면, 굳이 여러 음식들의 달콤한 맛이나 몇몇 한국 드라마 이상으로 자기 세상을 넓히려고 하지는 않았던 것이다. 티렉스는 세상이 돌아가는 방식에 굳이 신경 쓰려고 하지 않았고, 또 다른 언어, 특히 영어는 대단히 배우기 싫어했다. 티렉스는 네 살짜리 회색앵무의 탈을 쓴, 과일을 지나치게 좋아하는 20대 한국인이었다.

그런 사소한 문제가 있더라도 나는 경이롭기만 했다. 이건 그냥 친구와의 대화 주제 정도로 끝날 일이 아니다 싶어서 나는 유튜브에다 티렉스의 영상을 올렸다. 며칠 만에 엄청난 조회수가 올랐다. 사실 그로 인한 수익금이 내가 회사 컴퓨터 앞에서 고통스러워하며 버는 돈보다 더 많았다.

그러다 보니 잠시라도 대중의 관심을 받게 되었다. 티렉스의 행동은 동물행동학 분야에서 그야말로 어마무시한 고찰의 대상이 되었기에, 나는 동물행동학 연구소에 티렉스와 함께 자리를 얻게 되었다. 동영상이 계속 잘나가지는 않았다. 티렉스는 사람들의 재미 따위에 하등의 관심을 두지 않았다. 티렉스에게 중요한 것은 꾸준한 드라마와 체리의 공급이었다.

그래서 '앵무새의 히어로 영화 평론'이라든지 '선형대수학을 강의하는 앵무새' 같은 동영상을 보고 싶어 했던 사람들의 관심은 떨어져 나갔다. 나는 다시 그럭저럭 평범하게 생활하게 되었다. 가끔 방송에 나가서 살아 있다는 소식만 알렸다.

모든 것이 완벽하지는 않았지만, 귀여운 회색 공룡 티렉스를 만난 이후 내 삶은 훨씬 나아졌다.

*

나는 내 앞에 앉아 있는 그린플레이버 심형준 부장의 눈을 주의 깊게 바라보았다. 어느 정도의 호의를 가장하고 있는 것 같지만, 그 깊은 눈 안에 무슨 생각이 자리하고 있는 걸까? 도저히 알 수 없었다. 나는 조심스레 물었다.

"설마 티렉스 가지고 무슨 이상한 실험 하시려는 건 아니죠?"

"아유, 그럴 리가요. 그런 어떤 기술적인 걸 하려는 의도는 절대 없고요. 단지 저희 회사가 현재 봉착한 윤리적 문제의 타개책이 바로 티렉스이기 때문입니다."

"윤리적 문제라고요?"

나는 흥미가 동했다. 티렉스를 가지고 뭔가 해보려고 하는 이상한 작자들은 썩어났다. 서양의 어느 재단에서는 티렉스의 두

뇌는 엄청난 가치가 있다면서 큰돈을 제시했다. 뇌를 꺼내보자면서. 내가 이메일로 미친놈 아니냐고 진지하게 물으니까, "당신도 박사까지 한 사람인데, 동물보다 과학과 인류의 발전이 더 중요한 걸 알지 않습니까?" 같은 답이 돌아왔다. 생각보다 더 미친놈들의 집단이었다.

"예, 지금 드시고 있는 것과 관련된 겁니다."

나는 접시 위에 놓인 고깃덩어리를 흘깃 바라보았다.

"사람 고기죠."

"이게 35년 전만 해도 인육 먹는다고 하면 정신 나간 범죄자처럼 느껴졌거든요."

"아주 어릴 적 얘기네요. 그래도 지금도 사람 고기는 굳이 안 먹는 사람들 꽤 있잖아요."

"에이, 그래도 저희가 조사해보니까 전체 인구의 50퍼센트 정도는 드시더라고요. 요즘은 배양된 인육이 가장 윤리적인 고기라고들 말하고, 인육 빼곤 안 드시는 분들도 많죠. 사실 이게 급반전된 거거든요. 그때는 고기라고 하면 무조건 농장에서 키운 고기를 먹는 거여서, 사람 고기를 먹는다고 하면 사람 하나를 진짜로 잡는다는 거였는데…."

*

2033년, 배양육 기술의 효율이 마침내 농장에서 길러낸 가축들의 고기 생산 효율과 동등해졌다. 맛도 똑같았고 종류도 다양했다. 10년 가까운 세월 동안 끝없이 투자금을 먹은 한국 기업

그린플레이버의 위업이었다. 가축을 도살할 필요가 없으니 더 윤리적이고, 가축이 내뿜는 메테인도 줄어드니 훨씬 환경친화적이었다. 많은 사람이 환호하며 샴페인을 땄다.

그런데 대형 생산라인이 본격적으로 갖추어지자 사람들이 문제를 제기했다. 고기 배양을 하면 식용 닭, 소, 돼지들을 키우는 사람들은 어떻게 되느냐는 문제였다. 사람들은 계산기를 두드려보았다. 배양육을 도입하면 목이 날아가는 사람이 한둘이 아니었다. 일단 농장 하던 사람들은 삼엽충이 된다. 그다음에는 관련 유통업을 하던 사람들은 공룡이 된다. 고기 가공, 도축, 발골 등의 일을 하는 사람들은 맘모스가 되겠지.

일단 정부에서는 되도록 극적이지 않은 고기 시장의 전환을 꾀했다. 축산업 종사자들을 그대로 배양육 생산라인으로 보낼 수 있다면 얼마나 아름다운 해결책이었겠나? 하지만 말도 안 되는 소리였다. 배양육 공장에는 높은 수준의 생명공학 교육을 받은 사람이 필요했다. 첨단 사업이다 보니 자잘한 일은 대부분 자동화가 되어 있었고. 생물학 하는 사람들 입장에서야 20년, 30년, 40년이 넘어 마침내 그토록 그리던 바이오 붐이 온 것이 분명했다. 하지만 시골에서 소 키우던 사람들을 최소 석사 학위까지 재교육시킨 다음 배양육 생산라인에 취업시킨다는 것은… 그들의 생을 송두리째 부정하는 일이었다.

여론은 배양육에 아주 호의적이었다. 스타들은 배양육을 먹는 것이 환경과 동물을 지키고 입맛도 덤으로 지키는 윤리적이고 저렴한 소비라고 광고했다. 품질 관리도 확실하다고. 부정하기 힘들었다. 기후 변화의 대가를 다 함께 치르고 있을 때였으니까. 인천 송도가 잠길 뻔하고, 서울에는 1월에도 눈이 내리지 않고, 대구에서 감귤을 기르고.

그때 배양되지 않은 고기를 먹는 사람들은 멸시당했다. 21세기 초에 개고기를 먹는 사람들에게 개고기를 먹지 않는 사람들이 보내는 은근한 눈빛 이상이었다.

그러자 아직 일을 때려치우지 않은, 아니 그럴 수 없었던 사람들이 행동에 나섰다. 닭과 돼지와 소, 오리를 키우던 사람들이었다. 농장에 있는 수천, 수만, 수십만, 수백만 마리의 가축들을 그들은 어찌 처리할 도리가 없었다. 살아 있는 생물들은 보통의 폐기물처럼 처분할 수 있는 존재가 아니었다. 감염병 같은 '어쩔 수 없는' 핑계가 있는 것도 아니었고. 그들은 잃을 게 없었다. 그리고 잃을 게 없는 사람들은 보통 사람들이 상상도 할 수 없는 일을 할 수 있다.

그들은 광화문에 수많은 닭을 데리고 와서 닭들의 목을 하나씩 따는 집회를 했다. 삽시간에 광장이 시뻘건 닭 피로 물들었다. 수많은 닭이 죽는 그 꼴을 보고 다시는 닭고기를 못 먹게 된 사람도 꽤 많았다. 설령 그것이 배양된 것이라도. 그들의 행동이 굉장히 과격했고 잔인했기에 큰 지탄을 받았지만, 그 생생하고 끔찍한 광경은 사람들의 뇌리에 깊게 남았다. 살아 있는 가축들을 어떻게 해야 한다는 공감대가 형성된 것이다.

배양육 생산라인은 계속 확장되어가는데, 살아 있는 가축들을 처리하는 일은 지지부진했다. 여러 환경단체에서는 농장의 동물들을 가정으로 입양시키기도 했지만, 한계가 명료했다. 닭이나 오리는 꽤 귀엽기 때문에 수요가 있었지만, 그 시끄러운 소리 때문에 도시에서 기르기 힘들었다. 거위, 소나 돼지는?

보살피는 손길이 끊긴 가축들은 갇혀서 굶어 죽거나, 동족들을 산 채로 잡아먹거나 하는 끔찍한 모습을 보였다. 꽤 많은 언론이 이 무서운 뉴스를 보도하자 사람들은 배양육이 별로 자연스럽지 않다는 생각을 했다. 자연스럽지 않다는 의문을 품기 시작하면 곧 그것이 나쁜 것이라는 생각을 할 수 있다. 사실 자연스러움과 좋은 것은 전혀 다른 문제일 터지만.

사회가 그렇게 부글대는 중에 한 지점이 지적되었다. 배양육은 공장 실험실의 유리통 안에서, 배양액 안에 둥둥 잠겨 자라난다. 그것은 의식 없고 생각하지 않는 거대한 세포의 덩어리다. 그런데 그 세포 덩어리의 가장 첫 조상은, 그러니까 가장 먼저 분열한 세포는 어디에 있던 동물에서 나온 것일까? 아마 농장에서 공급한 동물들을 사용했으리라. 그렇다면 그린플레이버는 농장들에 꽤 많은 빚을 졌는데, 이런 일이 일어날 것을 알고 방조한 것이 아닌가? 그린플레이버는 그 질문에 답하지 않았다.

하지만 닥치는 거로 해결될 문제가 아니었고 곧 진실은 드러났다. 동물 세포는 어느 정도 분열하고 나면 분열을 멈추는데, 이 점을 인위적으로 딱 고기로 쓸 수 있을 만큼만 제어하기 위해서 그린플레이버는 참 많은 동물을 배양에 사용해야 했다. 당연히 그 동물들은 다 죽었고. 그러니까, 배양육을 만드는 데 어느 정도의 가축은 반드시 필요한 것이었다.

배양되지 않은 고기를 먹는 것이 경제를 살리고 아주 자연스러운 일이라는 인식이 퍼져나갔다. 마침 과학자들이 피눈물을 흘리며 개발한 온실가스 포집 기술이 본격적으로 상용화되기 시작한 때였다. 당장에 삶의 터전을 파괴할 듯 닥쳐오던 기후 변화라는 재앙이 주춤하자, 사람들은 금방 그 재난을 잊었다.

'자연스러운' 고기는 21세기 초의 유기농 채소처럼 프리미엄을 받고 팔렸다. 농장주들과 도축업자들은 다시 동물들을 보살피기 시작했다. 격동의 몇 개월 동안 동물들을 포기하지 않은 농장주들은 기다림의 결실을 얻었다.

배양육 고기와 보통 고기는 어정쩡한 균형을 이룬 채로 시장에 남았다. 실업률은 배양육 기술이 없었을 때보다 올랐지만 감당할 수 없는 수준으로 오르지는 않았고, 죽는 동물들의 수도 제로가 되지는 못했지만 급감했다. 메테인 배출량은 모두 배양육만 먹는 것을 가정할 때보다는 덜 내려갔지만 그래도 만족스러운 수준으로 감소했다. 아무도 완전한 파멸에 다다르지 않은 채 적당한 타협이 이루어진 것이니 어느 정도 해피엔딩이라고 할 수 있지 않을까?

살아 움직이는 동물에게서 나온 고기를 먹는 것은 부자들의 사치스러운 취미가 되었다. 그린플레이버가 한국 시장에 끼친 명백한 충격을 잘 구경한 외국 정부들은 미리 규제를 빡빡하게 짜놨고, 해외에서는 공포의 닭 참수 집회 없이도 시장이 적당한 균형을 이뤘다.

그 기묘한 균형이 이루어진 1년 뒤에 영국의 네오미트가, 그린플레이버의 특허를 침해하지 않으면서도 동시에 동물 세포의 복제를 안정적으로 제어할 방법을 밝혀냈다. 배양육 시장에서 새로운 경쟁자가 생긴 것이다. 네오미트는 그린플레이버보다 고기 자체의 냄새는 덜했지만 연골과 지방의 맛을 좀 더 강하게 첨가할 줄 알았다.

따분한 경영 이야기로 흘러갈 수 있는 이 판국에, 네오미트의 임원 하나가 정신이 나간 수를 두었다. 인육을 배양해서 스테이크용, 스튜용, 로스트용 등등으로 판매하기 시작한 것이었다. 당연히 사람들은 네오미트 사람들이 미쳤다는 합리적인 판단을 내렸다. 그래, 영국인들은 언제나 이상한 일을 하더라구!

물론 네오미트도 마케팅에 열을 올렸다.

"우리 네오미트에서 인간 배양육을 판매하는 것이 약간 징그러울 수도 있지만, 세포 제공자의 권리를 최대한 보장하기 위한 선택이었습니다. 게다가 저희는 오직 세포 추출을 허락한 사람의 세포만을 추출하여 배양합니다. 인간이 아닌 그 어떤 동물에게서 세포 추출의 허가를 명시적으로 받을 수 있겠습니까? 저희는 그 어떤 동물도 사람도 희생하지 않고, 가장 인간적인 고기를 만듭니다."

언뜻 들으면 공포 소설에나 나올 법한 소리인데, 밤에 이 논리 때문에 잠을 못 자고 궁리한 사람도 있었다. 21세기의 중반이지 않은가. 수많은 윤리가 흔들리고 더 나은 새로운 규칙들이 빛나기 시작할 때였다.

사실, 이런 소리가 나오기 전에도 이미 인육 판매율은 슬금슬금 상승했다. 아무 죄의식 없이 사람 고기를 먹을 수 있다는 사실이 수많은 사람의 호기심을 자극했기 때문이다. 사람들은 그렇게 호기심을 충족하기 위해 인육 소시지를 먹으면서 자랑스럽게 말했다.

"나는 모든 동물이 가진, 세포 제공 여부를 선택할 권리를 옹호할 뿐이야." 이쯤에서 인터넷에서 보고 외워두었던 멋있는 말을 기억해내느라 말을 살짝 더듬는다. "음, 또, 인육 소시지가 있으니 인육 먹으려고 살인하는 미친 사이코패스들도 줄어드는 거니까, 착한 소비지."

인육 먹으려고 살인하는 미친 사이코패스들이 과연 배양육 먹는다고 범죄를 저지르지 않을지는 또 모르는 일이었지만.

시간이 오래 지나고, 처음에는 가장 진한 광기에 물든 것처럼 느껴졌던 배양 인육도 자연스레 사회에 녹아들었다. 처음에는 '영국인들의 정신 나간 식습관' 정도의 토픽으로 쳐다보던 세계의 다른 지역에도 인육 소시지가 상륙했다. 여기서도 전략은 똑같이 잘 통했다. 유럽인들이 그렇게 먹는다니까 훨씬 더 잘 통했다. 사람 고기가 꽤 맛있기도 했다. 특히 등에 붙은 등심이 스테이크용으로 딱 좋았고, 정강이 쪽은 국거리로 최고였다.

이제 그린플레이버가 수세에 몰렸다. 동물 배양육 시장에서는 여전히 그린플레이버가 우세했지만, 이 고기들은 농장에서 나오는 프리미엄 자연 고기와도 경쟁해야 했다. 그에 반하면 인육 시장은 완전히 무주공산이었다. 놀랍게도 자연스러운 인육을 팔아먹을 혁신적인 생각을 한 기업은 아직 없었던 탓이다.

그러나 우리 자랑스러운 한국인들은 도착적인 사고에서 둘째가라면 서러운 사람들 아니겠나? 그린플레이버는 네오미트가 세포 제공자의 개인 정보를 강박적으로 가린다는 점에서 아이디어를 얻었다. 그린플레이버는 외모 면에서 탁월한 사람들만을 골라서, 그 사람들에게 세포를 뽑아 고기를 만들고, 그 점을 핵심으로 광고했다.

네오미트가 인육에는 일부러 '쫄깃쫄깃한 빨강이' 같은 모호한 이름을 붙인 것과는 완전히 다른 시도였다.

인육들이 '김** 안심', '유** 볼살' 같은, 세포 제공자들의 사진이 인쇄된 포장지를 달고 매장에 진열된 모습은 그로테스크하다는 말로는 다 표현할 수가 없었다. 세포를 제공한 사람이 자기 고기를 먹으면서 즐거워하는 광고도 나왔다. 늙은이들은 자기 시대의 늙은이들이 그랬던 것처럼 "말세가 왔다"고 합창했다.

그들의 바람과 달리 지구에 소행성이 떨어지지는 않았다. 2042년에 소행성이 지구에 근접하긴 했는데 NASA랑 ESA가 합심해서 폭파시켰다. 본론으로 돌아오자면, 사람들은 매력적인 사람들의 유전정보가 담긴 고기를 먹는 것을 좋아했다. 그 미친 기획 덕분에 그린플레이버는 인육 시장에서 점유율을 어느 정도 확보해서, 네오미트에 완전히 압살당하지 않는 정도는 되었다. 그런데 인육 시장의 총 규모가 아무리 해도 어느 선 이상으로는 커지지 않았다.

사실 너무 당연한 일이었다. 사람 고기를 먹는 것 때문에 타인을 비난할 수는 없었지만, 자신의 입에 들어가는 건 도저히 용

납하지 못하는 사람들이 여전히 인구의 반을 차지했다.

그렇게 시장이 고착된 상태로, 또 시간이 좀 흘렀다. 그린플레이버는 더 윤리적인 고기를 원했다. 그것은 인간이 아니면서, 동시에 스스로 세포를 제공할 것을 선택한 자의 고기여야 했다.

*

"…이렇게 된 겁니다."

심형준 부장이 긴 이야기를 끝냈다. 나는 이제야 그가 원하는 바를 짐작할 수 있었다.

"티렉스에게 세포를 제공받고 싶다는 거군요?"

"예. 제가 알기로 티렉스가 인간 기준 IQ 110 정도 나온 거로 아는데…."

"107이에요."

"아, 네, 107. 그 정도면 인간 기준으로도 똑똑한 편이고 하니 스스로 의사 결정을 내릴 수 있다고 생각되거든요."

"그런데 세포 채집하려면 근육을 떼어내야 하는 거 아닌가요."

"아, 네, 뭐 그렇긴 한데. 저희가 수의사는 확실히 대기시킬 거고, 또 가장 궁금하실 것을 지금 여기서 확실히 말씀드리겠습니다. 저희가 드릴 수 있는 금액이…."

그는 내가 한 20년간 한 푼도 쓰지 않고 일하면 벌 수 있을 정도의 액수를 말했다. 나는 잠시 주저했다.

아, 티렉스한테 이러면 안 되는데, 참 미안하다. 근데 그 돈으로 과일 더 자주 사줄 수 있는데. 아, 이래도 되나. 하지만 티렉스가 동영상 공유 사이트에서 벌어들이는 돈만으로도 충분히 자기 체리 살 돈은 모으는데.

나는 입을 한 번 앙다물고는 내 손을 바라보았다. 오래전에 티렉스가 부리로 남긴 커다란 흉터가 보였다. 그 덕에 용기가 났다.

"싫어요. 생검하면 위험한 거 아닌가요?"

심형준은 반려를 사랑하는 내 모습에 감동하였다기보다는 좀 난처해 보였다. 그는 입을 뗐다.

"액수가 적으시다면…."

"아뇨, 저는 생검하다가 티렉스가 어떻게 될 가능성을 조금도 원치 않거든요. 제 지금의 삶도 티렉스가 만들어준걸요."

나는 이번엔 테이블을 딱 짚고 일어나서, 문 쪽으로 과감히 걸어갔다. 얼굴에 와 닿는 바람이 왠지 시원하게 느껴졌다. 스스로가 정말 멋있는 주인이라는 생각이 들었다는 걸 부정할 수 없었다. 그리고 생각해보면, 티렉스 고기를 팔겠다는 거잖아? 그 생각이 드니, 아무리 내가 배양육 세대라지만 기분이 이상했다.

"잠깐만요, 김 선생님."

나는 고개를 돌리지 않고 그대로 섰다. 그도 일어서서 내게 다가오더니, 낮은 목소리로 속삭였다.

"티렉스를 위해서 생각해보시죠?"

"티렉스를 위해서요?"

"돈, 없으시잖아요?"

"그런데 뭐요!"

나는 소리쳤다. 티렉스와 같이 살다 보니 녀석이 하도 소리를 질러대서, 나도 따라 목소리가 커졌다. 식당에 있는 다른 사람들의 시선이 느껴졌다. 심형준이 재수 없게 빙긋 웃었다. 나는 그와 함께 식당 밖으로 걸어 나갔다. 바깥은 어두웠다.

그는 구석의 으슥한 곳으로 나를 이끌더니 밤하늘을 잠시 바라보았다. 그러고는 품에서 담배를 하나 꺼내서 불을 붙였다. 담배를 피우는 사람을 너무 오랜만에 봐서 나는 살짝 놀랐다.

"뭐, 요즘 세상에 돈 없는 게 부끄러운 일은 아니지요. 하지만 저희는 선생님께 이런 기회를 드릴 수 있다는 데 기쁩니다만."

"제가 거부하니까 이제 모욕하시는 건가요? 됐어요. 저도 절 모욕하는 회사랑 굳이 일하고 싶지는…."

"그게 선생님의 일은 아니죠. 티렉스랑 이야기하는 건데. 엄밀히 말하면 선생님은 티렉스의 대리인이시죠. 거기다 새한테도 해가 갈 일은 전혀 없고요. 이건 저희가 보장할 수 있습니다. 대리로 그 정도의 수수료를 받을 수 있는 직업은 없을 것 같은데요."

"티렉스는 아무것도 몰라요. 걔는 체리랑 드라마만 풍족하게 있으면 만족한다고요."

"그래요? 그럼 티렉스한테 다른 세계의 가능성을 보여주시긴 하셨나요?"

"예?"

"천재 앵무새에만 국한할 것 없이, 똑똑한 아기도 밥만 먹이고 방에 가둬두면 그게 세계의 전부라고 여기겠죠. 물론 지금까지, 불안정한 삶, 비정규직 같은 개인적인 한계가 있어도 열심히 키워 오셨겠지요. 그 사랑과 정성도 정말 대단하고요. 하지만 그런 똑똑한 동물이 연구실 안에 갇혀만 있는 건 세상에 낭비 아닌가요?"

무슨 말을 해야 할지 알 수 없었다. 내가 침묵하든 말든 심형준의 얼굴에 상시 떠 있는 그 정치적인 미소는 가실 줄을 몰랐다.

"따지고 보면, 굳이 동물행동학 박사를 따신 것만 해도 불안정하더라도 자신이 호기심을 가진 것을 추구하는 성향에서 발한 거겠죠. 그것 때문에 비정규직이신 거고. 존경스럽습니다. 저도 정말 그렇게 살고 싶었거든요."

"제 폭력성을 시험하고 싶은 게 아니면, 개소리 그만하고 본론으로 들어가시죠."

"저희가 티렉스에게 더 넓은 세상을 보여줄 수 있지 않겠습니까? 조금 전에 약속했던 금액에 50퍼센트 추가하고, 티렉스가 충분히 쓸 수 있는 공간과 전문가들을 제공하죠. 티렉스를 통해 저희 사업 포트폴리오를 넓힐 생각도 있습니다. 지능 연구요."

"미국에서 어떤 미친놈들이 티렉스의 뇌를 팔 생각은 없느냐고 말하기도 했죠."

"우리 회사 사람들은 야만인이 아닙니다. 아까운 동물들의 목숨을 도살로 헛되이 낭비하지 않기 위해 배양육을 개발한 사람들인걸요."

그러면서 그는 담배꽁초를 바닥에 버리고 짓밟았다. 나는 말없이 그를 노려보다가, 한숨을 크게 쉬면서 하늘을 바라보았다. 내가 평생 만질 수 없는 금액과 내가 평생 누릴 수 없을 공간과 한정된 시간을 생각했다.

티렉스가 내 삶에 좋은 충격이 된 것은 사실이다. 나는 부정하고 싶지만 외로움을 꽤 타는 편이고, 티렉스를 만나기 전까지는 혼자 사는 것이 대단히 괴로웠다. 티렉스를 처음 데려오고 말문을 갑자기 트기까지 몇 년의 시간이 걸렸고, 그 시간은 날아다니는 아기를 육아하는 듯 길고 지난한 세월이었으나, 즐거웠다. 티렉스가 말문을 트고 난 후에는 나를 휘어잡던 우울증에서 꽤 헤어났고.

하지만 그래도, 내가 한 행동들은 희생 아닌가? 티렉스는 방안에만 있으면서 내가 벌어온 돈으로 자기가 좋아하는 음식을 먹었다. 나 아니었으면 유기 동물 보호소에서 안락사를 당했을 확률도 높고. 내가 스스로 한 희생에서 보상을 바라는 게 그렇게 나쁜 일일까? 나는 의구심이 들었다.

그래, 티렉스도 이왕 한 번 살다 가는 생에 풍족한 편이 훨씬 좋을 거라고 생각할지도 몰랐다. 세포 떼주는 게 힘든 일은 아니잖아? 그렇게 마음을 굳혀갈 즈음에, 심형준 부장이 손목에 찬 번쩍이는 시계가 보였다. 나는 잘 모르는 세상이지만, 내 연봉만큼 비싸다고 알고 있는 물건이었다.

적어도 사기는 아닌 것 같았다.

*

복잡한 계약 문제를 논하기 전에 심형준은 티렉스랑 이야기를 한번 나눠보고 싶다고 했다. 못 보여줄 것도 없었다. 나는 그가 이끄는 대로 그의 차 뒷자리에 탔다. 운전석에 앉은 그가 자동차 컴퓨터에 뭐라 뭐라 말하자, 차가 천천히 연구소를 향해 움직였다. 그가 고개를 뒤로 돌려서 내게 물었다.

"그런데 그 티렉스란 친구는 보통 깨어 있으면 뭘 하나요? 똑똑한 친구가 연구소에만 있으면 답답해하지요?"

"날씨만 괜찮으면 제가 자주 데리고 나가고요. 안에서 놀 것도 충분히 많습니다. 불만이 있으면 직접 얘기하죠. 티렉스가."

너무 많이 듣는 질문이라, 나는 날 선 목소리로 대답했다. 심형준은 입을 닥쳤다. 나는 창문 밖으로 지나가는 도시의 풍경을 바라보았다. 침묵이 차 안에 감돌자 컴퓨터가 스스로 클래식을 연주하기 시작했다. 쇼팽이었다. 이런 미친 인간과 내 취향이 맞는 건가?

곧 우리는 대학에 딸린 연구소에 도착했다. 202호의 커다란 방이 내 연구실이었다. 심형준은 고개를 갸웃하더니 말했다.

"꽤 큰 방을 쓰시네요."

나는 대답하지 않고 그냥 문을 당겨 열었다. 연구실 안에서 귀가 찢어지는 고음이 들려왔다. 그 고음은 내게 빠르게 다가오고 있었다.

"야! 어디 갔다 이제 왔어!"

티렉스가 날아오면서 외친 것이다. 나한테는 익숙한 일이었다. 나는 곧바로 오른팔을 내밀어 티렉스가 앉을 수 있게 해주었다. 뒤따라오던 심형준이 주춤하는 것이 느껴졌다. 티렉스는 마침 깨물 실리콘을 하나 찾아서 완전 갇기갈기 난도질을 내고 있던 것 같았다. 그 뒤로 벽면에서 2000년대 초반의 영상물이 프로젝터로 투사되어 재생되고 있었다.

"얘가 요즘 옛날 한국 드라마 취향이 되어가지고요. 특히 거기서 나오는…."

"어디 갔다 왔냐구!"

"이렇게 막 소리 지르는 캐릭터들을 좋아하더라고요. 그 시대 드라마 사람들은 왜 그렇게 화를 심하게 내는지. 그래서 목소리가…."

"말 안 할래?"

"이래요."

"아."

심형준을 돌아보자 얼떨떨한 표정으로 고개를 끄덕이고 있었다. 그는 잠시 멍한 표정으로 있더니 말했다.

"저는 좀 더 경이로운 경험일 거라 생각했거든요."

"티렉스와의 만남이?"

"예. 세상에서 가장 똑똑한 천재 동물이니까요…."

세상에서 가장 똑똑한 천재 동물 티렉스는 나한테 퍼덕퍼덕 날아왔다. 아니, 그게 아니라 심형준의 머리 위에 앉았다. 심형준은 그렇게 커다란 새는 처음 보는지 무서운 모양이었다. 딱딱히 굳어 있었으니까.

"얘는 누구야?"

"나 이분이랑 밥 먹고 왔어."

"그건 내 질문에 대한 답이 안 돼."

"아, 저는 그린플레이버의 심형준이라고 합니다. 여기…."

심형준은 품속에서 명함을 꺼내려다가 멈칫했다.

"어, 저기 티렉스…님? 씨? 글자 읽으실 수 있나요?"

"누굴 바보로 보나?"

티렉스가 다시 푸드덕 날아오르더니 가까이 있는 횃대 위에 앉았다.

"그냥 반말하시는 게 좋을 거예요. 사람의 예의를 지키는 데는 관심 없으니까."

내가 그에게 조언했다. 심형준은 고개를 끄덕이고는 티렉스에게 천천히 다가가 명함을 건넸다. 티렉스는 그걸 한 발로 잡고 부리로 찢어서 허공으로 내던졌다. 글자를 읽을 줄 안다고 해서 관심이 있다는 건 아니니까.

"티렉스, 내가 물어보고 싶은 게 있어서 왔어."

내가 애써 사람 사는 곳처럼 보이려 하지만 결국 개판을 벗어나지 못하는 널찍한 방에서, 한쪽 벽에는 옛날 드라마가 재생되고 있고, 공룡이랑 정말 닮은 50센티미터 크기의 회색앵무가 횃대에 앉아서 얼굴을 긁고 있으며, 그 앞에서 정장 차림의 덩치 작은 남자가 애걸하고, 나는 그 옆에 팔짱을 끼고 서 있으니, 참으로 기이한 광경이었다.

"뭔데?"

"어… 그러니까, 우리가 네 세포를 좀 얻을 수 있을까 해서."

"그 우리에서 저는 빼주세요. 심 부장님."

티렉스가 내 쪽을 한 번 바라보고는 고개를 기웃거렸다. 새들은 목이 기가 막힌 각도로 돌아간다. 이 녀석은 얼굴을 거의 70도는 뒤집었다.

"뭣 하러? 바닥에 많잖아."

티렉스가 방바닥을 훑어보며 말했다. 오, 신이여…. 오늘 나가기 전에 청소했는데 벌써 티렉스의 파우더가 곳곳에 산재했다. 심형준은 피식 웃었다.

"티렉스, 너 정말 똑똑하구나. 아니, 나는 죽은 각질 말고 살아 있는 세포가 필요해."

"너, 나한테 상처를 입히려는 거야? 싫어! 아프잖아."

"그래, 하지만 최대한 아픔 없이 할게. 그리고 최대한 보상할 거고."

"어, 생각 외로 솔직하시네."

연구실 내의 세 동물은 각각 서로에게서 기대하지 못한 점을 찾아냈다. 심형준이 나를 슬쩍 바라보고는 말했다.

"네, 그럴밖에요. 모두의 권리는 존중되어야 하니까요."

그제야 이 사람이 왜 이렇게 신념에 불타는 전사처럼 보이는지 깨달았다. 그는 인육을 배양하고 포장해 파는 걸 진두지휘했거나, 적어도 그 현장에 있었던 사람이다. 지금이야 쉽게 하는 일이지만 처음으로 그 짓을 하려면 꽤 강한 신념이 필요했을 것이다.

"그런데 왜 내 세포가 필요한데?"

티렉스가 물었다.

"말하자면 복잡한데, 세포가 한 터럭만이라도, 정말 조금이라도 있으면 그걸 우리가 복제해서 막 엄청 커다랗게 만들 수 있거든. 우리는 그걸 먹어."

"뭐야, 배양육 이야기잖아."

"아니, 와, 너 진짜 똑똑하네."

"상식은 보통 사람들보다 훨씬 훌륭해요. 티렉스는 일을 안 하고, 시간이 많으니까."

내가 살짝 핀잔을 줬다.

"왜 굳이 그러려고 하는데? 어차피 사람들은 사람을 먹잖아."

"그렇지, 근데 너도 체리만 먹고 살 수는 없잖아. 우리도 다양한 고기를 먹고 싶은 거지. 그런데 우리는 자기 세포를 주는 사람 고기만 먹으니까, 다른 고기도 먹어보고 싶은 거고."

"굳이 그렇게까지 다양하게 먹어야 하나. 그거 때문에 아프긴 싫은데."

그 말을 듣자, 내 머릿속에 거대한 생검 바늘이 떠올랐다.

"그렇긴 한데, 좀만 아프면 우리가 최선을 다해 치료해줄 거야. 그리고 대신…."

그는 조금 전에 말했던 엄청난 액수의 금액을 또 말했다. 나는 그 아름다운 숫자를 들으니 가슴이 두근거리기 시작했다. 하지만 티렉스는 그냥 뚱해 보였다. 관심을 잃은 듯도 했다.

"아니, 왜 저러죠?"

심형준이 다급하게 내게 물었다. 나는 한숨을 쉬었다.

"이야기가 쉽지는 않겠네요."

"아니, 똑똑하다면서요? 돈이라면 다…."

"지금 내 앞에서 내 뒷담화를 하는 거야?"

나는 고개를 절레절레 젓고는 티렉스 쪽을 바라보았다. 최대한 불쌍한 표정을 짓도록 노력하면서.

"티렉스, 그런 게 아니야. 심 부장님 얘기 들어보라고, 한 번만."

"왜? 나는 관심 없다니까."

"아니, 내 말은… 네가 아직 몰라서 그래. 돈이 있으면 얼마나 많은 걸 할 수 있는데."

"너, 나를 지금 바보로 보는 거야?"

"아니, 바보로 보는 게 아니라… 야, 부장님이 지금보다 훨씬 넓은 방에서 좋은 체리, 아니, 뭐 더 좋은 과일 없나. 너 저번에 용과가 맛있다며? 그것도 얼마든지 사다줄게. 어때?"

"됐어. 나는 체리면…."

나는 짜증이 치밀어올랐다.

"야, 네가 무슨 스님이야? 안빈낙도는 웬 안빈낙도야. 이야기라도 한번 들어보라는 거잖아."

"됐다니까?"

나는 마음이 바빠져, 숫제 애원하는 투로 말하기 시작했다.

"내 얼굴을 봐서라도 한번 해주라. 우리 친구잖아? 이게 다 내가 너를 위해서 하는 일이라니까. 왜 내 말을 못 믿어? 내가 지금까지 한 일 중에 너를 위하지 않은 일이 있니, 티렉스?"

"친구라고?"

티렉스가 고개를 돌려 나를 바라보았다.

"응, 친구지. 친구."

"됐어! 짜증나게 하지 마!"

티렉스가 외쳤다. 그 목소리는 철판을 긁는 것처럼 날카로웠다. 나와 심형준은 동시에 귀를 막았다. 심형준이 뒤에서 나를 잡아끌면서 말했다.

"아… 잠시 이야기 좀 하시죠."

티렉스는 벌써 흥미가 사라진 모양인지 드라마에 몰두하고 있었다. 고개를 이리저리 돌리면서. 저 이상한 이야기들이 뭐가 그리 좋을까? 이상한 이야기들이라서 좋아하는 걸지도 모른다. 이상하고… 이상한 녀석. 나는 이를 앙다문 채로 문밖으로 나섰다.

심형준은 복도의 그림자 쪽에 서서 내게 손짓했다. 내가 그에게 다가가자, 그는 목소리를 낮춰 말했다.

"설득하실 수 있으시겠죠?"

"지금까지 내가 해준 게 얼만데, 그 정도는 들어줘야죠."

심형준은 내 말을 듣더니 싱긋 웃으며 고개를 끄덕였다.

나는 당당히 문 쪽으로 걸어갔다. 심형준이 뒤에서 따라왔다. 문을 열면 언제나처럼 티렉스가 나에게 꿍얼댈 것이다. 그러면 좋은 말로 구슬려야지. 그렇게 해서 우리는 서로를 구원할 수 있는 것이다. 저 옹고집 이번에 내가 교육을 좀 시켜야지.

나는 문고리를 돌리고 문을 잡아당겼다. 자, 이제 꿍얼대는 익숙한 소리가 들려올 것이다.

그런데 아무 기척도 없었다. 나는 방 안을 돌면서 말했다.

"티렉스, 티렉스 어딨어?"

아무 대답도 없었다.

*

티렉스가 사라졌다.

나와 심형준이 복도로 나간 틈을 타 창문을 열고 밖으로 날아간 것이다. 젠장, 티렉스의 부리로 창문을 여는 것쯤은 일도 아니었다. 땅에 붙박인 우리 인간은 3차원 공간을 자유자재로 이용하는 새를 결코 완전히 구속할 수 없다. 마음속으로 아닐 거라고 중얼거리면서 연구실 안을 빙빙 돌아다니다가, 나는 주저앉았다. 가슴이 너무 두근거리고 손발이 동시에 저렸다. 그러고 보니 나는 눈물 콧물 다 질질 흘리고 있었다.

나는 가슴을 두드리면서 탄식했다.

"내가 이래서 윙컷을, 윙컷을 했어야 했는데!"

근처에 듣는 티렉스가 있든 없든 나는 외쳤다.

"날개 깃털을 잘랐어야 했다고. 못 날게. 어디로, 어디로 날아간 거야. 아니야, 이렇게 있을 게 아니지. 빨리…."

나는 비틀거리면서 일어났다. 그런데 도대체 무엇부터 해야 하나? 나는 그 질문에 진지하게 답을 고민해본 적이 없었다. 살면서 반려동물을 잃어버린 적은 한 번도 없었지. 아니, 그럴 수밖에. 티렉스는 내가 함께한 첫 번째(그리고 아마도 마지막) 동물이었고, 웬만한 사람들보다 더 영리했기 때문에 위험뿐인 바깥 세상으로 도망친다는 생각을 해본 적이 없었다. 윙컷은 티렉스가 제대로 말을 못할 때나 하던 일이었다.

나는 티렉스가 열고 도망친 창문으로 향했다. 티렉스가 어디로 갔을까? 차라리 다른 동물이었으면 어떻게 지금까지 쌓인 경험으로 추론할 수도 있지 않았을까? 하지만 티렉스는 사람과 버금가게 똑똑한, 드라마와 체리를 좋아하는 새였다. 도대체 바깥에서 무슨 짓을 하고 있을지 감도 잡을 수 없었다. 나는 일단은 나가야 한다는 생각에 사로잡혔다.

문 쪽으로 고개를 돌렸다. 나는 가슴이 텅 빈 느낌이 더욱 강해지는 것을 느꼈다가, 곧장 왜 그런지 깨달았다. 나는 진심을 다해 읊조렸다.

"이… 이 개새끼."

심형준이 사라진 것이었다. 나는 그가 최소한의 인간적인 도리는 지킬 줄 알았는데. 아마도 더 이상 도리가 없다고 판단한 것이겠지. 심형준을 잡아서 그가 팔아먹는 식품과 비슷한 꼴로 만들어주고 싶다는 생각이 들었다.

놀랍게도 심형준에 대한 분노가 차오르자 공포와 슬픔이 줄어들었다. 감정의 총량에는 그 한계가 있는 모양이었다. 나는 바로 섰다. 갑자기 잠에서 깬 것처럼 머릿속에서 생각과 이성이 빠르게 회전했다. 나는 빠르게 연구소 밖으로 나섰다.

"티렉스, 티렉스!"

떨리는 목소리로 그 이름을 부르면서. 티렉스가 얼마나 오래 버틸 수 있을까? 나는 우선 휴대폰을 꺼내 기온을 확인해보았다. 15도. 간신히 열대 기후로 분류되지 않는 서울의 한겨울다운 온도였다. 약간 서늘하긴 하지만, 이 때문에 커다란 회색앵무가 갑자기 낙조하지는 않을 것이다. 기온보다 더 무서운 것은 도시의 적대적인 환경이었다. 나는 길고양이가 티렉스를 덮치는 끔찍한 상상을 했다가 얼굴에 핏기가 싹 가시는 것을 느꼈다. 덩치로서는 지지 않겠지만, 아니 오히려 더 크겠지만, 방 안에서 드라마나 보며 히키코모리 생활을 한 티렉스가 사냥꾼의 유전자를 타고 난 그 작은 야수들에 대항할 수 있을까?

나는 연구소 주위를 빙 돌면서 티렉스의 이름을 불렀다. 동시에 최대한 긍정적인 생각을 하려고 애썼다. 그래, 티렉스는 말도 할 줄 알고 똑똑하니까. 자기 신상이 위험하면 알아서 사람들에게 도움을 요청하겠지.

하지만 밀려드는 불안감을 그렇게 쉽게 떨칠 수 있을 리가 없었다. 순식간에, '말하는 신기한 새'한테 해코지를 하는 사람들의 모습이 떠올랐다. 사람들이 잘 이해할 수 없는 존재에게 너무나 손쉽게 폭력성을 보이고, 그 양상은 항상 상상을 초월한다는 걸, 나는 너무 잘 알고 있었다.

나는 입으로 기괴한 소리를 내면서 캠퍼스 안을 돌아다녔다. 마침 밤의 캠퍼스를 활보하고 있던 사람들 몇 명이 나와 마주쳤다. 그들은 나를 보고 상당히 난처한 표정을 지으면서 멀찍이 떨어졌다. 나는 체면을 차리거나 할 수 없었다. 나를 둘러싸고 있는 감정이 너무 벅찼다.

헛된 수색 끝에 다시 공황이 찾아오려고 할 찰나, 휴대폰이 울렸다. 심형준이 전화를 건 것이었다. 나는 당장 전화를 받았다. 그리고 응당한 보답을 돌려주었다.

"야이 개…." 창의적인 욕을 해낼 수도 없었다. 동물, 성기, 아기, 그리고 이런저런 행위로 점철된 원초적인 단어들. "야! 그 상황에서 나를…."

"아, 죄송해요. 저도 당장 너무 당황스러워서, 실례를 저질렀네요."

"씨발, 됐어, 꺼져!"

나는 어딘가로 무작정 걸어가면서 휴대폰에 대고 소리쳤다. 전화를 끊으려는데 다급한 목소리가 들려왔다.

"잠시, 잠시, 잠시만요! 전화 끊지 마세요. 젠장, 당신이 방 안에서 돌아다닐 때 저는 당장 뛰쳐나가서 티렉스를 찾았다고요. 저희도 티렉스가 사라지면 곤란…."

"어딨어요, 티렉스, 찾았어요?"

"저는 다시 연구실인데, 대체 어디 계세요?"

그의 목소리는 이상할 정도로 다급했다. 나는 주위를 돌아보았다. 연구실이 딸린 학교 캠퍼스 안인 건 확실했는데, 나랑 전혀 관련이 없는 건물들이 보였다. 저 커다랗고 반짝이는 건물은 경영대 건물이었나, 인문대 건물이었나? 짓는 데 돈 좀 들었을 것 같으니 아마 경영대겠지. 나는 차분하게 목소리를 가다듬었다.

"경영대 옆이에요. 그건 그렇고…."

"젠장, 경영대가 어딥니까? 난 이 학교에 난생처음 와 봤다고요!"

"그딴 게 지금 도대체 무슨 상관이에요? 티렉스는 찾았어요?"

"그게… 예."

나는 순간 다리가 풀려서 넘어질 뻔했다. 간신히 균형을 바로잡은 하늘을 보고 한숨을 길게 쉬었다.

"그럼, 연구실에 있어요?"

"그게, 엄밀히 말하면 저는 문밖인데요. 제가 들어가려고 하면 너무 물어뜯어서… 혹시 오실 때 밴드 좀 사 와주실 수 있어요?"

"네?"

"화가 정말 많이 났나 봐요, 애가. 저를 죽이려고 들어요."

"개는 또 왜 그래, 어휴… 알았어요. 좀만 기다려요."

그때까지도 내 목소리는 미약하게 떨리고 있었다.

*

연구실 문 앞에 심형준이 쭈그려 앉아 있는 것을 발견했다. 몸 곳곳에 먼지가 잔뜩 붙어 있었고, 거기다 핏자국도 조금 보였다. 티렉스한테 살점을 바친 것이 틀림이 없었다. 처음 만났을 때의 그 사람을 휘어잡는 카리스마와 능글맞음은 어디로 간 건지, 지금은 상당히 꼴사나울 뿐이었다. 그는 신발 소리를 듣더니 내 쪽을 바라보았다. 나는 그를 쏘아보았다. 심형준도 자신의 꼬락서니에 대해서 잘 인지하고 있는지 풀이 죽은 목소리로 말했다.

"밴드는 사 오셨어요?"

"아뇨."

"예?"

"연구실 안에 있어요. 개가 하루 이틀 입질하는 것도 아니고. 안에 있다고요?"

"아, 예. 물지 않을까요? 조심하세요. 아, 그리고, 계약은…."

"계약은, 뭐요."

"아직 일은 끝난 게 아니거든요. 설득하실 수 있겠어요?"

나는 한숨을 크게 쉬었다. 그때 방 안에서 티렉스가 무언가를 와장창 떨어뜨리는 소리가 들렸다. 티렉스가 안에 있었다. 나는 고개를 살짝 끄덕였다.

이제 나를 빤히 쳐다보고 있는 심형준을 무시한 채 나는 실험실 문을 열었다. 방 안은 실로 개판이었다. 물론 본래 개판이 아니었다고 말할 수는 없지만, 이번 것은 개판의 이데아와 좀 더 가까운 상황이었달까. 플라스틱을 능히 으깨고 짓이길 수 있는 부리를 지닌 50센티미터짜리 대형 조류가 구현할 수 있는 최대한의 참상이었다. 마음 한쪽에서는 알게 모르게 익숙한 느낌이 들었다.

"티렉스!"

티렉스는 방 중앙의 책상에 널브러져 앉아 뒷덜미를 긁고 있다가 목을 어마어마한 각도로 꺾어 나를 바라보았다. 본래 새들의 작고 동그랗고 새까만 눈에서는 특유의 광기를 제외한 그 어떤 감정도 유추해내기 힘들지만… 분명히, 티렉스는 나를 쏘아보고 있었다. 그것은 시조새 시절부터 내려온 진정한 포식자의 눈빛이었다. 나는 겸허히 문을 닫고, 나의 진정한 주인에게 고해를 바쳤다.

"미안, 티렉스, 나 때문에 화났지? 미안해. 어디 갔다 온 거야? 심장 떨어지는 줄 알았잖아."

"너랑, 특히 쟤, 심 모 씨가 하는 말이 너무 짜증 나더라! 그냥 나가서 바람 좀 쐬고 온 건데, 뭘 그리 놀라?"

"네가, 네가 밖으로 날아다니는 날이 거의 없으니까."

티렉스는 들은 척도 않고 물었다.

"내가 뭐 때문에 화난 줄 알아?"

"뭐?"

나는 잠시 멍하니 섰다. 내가 기대하던 것은 아주 직설적인 비난이었다. 그러니까 뭐라도 욕을 하면서 내가 무엇을 잘못했는지 낱낱이 밝혀주기를 바랐다. 하지만 그런 계시와는 거리가 어마무시하게 먼 이런 질문에는 내가 어떻게 반응해야 하나? 티렉스는 다시 부리를 열지 않고 고개를 돌리더니, 날개를 펼쳤다가 다시 닫았다. 평소에도 곧잘 하는 행동이지만, 그 모습을 보니 티렉스가 다시 창밖으로 날아갈까 봐 더럭 겁이 났다.

나는 내 잘못을 고백하는 수밖에 없었다.

"미, 미안. 내가 돈에 미쳐가지고 네 고기를 팔려고 해서."

티렉스가 다시 고개를 돌리면서, 쯧쯧대는(이것을 인간의 글자로 정확히 표현할 수가 없다) 소리를 냈다. 나를 힐난하는 소리였다.

"그런 거 아니야. 아직도 잘못 생각하고 있네. 고기 팔고 하는 것쯤이야 상관없어. 어차피 별로 아프지도 않을 거라는 걸 알아. 나는 바보가 아니야!"

"넌, 너는 바, 바보가 아니지. 확실히. 그럼, 그럼 왜? 나는 잘 모르겠어."

나는 전혀 즐겁지 않았지만 실소를 터뜨렸다. 티렉스는 고기를 먹지 않는다. 티렉스는 사람도 아니다. 남의 살을 떼어 먹거나 아니면 비슷한 것이라도 만들어 먹어야 하는 사람의 생활에 대해 어떻게 판단을 할 것이라고 내가 지나치게 성급하게 생각한 것일까? 나는 절박한 심정으로 다시 물었다.

"그래서, 뭐, 뭐가 널 화나게 한 거야?"

티렉스가 자세를 바로잡고 일어서더니 몸을 길게 쭉 늘이고는, 길게 하품을 했다.

"됐어. 어차피 알 거라고 생각하지도 않았어."

솔직히 그 당시에는 마음 한쪽에서 짜증이 솟아올랐다는 걸 부정할 수가 없다. 나는 입을 한 번 꽉 깨물었다가, 조용히 말했다.

"지금 뭐 때문에 화내는지 알려줘야 내가 다음부터 안 그럴 거 아니냐고."

"너는 나를 이용하려고 했어. 내 고기를 팔아서 돈 벌어먹으려고! 아니야?"

나는 인상을 썼다.

"그래. 네 고기를 팔려고 한 건 맞아. 하지만 모든 관계에서 서로 어느 정도 이용만 하면 되는 거 아니야? 세포 조금만 채취만

하면 우리 모두 훨씬 좋은 환경에서 살 수 있어. 연구실보다 넓은 집으로 이사할 수도 있고, 푼돈 벌려고 좆 같은 방송 안 나가도 돼. 너도 쓸데없이 많은 사람한테 관심받는 거 싫어하잖아? 나는 너한테 이득이 되려고 한 일이야."

"그래서 나한테 그걸 강압하려고 했잖아. 그게 나는 정말 불쾌하고 짜증 나! 그래, 나는 네 애완동물이야. 사람들은 너를 내 주인이라고 하겠지. 하지만 나는 생각하고 말도 하잖아!"

그 말을 듣자 나는 기가 찼다. 나는 티렉스에게 한 발짝 다가갔다.

"강압이라니! 애완동물이라니! 나는 너를 언제나 내 반려로 생각했고, 너를 동등하게 여겼어. 만약 내가 나를 너의 '주인'으로 여겼다면, 이렇게 설득하려 들지도 않았을 거야. 나는 너에게 선택의 여지를 주려고 했다고."

"그래… 너는 그렇게 생각하겠지! 나는 네가 저 밖에서 질질 짜고 있는 남자의 부하처럼 느껴져!"

"어째서?"

티렉스가 푸드덕거리며 내게로 날아왔다. 나는 생각지도 못한 이동에 깜짝 놀라 뒷걸음질 쳤다. 티렉스는 내 정수리 위에 떡하니 앉더니, 내 귀 왼쪽으로 얼굴을 갖다 대고, 속삭였다. 물론 그 속삭임이란 게 사람의 속삭임처럼 자그맣지는 않았지만… 적어도 심형준에게는 들리지 않았겠지.

"야, 이 일이 파토가 났으면 저 남자가 아직 밖에 있겠냐? 질질 짜면서 병원 가서 치료받고 있겠지! 뭔가 기대가 있으니까 기다리고 있는 거잖아. 내가 바보로 보여?"

"하, 하지만."

"그리고 너는 여전히 조금 전에 말한 돈에 대한 기대를 버리지 못한 거고. 계약을 때려치우지 않은 거지? 그렇지? 날 설득해서 어떻게든 내 고기를 팔아봐야겠다는 생각을 포기하지 못했지?"

나는 정수리 위에서 나를 짓누르는 무게감을 느끼며, 두 손으로 눈을 가리고 깊게 한숨을 쉬었다.

"…그래. 물론 너한테 보답 받고 싶은 것도 있지. 하지만 그건 주인으로서 보답 받으려고 한 게 아니야. 나는 너를 아무도 데려가지 않는 유기 동물 보호소에서 구해줬잖아."

"아냐, 네가 어떻게 생각하든, 우리는 절대 동등하지 않아. 만약 그랬다면…."

"그랬다면?"

나는 귓불 쪽으로 따끔한 느낌을 받았다. 악! 티렉스가 내 귀를 깨문 것이다.

"그럼 저 남자는 당장 너를 거칠 필요 없이 나를 찾아왔겠지. 하지만 저 남자나 너나 네가 주인이라고 생각하고 있으니 둘이 먼저 만난 거잖아."

"하, 하지만… 저 사람도 나쁜 사람은 아니야. 어쨌든 저 사람 덕에 해방된 가축이 얼마나 많은데. 그걸 다 나름대로 생각하고 있는 사람이라고. 안 그러면 하필이면 사람 고기를 배양해 먹자는 아이디어를 냈겠어."

"아니, 그건 그냥 허울 좋은 변명일 뿐이야. 재는 뭐 다른 목적이 있겠지. 그냥 돈을 벌거나, 마케팅을 하거나!"

"왜? 그럼 왜 굳이 사람 고기를…."

"사람들이 사람 고기를 먹고 싶어 한다는 욕망으로 돈을 벌려고 했을 뿐이라고. 재가 사람 아닌 동물의 해방을 진지하게 바랐다고? 만약 저 사람이 정말 권리 운운하면 왜 굳이 널 먼저 찾아갔겠어? 나랑 이야기했겠지!"

심형준이 모두의 권리는 존중되어야 한다고 말했던 기억이 났다. 하지만 그는 엄밀히 말하면 대리인도 주인도 아닌 그저 동거인에 지나지 않는 내게 먼저 찾아왔다. 그것이 우리가 티렉스에게 너무 당연히 품고 있던 우월감이었을까?

"하지만, 하지만… 너는 민법의 주체가 될 수… 악!"

나는 또다시 귀를 깨물렸다. 귀에 쩌렁대는 소리가 들렸다.

"너나 심형준이나, 나를 그냥 누구의 소유가 될 수 있는 동물처럼 대했을 뿐이야. 변명하지 마. 사과해. 빨리."

"그래. 알았어. 내가 잘못했어."

나는 떨어질 거 같은 귀를 매만지면서 말했다.

"네가 뭘 잘못했는데? 정확히 말해봐."

"그래, 내가 말로만 너를 내 친구라고 말하면서, 정작 너를 내 소유물로나 대하려 했어."

"그럼, 저 남자한텐 어떻게 할 거야?"

나는 내가 해야 할 대답이 무엇인지 잘 알았지만, 당장 말을 꺼내기가 힘들었다. 나는 한숨을 깊게 쉬었다. 내가 포기해야 하는 것을 생각했다. 그의 손목에서 빛나던 시계와, 스스로 움직이던 말끔한 차를 떠올렸다.

하긴 그것은 내 것인 적도 없었다. 티렉스가 내 것인 적이 없었던 것처럼.

"쫓아내자. 그래도 응급 처치는 해주고."

머리를 짓누르던 무게감이 순간 사라졌다. 티렉스가 푸드덕 날아서 횃대에 앉았다. 티렉스는 발톱을 들어 콧구멍에 잠시 집어넣었다. 그동안 나는 책상 서랍에 넣어둔 밴드와 연고를 찾았다. 뒤에서 티렉스의 목소리가 들려왔다.

"좋아! 그렇게 말한다면, 내가 도와줄 수 있어."

나는 뒤돌아 티렉스를 바라보았다. 티렉스는 나뭇조각을 잘근잘근 씹고 있었다. 매일같이 하던 행동이지만 나는 왠지 그게 복수의 의지를 확고히 다지는 것처럼 느껴졌다.

"어, 어떻게?"

당연히 나는 기대감을 숨기지 못했다. 당장 부정맥이라도 온 마냥 가슴이 급작스레 벌렁벌렁대는 것을 간신히 버티며, 나는 말을 자아냈다.

"살아 있는 세포만 주면 되는 거지?"

"그, 그렇지?"

"그럼 내가 줄 수 있는 건 발톱 때뿐이야."

티렉스는 발을 과장된 몸짓으로 뻗었다. 나는 왠지 이해할 수 있을 것 같았다. 나는 아직 의심과 모호함이 가득 찬 채로, 고개를 끄덕였다. 내 어깨 위로 티렉스가 올라왔다. 나는 귀에 연고를 바르고 밴드를 챙긴 뒤 천천히 문을 열었다.

"한대요."

심형준은 나와, 티렉스를 바라보고는 환히 웃었다.

"결정하셨군요!"

"네, 하지만…."

티렉스가 말을 끊고 외쳤다.

"그 전에 내가 계약을 먼저 살펴볼 거야."

심형준이 당황한 표정을 지었다.

"네, 네가?"

"왜, 나는 보면 안 돼? 내 고긴데?"

"아니, 뭐, 맞는데…."

티렉스가 무슨 소리를 냈다. 그 소리는 오래 그와 함께 있지 않으면 결코 이해할 수 없는, 오직 앵무만이 낼 수 있는 소리였다. 뜻은 폭소와 빈정거리는 웃음의 결합에 가까웠다.

*

일주일 뒤 연구실에 수의사 세 명과 심형준이 세포 샘플을 채취하러 찾아왔다. 보무도 당당하던 티렉스는 그걸 보자 약간 겁이 났는지 방의 뒤쪽에 있는, 완전히 씹혀 형체를 알아볼 수 없는 의자에 날아가 앉았다.

그러고 나서 티렉스는 자기 한쪽 발을 빼꼼히 내밀었다. 귀여운 검은 발톱이 자라 있었다. 수의사는 그 발톱을 살짝 들어서, 밑의 부드러운 살을 드러냈다. 그러고는 그 살을 이쑤시개 비슷한 도구로 살살 긁어서 어떤 액체가 가득 찬 바이알 하나에 담고, 또 다른 이쑤시개 비슷한 도구를 꺼내서 다시 한 번… 그렇게 몇 번을 반복했다.

이것이 티렉스가 선택한 결과다. 그동안 나 없는 사이에 수많은 법정 드라마와 뉴스, 다큐멘터리를 본 티렉스는 '자신이 주기로 선택한 살아 있는 세포'만 준다는 데 합의했다. 회사에서는 앵무새를 적당히 구슬려서 뭐든 받을 수 있으리라 생각했고… 뭐, 그렇게 된 것이다. 하긴, 새발에 살아 있는 세포가 없겠는가. 다만 순식간에 각질로 화해버릴 운명일 뿐이지.

나는 심형준에게 고개를 돌렸다. 그는 똥 씹은 표정으로 그 광경을 쳐다보고 있었다. 나는 그에게 넌지시 물었다.

"닭발 맛이 나겠죠?"

"네, 뭐, 그렇겠죠."

그 뒤로, 티렉스가 소리를 질렀다.

"내 발가락 때나 먹어라, 멍청이들아!"

이제 인류에게 제일 윤리적인 음식은, 세계에서 제일 똑똑한 앵무새가 자신의 권리를 이용해서 명시적으로 증여한 발톱 밑 고기가 되었다. 그 어떤 배양육도 거부하던 사람들에게도, 배양된 인육을 거부하던 사람들에게도 아주 좋은 대안이 되겠지? 끈끈하고 쫄깃한 젤라틴질의 맛이리라. 매운 양념으로 조리하면 소주 안주로 딱일 거야.

거인의 노래

처음 에우로파에 오른 것은 NASA의 무인 탐사선이었다. 2024년에 발사되어 2030년에 착륙했다. 긴 여행 끝에 탐사선이 에우로파의 바다에 아무것도 없다는 사실을 전송했을 땐 아직 희망을 버리지 않는 사람이 많았다. 에우로파는 지름이 1,500킬로미터에 달하는, 달과 비슷한 크기의 커다란 위성이니까. 외계인이 사하라 사막에 도착하고선 "지구는 모래만 있는 황량한 땅"이라고 주장하는 것이나 다름없다는 설명이 따랐다.

하지만 첫 번째 계획의 성과가 좋지 않자 NASA는 예산을 다른 용도로 돌렸고, 이후 30년 동안 에우로파에 다시 인간의 흔적이 남을 일은 없었다. 그래도 그동안 핵융합 기술이 상용화되면서 우주여행이 이전보다 훨씬 해볼 만한 일이 되었다. 핵융합 엔진은 일종의 공학적 기적으로, 구식 로켓보다 싸고 효율적이고 깨끗하고 안전한데다 빠르기까지 했다. 사람들은 다시 저 너머 우주를 바라보았다. 탐사선들이 훨씬 빠른 속도로 에우로파를 향해 달렸다. 국제 사회가 요동치며 본격적인 체제 경쟁이 시작된 때였다.

그리고 밝혀진바, 에우로파에는 거의 확실히 생명이 없었다. 물론 부재를 증명하는 것은 사실상 불가능한 일이겠지만. 수많은 탐사선과 비행사들의 노력이 헛되게 끝나는 것을 보고 사람들은 최악을 짐작했다. 목성의 얼어붙은 위성, 그 얼음층 밑의 따뜻한 바다에는 생동감이 부재했다. 깊이 100킬로미터에 달하는 끝도 없이 펼쳐진 지하의 바다 아래엔 그저 희박한 무기질과 몇 가지의 유기 분자만이 영겁의 세월 동안 둥둥 떠다녔던 것이다.

핵융합 엔진이 이전에 쓰던 것보다 아무리 강력해도, 여전히 우주여행은 돈이 더럽게 많이 드는 일이었다. 에우로파 탐사는 알려진 세상 바깥에도 우리와 같은 생물이 있으리라는 바람 하나만으로 유지될 수 있었다. 생명에 가장 친근한 환경이라는 에우로파에도 생물이 없으니, 목성의 다른 위성 칼리스토나 가니메데를 탐사하는 계획은 시작도 못 했다.

마침 세계 경제는 지루한 장기 불황으로 접어들고 있었다. 2060년대는 냉전 시대와 달라, 인간들이 그래도 역사에서 배운 바가 좀 있었다. 하여튼, 비싸고 실용성 없는 우주 경쟁이나 서로의 목에 칼을 겨누는 핵 보유 경쟁 말고도 국가의 우수성을 보여줄 방법이 많았다. 대기 중의 탄소를 포집하여 고정하는 환경공학 기술과 고온 초전도체를 사용한 초고속 열차 개발로 사람들의 눈이 옮겨 갔다.

여러 국가의 우주국 공무원들이 새 예산안을 보고 착잡히 한숨을 쉴 때, 놀라운 소식이 전해졌다. 한국에서 심우주 유인 탐사 계획을 발표한 것이었다. 한국인들은 장엄했으나 그만큼 저열했던 한반도 통일 이후 새로운 저력을 보여주고 싶었던 것이다.

사람들은 수군댔다. 하지만 에우로파에는 생물이 없잖아?

물론 한국 우주국 사람들도 그 사실을 알고 있었다. 목적지는 토성의 작은 얼음 위성, 거인의 이름을 딴 엔켈라두스였다. 에우로파만큼이나 생물이 탄생하기 좋은 조건이라고 알려졌으나, 훨씬 더 먼 곳에 있는 얼음별. 엔켈라두스에 닿는 것쯤이야 이제 시간이 오래 걸려도 해볼 만한 일이었고, 거기서 생명의 파편을 발견할 확신도 있었다. 에우로파는 그저 통계적 아노말리였을 뿐이다.

엔켈라두스로 향한 참매호에는 두 명의 여자 우주비행사가 탔다. 기술적 한계가 산재한 심우주 여행에서는 여성이 신체적으로 더 유리했다. 극한 환경에서 여성이 더 오래 버틴다는 것이야 오래전부터 알려진 사실 아닌가.

베트남계 한국인이자 생화학자인 영민정과 전투기 조종사 라소연이 그 영광스러운 모험에 참가했다. 우주정거장에서 오래 함께 일했던 그들은 입증된 듀오였다. 가끔 사소한 입씨름을 하기는 했다. 민정이 툭하면 소연을 나 씨라고 부르고, 소연도 민정을 다른 이름인 린으로 부르는 식으로.

엔지니어들은 우주선 안에 어떻게든 두 명의 사람을 집어넣기 위해 최선을 다했고, 여성 두 명이 생활을 영위할 만한 무게와 공간의 여유를 겨우 확보할 수 있었다. 그 과정에서 수많은 논문과 특허가 탄생했다.

경량 핵융합로를 단 참매호는 2067년 7월 토성 쪽으로 출발했다. 대기권에서 전통적인 로켓을 달고 추진한 참매호는 지구의 대기에서 탈출하자 로켓을 해제하고 핵융합로를 가동했다. 그 모든 장면은 마침 주위를 돌고 있던 국제우주정거장에서 촬영되었다. 막막하고 장대한 심연을 새하얀 우주선이 우아하게 미끄러졌다. 우주개발이 돈 낭비건 아니건 간에, 아름다운 광경이었다.

우주선 창문 밖의 배경으로만 존재하던 토성이 전경으로 그 위치를 옮겨 존재감과 위압감을 드러내기 시작한 건 1년 3개월 후였다.

그때 우리 우주국 사람들은 참매호와 제대로 통신할 수 없었다. 전파가 참매호에서 지구로 도달하는 데만 해도 1시간 반이 걸렸다. 수많은 변수가 산재한 엔켈라두스 위의 모험을 왕복 3시간짜리 통신에 기대서 진행하는 건 불가능했다.

토성의 고리 앞쪽에 엔켈라두스가 있었다. 그리스 신화에 등장하는 거인의 이름을 따랐다는 그 위성은 지름이 500킬로미터에 지나지 않았다. 영국보다 살짝 큰 그 위성은 통째로 깨끗한 얼음에 뒤덮여 있었기에 새하얬다. 시커먼 우주의 어둠 속에서 그것은 보석처럼 빛났다. 어두운 베이지색을 띤 토성의 적도면 위에 엔켈라두스는 고고히 떠서 찬란히 빛났다.

그 지표면은 하얀 얼음으로 철저히 싸여 있었지만, 여러 지형이 형성되어 있었다. 엔켈라두스의 북쪽에는 수많은 크레이터가 촘촘히 새겨져 있었다. 그 밑으로 적도에는 부드러운 얼음 평원이 형성되었으며, 산등성이가 이 평원을 감쌌다. 흠 없는 평원, 엔켈라두스의 핵이 뜨거운 상태라는 증거였다. 엔켈라두스의 핵이 차갑게 식어 지표면이 굳어 있다면 그 평원 또한 크레이터로 뒤덮여 있었을 것이다. 끝없는 지각 운동이 표면에 난 상처를 덮어버린 것이었다.

그리고 남극의 뾰족한 산들, 그 산들을 가로지르는 푸른 균열이 보였다. 그 튼살 같은 균열은 엔켈라두스의 남반구에 이리저리 뒤얽혀 있었다. 지각 운동이 가장 활발한 곳이었다. 타이거 스트라이프, 그 균열이 바로 참매호의 목적지였다.

소연과 민정은 그때 처음으로 엔켈라두스의 물기둥을 보았다. 엔켈라두스가 우주선의 전면 창에 달만 한 크기로 보였을 때, 엔켈라두스의 푸른 균열에서 새하얀 물기둥이 분출되기 시작했다. 남극점 주변에 난 균열부터 물기둥이 뿜어 나왔고, 가까스로 적도로 뻗은 균열까지 차례로 진동했다. 그 물기둥은 엔켈라두스 자체의 지름만큼 솟구쳐 우주의 공허 속으로 흩어졌다. 분출은 반나절 정도 지속되었다.

둘은 그것을 보고 공포와 희열을 동시에 느꼈다. 물기둥은 엔켈라두스가 품은 열기와 바다를 증거했다. 엔켈라두스의 얼음으로 된 지각 밑에는 20킬로미터 깊이의 따뜻한 바다가 흐른다.

얼음 지각은 따뜻한 핵에서 열을 얻은 그 바다 위에서 떠다니며 엔켈라두스의 복잡한 지형을 만든다. 지각이 특히 얇은 남극은 녹아내려 군데군데 균열이 생기고, 그 균열 내의 물이 지표면의 진공과 만나면 폭발적인 분출이 일어난다.

그리고 물과 열기는 생명의 근원이다.

두 명분의 묵직한 기대와 불안을 안은 채 참매호는 엔켈라두스의 궤도에 진입했다. 지구 기준으로는 2068년 10월, 참매호는 엔켈라두스의 표면에 안착했다. 남극의 타이거 스트라이프 근처에 있는 완만한 산등성이 위였다. 대기가 극히 희박했고 중력은 미소했기에, 참매호는 엔켈라두스의 궤도를 수십 바퀴 돌면서 천천히 감속해야 했다.

로버를 타고 둘은 높은 산으로 나왔다. 그 덕에 거친 산들이 깔쭉깔쭉 솟아올라 가린 지평선을 내려다볼 수 있었다. 워낙 작은 위성의 크기 때문에 지평선이 둥글었다. 그리고 토성의 절반이 지평선 위로 드러났다. 보름달의 열 배는 되는 크기였다. 엔켈라두스는 토성을 거의 정면으로 바라보기에 토성의 고리는 아주 얇은 선처럼 보였다. 하지만 그 선은 토성에 거대한 그림자를 드리웠다.

하얀 눈이 내리고 있었다. 물기둥의 분자 중 일부가 엔켈라두스의 중력에 붙잡혀 돌아오는 현상이었다. 엔켈라두스의 바닥에는 고운 눈가루가 얼음 지표면 위를 소복이 덮고 있었다. 엔켈라두스의 탄생 이후 끝없이 지속된 순환이었다.

그들은 몇 걸음 걸어보았다. 미소하지만, 분명히 느껴지는 감각이 있었다. 오랫동안 잊고 있었던, 몸에 걸리는 무게감. 그리고 멀미. 엔켈라두스의 중력은 지구 중력의 1퍼센트에 불과했고, 발에 힘을 좀만 줘도 몸이 둥둥 떠올랐다.

민정이 요식 행위를 진행했다. 엔켈라두스의 지표면에 태극기를 꽂아 사진을 찍은 다음 지구로 전송했다. 소연은 토성의 방사선에 직격당하는 그 깃발이 금세 눈처럼 새하얗게 변할 거라는 걸 지적했지만, 민정은 사진은 영원하다고 답했다. 곧 우주국 사람들은 엔켈라두스 표면에 꽂힌 태극기 사진을 받고 환호했다.

그들이 균열 쪽으로 가까이 다가갈수록 눈송이가 아닌 얼음 덩어리들이 하나씩 나타나기 시작했다. 그 얼음은 빛을 반사해 언뜻 푸른 빛을 띠었다. 엔켈라두스의 균열에서 물줄기가 분출될 때마다 내부의 얼음 덩어리들이 함께 쏟아졌던 것이다. 북쪽으로 질주하며 죽죽 뻗은 균열은 가장 넓은 곳의 너비가 족히 1킬로미터는 되었다. 남극 훈련장의 크레바스와는 차원이 다른 규모였다. 중력의 느슨한 굴레에서 지각이 빚어낸 예술품이었다.

둘은 벼랑과 50미터 떨어진 곳으로 로버를 옮겼다. 물줄기가 터져 나올 정도로 이곳은 얼음 지각이 얇았다. 로버는 본부의 화학자들이 야근에 야근을 거듭해 만든 시약을 대지에 뿌렸다. 얼음이 부글대며 녹기 시작했다. 기다리는 동안 그들은 말했다.

"린, 나 왜 소름이 돋지?"

"예?"

"아니, 누가 등 뒤에서 째려보고 있는 것 같지 않아?"
"아… 아, 무슨 말인지 알겠어요. 토성 방사선 때문인가?"
"방사선 때문이면 큰일인데."
"일단은… 적응이 안 돼서 그러는 거라고 생각해요. 지금 당장 돌아갈 수도 없는 노릇이고."

그들이 주시받는 느낌을 받거나 말거나, 3시간 뒤에 8킬로미터짜리 얼음 지층이 뚫렸다. 태초의 물을 담은 그릇은 20분 만에 올라왔다. 태초의 물이라는 단어가 주는 느낌과 달리 그 물은 전혀 깨끗하지 않았는데, 극히 단순한 유기 분자와 암모니아가 잔뜩 들어 있었기 때문이었다. 아쉽게도, 생명이라고 부를 수 있을 만한 복잡한 유기 분자 따위는 없었다.

몇 시간 동안 민정은 이미 결과를 확연히 드러낸 키트로 계속 검사를 진행했고, 소연은 지구로 돌아가서 정밀 검사를 해보자고 그를 만류했다. 엔켈라두스에 발 디딘 뒤로 가시지 않는 불쾌한 느낌과 민정의 절박함 속에서 침착함을 유지하기란 쉽지 않았으리라.

엔켈라두스의 바다가 품고 있는 성분은 소름 끼칠 정도로 명료했다. 물, 질소, 이산화탄소, 메탄, 암모니아, 염화나트륨, 탄산나트륨, 탄산수소나트륨, 염화칼륨. 결과에 따르면, 엔켈라두스의 바다는 짭짤하고 텅 빈 물에 지나지 않았다. 특이한 점은, 암모니아가 원래 계산했던 것보다 훨씬 많다는 것 하나뿐이었다. 얼마나 커다란 공간의 낭비인지.

민정은 터덜터덜 걸으면서 말했다.

"엔켈라두스의 바다는 연결되어 있어요. 얼음 지각 밑을 따뜻한 바다가 통째로 둘러싸고 있다고요. 핵이 바다를 데우고 있고요. 만약 생명이 있다면, 흔적이 발견되지 않을 리가 없어요. 지구에서 대멸종이 도래하고 나서도, 환경에 적응한 생물들이 얼마나 빨리 세계를 채웠는데요. 거기다 엔켈라두스는 지구처럼 급격히 환경이 변하지도 않았고요. 없어요. 여기도 텅 비었어요. 태양계는 지구 빼고 다 빈집뿐인가 봐요. 우리, 저 구멍에 대장균이나 부어볼까요? 그럼 여기도 생생한 바다가 될 텐데….

하하. 중령님도 잘 아시겠죠. 외계 생물의 화학과 그 대사를 연구하는 데 제 청춘을 바쳤다는 걸요. 칼리스토에 생물이 산다면 어떤 모습일까? 어쩌면 핏줄에 액체 메탄이 흐르는 생물들이 타이탄에 살지 않을까? 먼 세상에는 탄소 대신 규소를 쓰는 생물이 있을지도 몰라. 하지만… 다 허사였군요. 지구랑 이렇게 비슷한 바다를 가진 엔켈라두스랑 에우로파에도 생물이 없는데, 제가 쓴 논문들은 논문이 아니라 SF 소설이었어요. 지구로 돌아가면 영화 시나리오를 써야 할까요?"

원래 높은 편인 민정의 목소리는 착 깔려 있었다. 조곤조곤하게 자신의 희망을 부정하는 모습은 끔찍했다. 그 뒤로 몇 분 동안, 그는 침묵으로 자신의 과거를 애도했다. 하지만 암모니아가 왜 이렇게 많을까? 별이 오줌을 갈기며 엿이나 먹으라고 한 건가?

그때 소연은 소름이 더 심하게 돋는 것을 느꼈다. 민정이 조금씩 떠오르고 있었다. 걸으면서 동시에 떠오른다고? 소연은 잠시 멍하니 서서 그를 바라보다가, 마침내 상황을 깨달았다. 민정 밑의 땅이 흔들리고, 낮은 중력 때문에 민정이 뜨는 것이었다.

엔켈라두스의 대지가 또다시 운동하고 있었다. 하지만 어떻게? 조금 전에 물기둥을 분출하며 에너지를 많이 사용했을텐데? 이해할 수 없는 상황이었다.

둘은 일어서서 주변을 바라보았다. 로버가 위아래로 흔들리는 것이 두 눈으로 똑똑히 보였다. 둘의 마음에 피어올랐던 좌절과 절망이 순식간에 공포로 뒤덮였다. 소연의 행동이 좀 더 빨랐다. 그는 멍하니 선 민정을 질질 끌고 로버 위에 올라탔다. 이번에는 로버를 최대로 가속했다.

과연 엔켈라두스는 커다란 에너지를 품고 있었다. 얼음으로 된 표면 곳곳이 붕괴했고 파편이 치솟았다. 성인 여자의 몸통만 한 얼음 덩어리가 날아서 어두컴컴한 우주의 저편으로 사라졌다. 소연은 온갖 욕을 주워섬기며 악을 썼다. 어느새 로버는 하늘에 둥둥 떠서 파괴되는 대지 위를 활공했다. 민정은 균열에서 펄펄 끓는 수증기가 새어 나오는 것을 보았다.

소연의 운전은 과격했지만 정확했다. 10분도 되지 않아 그들은 참매호가 안착한 곳으로 돌아왔다. 하지만 그곳의 풍경은 상당히 달라져 있었다. 조금 전까지 완만했던 산등성이에 새로운 균열이 나 있었다. 생물이 부재한 것보다 더 커다란 문제가 생겼다.

참매호와 태극기가 균열에 빠져 사라져버린 것이었다.

산소는 4시간 분량이 남았다. 둘은 잠시 균열 옆에 앉았다. 엔켈라두스에서는 시체가 썩지 않을 테니, 언젠가는 고국으로 돌아갈 수 있을지도 몰랐다. 몇 분 동안 그들은 훈련받은 대로 호흡을 다듬었다. 호흡이 정리될 때쯤이었다.

"나소연 중령님, 이 별은 첫인상부터가 안 좋았어요. 기분이 너무 나빴어."

"그렇게 말하기에는 린도 달 말고는 가본 적이 없잖아?"

"그래요. 하지만 달에서는 이렇게 소름이 돋지 않았는데. 그냥 지구랑 멀어서 그런가? 오히려 여기 바다가 지구랑은 더 가까운데. 뭔가 우리를 지켜보는 것 같지 않아요?"

"기분 탓일 거야, 기분 탓. 저기 저렇게 토성이 커다랗게 떠 있으니까… 그런데 어쩌지, 정말?"

"뛰어내리죠."

민정이 더 화끈하고 신속하게 끝내자는 뜻으로 말한 것은, 다행히도 아니었다. 이 중력이라면 1킬로미터를 떨어져도 10미터에서 떨어진 충격일 테니, 균열 밑에 가서 같이 참매호를 찾자는 의미였다.

"핵융합 엔진을 가동하면 얼음을 녹일 수 있을 거예요. 적어도 산소라도 계속 생산하니까."

그들은 참매호의 신호가 미약하게나마 잡히는 벼랑에 섰다. 균열 밑에서 막막한 어둠이 그들을 향해 아가리를 벌렸다. 둘은 잠시 서로를 바라보았다. 소연이 입을 열었다.

"나 씨가 아니라 라 씨라고 몇 번을 말해야 알아듣겠니?"

직후, 소연은 앞쪽으로 몸을 던졌다. 그는 아주 천천히 떨어졌고, 소연의 야심과 달리 별로 극적이지 않은 모습이 되었다. 민정이 바로 뒤를 따랐고, 어둠 속에서 그들은 우주복에 달린 플래시라이트를 최대로 올렸다.

곧 엔켈라두스의 시퍼런 얼음 벼랑이 그들을 둘러쌌다. 눈이 눈을 짓눌러 얼음으로 만들 정도로 밑으로 내려온 것이었다. 대지가 요동치며 억지로 분리된 얼음 벼랑은 곳곳이 날카롭고 뾰족했다. 혹독한 광경이었다. 하늘을 바라보자 칠흑으로 물든 벼랑 틈새로 별의 바다가 보였다. 그리고 그 아래로는 끝 간 데 없는 심연. 폐소공포증 환자와 고소공포증 환자를 위해 자연이 손수 빚은 얼음 지옥이 그들을 기다렸다. 분명히 참매호의 신호는 잡히는데, 어떻게 움직여야 할지 알 수 없었다.

소연이 우주복에 장착된 발열 얼음송곳을 꺼냈다. 송곳은 빠르게 얼음을 녹이면서 순식간에 벼랑에 박혔다. 몇 분 후 둘은 송곳의 도움 없이도 능숙히 절벽을 타게 되었다. 2시간 뒤에는 아예 저중력 환경에서만 부릴 수 있는 묘기까지 부리며 빠르게 이동했다.

탐색 끝에, 그들은 좁은 두 절벽 사이에 처박힌 참매호를 발견했다. 참매호는 반 이상이 얼음과 하나 되어 꽁꽁 얼어붙어 있었다. 녹은 물 위에 떠 있다가 동결된 것이었다. 입구는 얼음으로 굳게 봉인되어 있었다. 둘은 그 커다란 얼음을 다룰 방법이 없었다. 소연과 민정은 모든 게 끝났다는 것을 직감했다.

둘은 참매호의 드러난 부분에 걸터누웠다. 균열의 틈새로 보이는 별들은 아름다웠다. 민정은 새된 목소리로 히스테릭하게 웃었다. 소연은 그 웃음이 짜증났지만, 그러지 말라고 말할 기운도 없었다. 갑작스레 모든 활기가 빠져나간 것만 같았다. 민정이 하늘을 보고 읊조렸다.

"그냥 지표면에서 죽을 걸 그랬군요. 그러면 적어도 시체를 발견하긴 쉬웠을 텐데. 아니, 앞으로 엔켈라두스에는 아무도 오지 않겠죠. 우주 개척 시대는 시작하기도 전에 끝났어요. 시대의 유산인 국제우주정거장에 잠시라도 있었다는 게 다행이에요. 이 수많은 세계… 생명으로 우글거릴 거라 믿었어요. 사실 저는 여기에서 지성체를 만난다는 희망을 품었어요. 엔켈라두스의 바다 밑에서 온갖 새 문화를 접할 거라고 생각했죠. 소금물뿐이군요. 생명한테 허락되지 않은 땅에 와서 그 대가를 치르게 되네요. 불쾌해요. 방사선 때문인지 소름도 돋고."

민정은 태양계의 각 별들이 얼마나 적대적인 환경인지 논했다. 수성은 싹 타버린 잿더미고, 금성은 황산 비가 내리는 생지옥이며, 화성은 끝없는 사막에 불과하고, 다른 가스형 행성은 인간이 발을 디딜 수도 없다고. 그다음으로는 박사과정 시절의 지도교수를 욕했다. 산소가 점점 떨어져가자 이제 민정은 참매호를 만든 엔지니어들을 비난했다. 젠장, 얼음 녹이는 열선은 자동차에도 달리는 건데!

얘가 참 말이 많구나. 소연은 멍하니 생각했다. 괜찮은 백색소음이었다. 어차피 살아 돌아갈 생각을 별로 길게 하지 않은 그였다. 그는 아주 잠시 얕은 잠에 빠졌다.

그동안 소연은 새하얀 평원에서 푸른 얼음으로 된 거인과 마주 섰다. 장엄한 크기의 거인이 두 우주비행사를 바라보고 있었다. 소연은 고개를 들어 거인의 얼굴을 바라보았다. 그것은 원시시대의 조각상을 보는 것처럼 아주 조잡한 형태였으나, 왠지 소연은 거기서 표정을 읽을 수 있을 것 같다는 확신이 들었다. 그는 자신을 주시하는 그 표정을 해석하려고 애쓰다가 깼다.

깬 직후 소연은 이런 상황에서 잠이 들고 꿈을 꾸는 자신에 감탄했다. 순간, 불안한 예감이 그의 머리를 스쳤다. 의식이 흐려지는 것은 전형적인 저산소증 증상이었다. 벌써 산소가 다 됐나?

"나 중령! 내 말 안 들려? 꽉 잡으라고! 도대체 이 미친 별은 지진이 끊이지를…."

불쾌한 현실의 소음이 끼어들었다. 젠장, 저 간나는 끝끝내 나를 나 씨로 만들 생각이군. 근데 왜 갑자기 반말이야?

소연은 퍼뜩 정신줄을 붙잡았다. 손목의 패널을 확인하니 산소 잔량이 1시간 치 남아 있었다. 소연은 민정을 바라보았다. 민정은 참매호의 돌출부를 꽉 붙잡고 있었다. 그제야 소연은 자신의 몸이 사정없이 떨리면서 조금씩 뜨고 있다는 것을 알았다. 엔켈라두스의 지각이 또 요동치고 있었다. 또? 또 물기둥이? 지각활동이 이렇게 활발할 수가 있나? 격렬한 진동과 충격이 뒤따랐다. 둘은 산소를 아끼기 위해 호흡을 가다듬어서 해야 한다는 사실도 까먹고 비명을 질렀다.

직후 일어난 일을 둘 중 아무도 확실히 기억하지 못했다. 한국 우주국에서는 최면술사까지 동원하여 기억을 되살리려고 했지만, 모두 무위로 돌아갔다. 엔켈라두스의 물기둥은 초당 200킬로그램힘에 달하는 압력으로 분출된다. 살아남은 것만 해도 용한 일이었다.

그 장엄한 물기둥은 참매호와 두 우주비행사를 지표면으로 다시 올려놓기에 충분했으며, 엔켈라두스의 중력권 밖으로 탈출시켜버리지 않을 만큼 적당히 약했다. 둘은 산소 잔량이 떨어지기 직전에 정신을 차리고 참매호 안으로 들어갔다.

참매호의 핵융합 엔진이 특유의 소리를 내면서 가동을 시작했다. 곧 핵융합 회로가 본격적으로 가열되고, 태양에 달하는 무시무시한 에너지가 우주선 안에서 박동했다. 얼음이 꽈드득 소리를 내며 쪼개졌다. 곧, 참매호가 속박에서 풀려나고 튕겨나듯 우주로 추진했다. 소연이 애써 우주선을 조종하는 동안, 민정은 그 가속에 우주선 뒤쪽으로 그대로 처박혔다. 그는 우주선 뒤쪽 창문을 바라보았다. 커다란 창으로, 참매호가 엔켈라두스의 지표에 남긴 흉터가 보였다가, 곧 눈에 띄지 않게 되었다. 민정은 얼음별을 보며 히죽 웃었다.

하루 동안 참매호는 엔켈라두스를 샅샅이 촬영했다. 지각 운동은 단 한 번도 관찰되지 않았다. 정작 그들이 탈출하자마자 아무런 활동을 보이지 않는 엔켈라두스를 보면서, 조종간 앞에 선 소연은 독한 욕설을 중얼거렸다. 히죽대던 민정은 그 꼴을 보더니 소연에게 진지하게 말했다.

"나 중령님, 너무 그러지 말아요. 제가 좀 이상한 생각을 하게 됐어요."

"무슨 생각인데?"

"엔켈라두스의 핵이 살아 있다고 했죠? 그런데 정말 살아 있을 수도 있다는 생각. 별이 우리를 살려준 거 같다고요."

"린, 그, 내가 생물학은 하나도 모르지만…."

"예, 알아요. 그냥 제 인상에 지나지 않아요. 하지만 뭔가 의도가 느껴지지 않나요? 우리가 발을 디디자마자 갑자기 극적인 활동을 하고, 그러다 우리가 죽을 것 같으니 연민을 보여 살려주고, 떠나니까 이제 쉬는. 게다가, 중령님도 뭔가 느꼈다면서요. 누가 우리를 바라보고 있었어요."

"그래, 그건 신기하긴 했지. 하지만 내 생각엔… 혹시 바다 안에 지성을 가진 생물들의 문명이 있을 수도 있지 않을까? 걔들이 적당히 겁주고 쫓아냈다든지."

"그럴 수도 있겠군요. 하지만 그랬다면 물이 그렇게 깨끗할까요. 그리고 나는 이상하게 많았던 암모니아 때문에 더 그런 생각이 들어. 내 오줌이나 먹으라니, 애들이나 할 짓이죠."

대화는 거기서 끊겼다. 그들이 탐사 도중 한 이야기와 본 것들은 전부 우주선 내부의 컴퓨터에 기록되었다. 1년 뒤 참매호는 지구로 무사 귀환했고, 소연과 민정은 어마어마한 고통을 맛보았다. 캡슐에 담겨 태평양에 둥둥 뜬 채로 구조만 기다리기도 했고, 미소한 중력 때문에 느슨해진 신체를(실제로, 그들은 우주에서 키가 5센티미터 넘게 자랐다) 다시 지구의 중력에 적응시키는 데만 2년 넘는 시간이 걸렸다.

우주국 사람들이야 정말로 기뻤지만, 그들이 엔켈라두스에서 한 경험을 말할 때마다 그 이야기에 칠해진 비과학적인 색채 때문에 당혹스럽기도 했다. 별이 말 그대로 살아 있다니? 물론 그들도 딱히 근거가 없다는 건 인정했다.

그들은 모든 별은 아닐지라도, 어떤 별은 그 자체로 생명일 수 있다는 주장을 계속했다. 둘은 지구로 돌아와서 그 주제로 책을 쓰고 세계 곳곳에 강연을 다니기 시작했다. 어떤 사람들은 그들이 돈독이 올라 과학을 배신하고 있다고 비난했다.

그래도 많은 사람들은 그 이야기를 좋아한다. 과학적인 증거는 극도로 부족하다지만 사람들은 두 우주인의 직감이 사실이기를 믿는다. 마치 고래처럼 물기둥을 뿜으며 자신을 증거하는 별의 이미지는 아름다웠다. 조금 암모니아가 섞여 있긴 했지만.

소연은 강연에서 항상 그들이 엔켈라두스에서 지구로 돌아올 때 본 광경을 이야기하고는 한다. 엔켈라두스가 달에서 보는 지구의 크기보다 살짝 작아졌을 때, 그들은 엔켈라두스의 마지막 지각 활동을 보았다. 이제껏 본 적 없는 거대한 물기둥이 커튼처럼 분출했다. 대충 봐도 위성에 처음 진입할 때보다 1.5배는 더 큰 물줄기였다고 했다. 그 물기둥은 약 15분 정도 유지되었다. 이전보다는 많이 짧았다. 소연도 그것이 억지로 짜낸 듯하다는 민정의 주장에 동의할 수밖에 없었다.

소연은 그 후 가끔, 거대하고 조잡한 모습의 얼음 거인이 나오는 꿈을 꾸었다. 거인은 물의 목소리로 노래했다.

시간 위에 붙박인 그대에게

내가 언니와 다르다는 것을 알게 된 때는 중학교에 들어간 뒤였다. 그 시절의 기억은 너무 짙은 안개 속에 휩싸여 있어서 정확한 시기는 잘 모르겠다. 아마도, 내가 아직 초등학생티를 못 벗고, 언니는 중학교 2학년 때였나 싶다. 그러나 그 순간의 기억만은 아주 생생한 색깔로 내 머릿속 깊은 곳에 남아 있다.

그날 우리 둘은 같이 다니던 취미 미술반에서 파스텔화를 그렸다. 나나 언니나 연필 소묘를 지독히 재미없어 했기에, 선생님이 파스텔화를 가르쳐주었다. 어릴 때 파스텔화를 학원에서 배웠다는 애들이 한 명도 없다는 걸 보면, 그 시절 선생님이 좀 특별한 분 아니었나 싶기도 하다.

우리는 가루가 된 파스텔을 종이에 뿌린 다음 이리저리 문지르는 것을 좋아했다. 가루 파스텔은 대충 발라도 자연스럽게 색이 뒤섞였다. 그걸 종이에 이리저리 바르면 특별한 기교 없이도 보기 좋은 예쁜 색들이 나왔다. 왜, 부드러운 중간색을 파스텔톤이라고 부르지 않는가.

그날도 여러 색이 뒤섞인 어지러운 추상화를 함께 만들어냈다. 그게 특별히 예쁘게 잘되었기 때문에 나는 그걸 집으로 가져가서 엄마한테 자랑하고 싶었다. 내가 그림을 가져가고 싶다고 말하니, 미술 선생님이 말했다.

"파스텔로 그린 그림을 계속 보존하려면 정착액을 뿌려야 해. 그러지 않으면 가루가 전부 날아간단다."

그는 그러면서 어떤 스프레이를 들고 와서 우리 그림에 칙칙 뿌렸다. 아주 시큼한 냄새가 났다.

"하루 정도 말리고 나면 냄새가 빠지고 다 굳으니 내일 가지러 오렴."

그렇게 말하면서 그는 웃어 보였다.

집에 도착한 다음 문을 열자 웬일로 부모님이 둘 다 집에 있었다. 아무런 전자기기도 보지 않는 채로 둘이 뻣뻣한 자세로 앉아 있었는데, 상당히 심각한 표정이었다. 불길한 분위기를 감지한 우리는 본능적인 방어 태세를 취하고 천천히 거실에 모였다. 엄마가 먼저 말을 꺼냈다.

"왔니? 오늘은 핸드크림 발랐지?"

핸드크림을 안 바르면 건조한 파스텔 가루가 손에 상처를 냈다. 우리는 별로 착색되지 않은 손을 내밀었다.

"잘했다. 손 씻고 거실로 같이 나오렴. 할 이야기가 있다."

내가 수학 과외 선생님이랑 짜고 일주일 치 수업을 농땡이 쳤을 때보다 부모님 얼굴이 굳어 있었다. 그 어두움을 읽은 우리 둘은 별말 못 하고 함께 화장실의 세면대 앞에 섰다. 그때 언니가 말했다.

"둘이 싸웠나? 저번에 주식 이야기는 끝났다더니… 이혼한다 그러는 것 아니야?"

"재수 없는 소리 좀 하지 마."

"그런데 갑자기 왜 저래?"

"어른들이 하루 이틀 이상한가."

성적표가 날아오는 날도 아니었고, 우리가 큰 잘못을 저지른 것 같지도 않았다. 그런데 그날 있었던 일을 지금 생각해보면 어쩌면 이혼 선언을 하는 것이 더 낫지 않았을까 싶기도 하다.

우리는 조심조심 거실로 발길을 옮겼다. 아빠는 창밖을 바라보면서 한숨을 푹푹 쉬고 있었다. 예전에 끊은 담배 생각을 하는 것도 같았다.

"여름이랑 겨울이가 알아야 할 게 있단다."

여름, 한 살 많은 내 언니. 그리고 나 겨울. 부모님은 우리가 태어난 계절을 따서 우리 이름을 지었다.

내 머릿속에 별별 생각이 다 스쳐 지나갔다. 이혼 이야긴가? 사실 우리 둘 중 하나가 입양됐다는 선언? 그것도 아니면 우리 부모님이 파산해서 어디 시골로 야반도주라도 해야 하나?

아빠는 고개를 돌리고 엄마랑 우리를 잠시 바라보더니 내게 말했다.

"겨울아, 어릴 때 할머니 돌아가셨던 거 기억하니?"

"응."

할머니는 내가 유치원에 다닐 적에 돌아가셨다. 100년 하고도 시간이 훌쩍 흐른 지금은 할머니가 어떻게 돌아가셨는지, 장례식 때 분위기가 어땠는지 전혀 기억이 나지 않는다. 하지만 그 때는 나름대로 기억하고 있었나 보다.

"그래, 할머니가 돌아가셨던 것처럼 말이다. 엄마랑 아빠도 언젠가는 죽는단 말이지…."

아빠는 조심조심 말했다. 죽음에 대한 이야기였다. 우리 둘은 난감하면서도 또 의아했다. 우리는 죽음을 알았다. 사람이 나이가 들면 늙고, 몸이 닳고 닳으면 작동을 멈춘다는 것을 우리가 모를 리가 없었다.

가끔 잠을 자다가 죽음에 대한 악몽을 꾸거나, 죽음에 대해 곰곰이 생각하다 보면 말 못 할 만큼 커다란 공허가 느껴져서 공포에 떤 적은 있었다. 그래도 우리 둘은 죽음을 진지하게 생각하기에는 지나치게 어린 나이였다. 일주일을 기다리기도 벅찰 만큼 시간이 느리던 그 활기찬 나이에 수십 년 후의 죽음은 비현실적인 개념이었다. 아빠는 말을 잇지 못했고, 엄마가 나머지 이야기를 계속했다.

"그런데 우리 가족 중에서 겨울이는 조금 다르단다. 죽음이라는 점에서…."

"다르다니, 뭐가 다른데?"

"겨울아, 우리 중에 너만 죽지 않을 거야."

나는 눈을 동그랗게 떴다. 고개를 돌리며 가족들을 바라보았다. 나나 언니나 그 말의 뜻을 이해하지 못했다. 죽지 않는다니? 엄마도 우리가 자신을 이해하지 못했다는 것을 눈치챘다. 엄마는 말을 이었다.

"여름이는 당연히 알 테고… 겨울이도 중학생이니까 과학 시간에 세포가 뭔지는 배웠지?"

"어, 응."

"겨울이가 내 배 속에 있을 때, 아직 1개월도 채 지나지 않았을 때… 지금처럼 크지 않고 정말 작았을 때 있지. 네가 세포 수십 개로만 이루어져 있을 때, 그때 막 세포의 자살을 통제하는 유전자를 조작하는 법이 상용화됐거든."

"그래서?"

"그때 겨울이 DNA를 조절해서, 겨울인 안 늙을 거야. 20대에 멈춰서, 영원히… 살 거라고."

옆에 있던 아빠는 침통하게 고개를 끄덕였다. 나는 옆에서 언니가 발작적으로 뛰어올라 깜짝 놀라며 고개를 확 돌렸다.

"왜, 왜, 왜 나는 안 해줬어! 왜?"

아빠가 언니를 애써 안으려 들면서 속삭였다. 언니가 잘 잡혀주지는 않았지만.

"안 해준 게 아니라 못 해준 거야."

"지금이라도 할 수 있잖아? 지금은 안 돼?"

"지금은…."

언니는 괴성을 질렀다. 불쌍한 우리 언니. 나는 그때 언니가 느꼈을 박탈감을 여전히 이해할 수 없다. 내가 차마 어떻게 감히 이해할 수 있을까.

우리는 그때까지 거의 싸운 적이 없었다. 연년생이라면 다들 피가 터지게 싸운다고들 하는데, 언니는 나를 순전히 친구처럼 대했다. 그날 언니는 아빠의 품에서 기어 나와, 나를 물어뜯을 것처럼 바라보다가, 내게 달려들어서 나를 넘어뜨렸다. 부모님이 언니를 붙잡고 말렸다. 몇 분 동안 언니는 경기를 일으키다가 탈진해서 숨을 쌕쌕 몰아쉬었다. 너무 무서웠다.

"왜, 왜…."

"겨울아, 너는 들어가 있어."

아빠가 그 말을 하기도 전에 나는 이미 내 방으로 도망치고 있었다. 그 후에 부모님이 언니에게 정확히 무슨 말을 해줬는지는 여전히 알 수 없다. 부모님은 돌아가실 때까지 그날의 이야기를 결코 다시 꺼내지 않았으니까.

그날 이후로, 언니는 다른 사람이 되었다.

우리는 학교도 같아서 매일 같이 아침을 먹고 나섰지만, 다음 날 일어나니 아침 시간에 언니가 없었다.

"언니는 어디 갔어요?"

아빠는 언니가 벌써 학교에 갔다고 말했다. 한 번도 없던 일이었다. 항상 함께 가던 미술 학원에도 언니는 나타나지 않았다. 선생님은 전날 언니와 내가 그렸던 파스텔 그림을 내게 주었다. 가루가 흩날리던 그림은 정착액으로 딱딱히 굳어 있었다. 나는 이미 그 그림에 대한 흥미를 완전히 잃었지만, 방긋방긋 웃는 선생님 앞에 아쉬운 말을 할 수 없어 그냥 고맙다고 하고 받았다. 나는 그 커다랗고 거추장스러운 그림을 들고 와 집 안 어딘가에 처박고 그 존재를 잊었다.

부모님은 그날부터 저녁 식사 시간을 따로따로 잡았다. 엄마랑 아빠가 돌아가면서 딸 하나씩이랑 밥을 먹었다. 첫날에는 엄마랑 내가 6시 반에 밥을 먹고, 아빠랑 언니가 7시 반에 밥을 먹었다.

"언니는 왜 자꾸 그래?"

가끔은 그렇게 불평을 하기도 했다.

"세상에는 네가 어쩔 수 없는 일들이 어쩔 수 있는 일보다 훨씬 많은 법이란다. 언니를 이해하려고 노력해줘. 죽음의 무게는 삶의 짐보다 무거우니까."

엄마는 이렇게 말하고 내 눈을 바라보다가, 오뎅볶음을 잘근잘근 씹었다. 당신의 눈에는 깊은 회한이 서려 있었다. 어쩌면 그 눈빛 속에도 질투하는 감정이 있었을지 모른다. 결국 엄마도 언니와 같이, 언니보다 훨씬 빨리 늙어 죽을 사람이었으니까.

우리 집이 엄청나게 넓은 건 아니었으니 언니와 나는 그 후로 몇 년 동안 부대끼고 살아야 했다. 첫 몇 주간은 언니와 대화하려고 부단히 노력했지만 언니는 나를 바라보려고 하지조차 않았다. 나도 결국 포기했고, 부모님은 그 꼴을 보면서 참 안타까워했지만 언니를 딱히 설득하려고 하지도 않았던 것 같다. 아마 방법을 몰랐겠지.

삶 내내 함께했던 친구가 사라지자 나는 그 에너지를 다른 곳에다 쏟았다. 원래 취미로 다니던 미술 학원에서 반을 입시 미술반으로 바꾸었다. 입시 미술반은 밤늦게까지도 그림을 그렸다. 집으로 돌아가면 언니의 텅 빈 눈을 볼까 무서웠다. 밤 10시에 지친 몸을 이끌고 집으로 돌아오면 언니는 자기 방에 박혀 있었다. 억지로 이룬 평화였다.

나는 예고에 진학하지 못했다. 내가 그림을 못 그렸던 것도 아니고, 성적이 특출나게 나빴던 것도 아니다. 하지만 시험을 볼 기회조차 얻지 못했다.

"겨울아, 너는 너 같은 아이들이 모이는 고등학교에 진학해야 해."

"나 같은 애들이라니?"

"불멸 시술을 받은 애들만 따로 모이는 학교가 세종시에 있단다."

"싫어. 나는 예고 가서 계속 그림 그릴 거야."

내가 싫든 말든 어쩔 수 있는 것이 아니었다. 나는 아빠한테 혹독한 저주의 말을 내뱉었지만, 그날 아빠는 언니한테 그 얘기를 했던 날처럼 내 끔찍한 말을 다 받아주었다. 그때 나는 왜 내가 바라지도 않는 시술을 했느냐고 화를 냈다. 지금 생각해보면 꽤 어이가 없었을 것이다. 아이를 키운다는 건 다 그런 걸 테지.

정부가 앞장서서 세종시에 불멸 시술을 받은 아이들을 모았다. 우리에게 특별한 교육이 필요하다고 했다.

아빠는 말했다. "모로 가도 서울만 가면 그만 아니니. 거기서도 계속 미술 학원 다니게 해줄 테니, 꼭 나중에 네가 원하는 대학교 시각디자인학과에 들어가자. 국가에서 시키는 일이라 어쩔 수가 없단다."

그래도 나는 새 환경에 비교적 빨리 적응하는 편이었다. 생각해보면 집에서 언니를 마주칠 일이 없다는 점이 좋았다. 언니는 고등학생이 된 이후로 집 근처에 있는 과학고등학교에 진학했다. 그러고는 항상 머리를 뒤로 묶고 알이 큰 안경을 낀 채로 자기 방에서 공부만 했다.

세종은 미와는 거리가 멀지만 적어도 구색은 잡힌 계획도시였고, 내가 다녔던 고등학교는 조치원 방향에 박혀 있었다. 기숙사 생활을 했는데, 다행히도 학교 주변에 나 같은 학생을 위한 미술학원이 드문드문 있었다. 근처의 대학에서 온 학생들이 아르바이트로 강사를 뛰었다. 새로 지어진 학교는 쾌적했고, 시골의 공기는 서울보다 확연히 깨끗했다.

우리 고등학교는 '불멸 시술을 받은 청소년들을 위한 윤리'와 '불멸과 일반 생물학'이라는 추가 과목이 있는 것을 제하고는 다른 학교랑 별반 다를 것이 없었다. 처음에는 우리를 굳이 모았어야 했나 의아했다. 하지만 그 교육 과정 덕에 나는 언니의 마음을 어느 정도는 짐작할 수 있게 되었다.

나는 그 나이가 될 때까지 왜 나만 영원한 젊음의 특혜를 받고 언니는 그럴 수 없는지 이해하지 못했다. 딱히 찾아볼 생각도 없었다는 말이 더 옳으리라. 부모님도 그에 대해서 따로 자세히 설명해준 적은 없었다.

정확히 2077년 4월에 태어난 아이들부터 영생을 누릴 수 있게 된 이유는, 인간의 세포 개수가 너무나도 많기 때문이었다. 노화를 잡기 위해서는 모든 세포에 있는 DNA의 특정 유전자 몇 개를 세심히 불활성화해야 했다.

사람이 갓 착상돼서 아직 세포가 수십 개밖에 없을 때는 유전자 가위를 주입하는 것만으로도 세포의 유전자를 모두 치환하는 것이 가능했다. 하지만 태어난 사람은 세포가 너무나 많다. 아동일 때 이미 수조 개이고, 성인의 세포 수는 50조 개에 다다른다. 이 모든 세포의 DNA를 하나하나 교정하는 것은 그때나 지금이나 불가능한 일이다. 착상 시기가 몇 주일만 달라도 기대 수명의 차이가 어마어마하게 나는 꼴이었다.

이 이야기를 해주었던 생물 교사도 물론 죽을 운명을 진 사람이었다.

"아직은 너희 태어나고 나서 시간이 많이 흐르지 않았지만… 그래도 난 너희가 정말로 부럽다. 나보다 수십 년 늦게 태어난 덕에 나와 전혀 다른 시간을 보고 살아갈 테니까."

그는 그렇게 말하면서 한숨지었다. 나는 그를 보면서 우리 언니를 생각했다. 조금은 미안한 마음이 들었다. 하지만 내가 어찌할 수 없는 일이라는 걸 알면서도 그렇게 분노하는 언니를 생각하면 다시 분개할 수밖에 없었다.

우리 기숙사는 두 명이 한방을 썼다. 내 룸메이트는 유소희라는 이름의 키가 훤칠하게 큰 아이였다. 그도 나와 같은 동네에서 살다 내려온 친구였다. 지금 생각해보면 학교 측에서 의도적으로 본적 주소가 가까운 아이들을 서로 짝지어주지 않았나 싶다.

덕분에 소희를 만날 수 있었으니, 그 배려에 감사한다.

소희가 어떤 아이였나. 그를 추억할 때 항상 말하곤 하는 정말 그다운 이야기가 있다.

어느 날 소희가 결석을 했다. 우리가 모인 고등학교에는 아무래도 중산층 이상의 잘사는 아이들이 많았기 때문인지, 다른 특목고 못지않게 성적 경쟁이 치열했다. 나는 입시미술 실기 준비 때문에 성적이 뛰어나진 않았지만, 소희는 의대에 가고 싶어 했다. 충분히 가능한 성적을 계속 받기도 했다. 그런데 그런 아이가 갑자기 결석을 한 것이다.

연락해도 받지를 않아서 걱정되었는데, 오후 5시쯤 돼서야 그는 진단서 한 장을 들고 학교로 돌아왔다. 살던 동네에 있는 치과에서 정기 검진을 받았다는 이야기가 적혀 있었다. 당연하지만, 치과는 세종시에도 많았다. 교무실에서 신나게 욕먹고 돌아온 그에게 나는 황당해서 물었다.

"아니, 왜 서울까지 치과를 갔다 와?"

"중학교 2학년 때부터 계속 다녔던 치과라서. 주말엔 안 하거든."

"너 이 완전 나빠? 계속 보던 선생님이 안 보면 안 될 만큼?"

"아니, 세종시 이사 갔다고 다니는 치과 바꾸면 의사 선생님한테 미안하잖아. 그래도 그동안 3개월에 한 번씩 얼굴 보던 사인데."

그때 그의 웃는 표정을 사진으로 남겨뒀어야 했는데. 옆에 같이 있으면서 그의 놀라운 순수함과 인간에 대한 믿음을 보면, 나중에 사기라도 당하는 것 아닌가 하고 걱정이 들 정도였다. 그 걱정이 쓸모가 있었으면 참 좋았을 텐데.

입학 후 2개월이 지나고 아직은 서로 조금씩 어색했을 때의 일이다. 영원히 사는 아이들을 위한 윤리 수업이 있던 날이었다. 그 수업에서는 애들 대부분이 자기와 다른 가족 생각을 하면서 훌쩍이곤 했는데, 나도 마찬가지였다. 그날 밤, 어두운 방 안에 누워 오랜만에, 언니를 생각하며 뒤척였다. 새벽이 올 때까지 잠이 들지 못했는데, 옆에 있는 침대에서 목소리가 들려왔다.

"겨울아, 안 자?"

나 혼자 못 자고 있는 줄 알았는데.

"응."

"너도 부모님 생각해?"

불멸 윤리 수업이라 해도 별것 없었다. 애초에 우리가 그 혜택을 받은 첫 세대였고 어떤 정리된 이론도 없었다. 보통 그 수업은 교사들이 가족의 죽음과 효도에 대한 철 지난 영상을 보여주는 식으로 진행됐다. 지금 떠올리면 우스꽝스러운 영상들이었지만, 사춘기 청소년의 정신을 흔들어놓기에는 충분했다.

"부모님도 부모님이지만… 친언니 생각. 별거 아냐."

"왜, 무슨 생각인데?"

"글쎄. 언니는, 죽을 사람이야. 당연하지. 그런데 언니가 그것 때문에 나를 미워하는 것 같아. 아니, 질투하는 것 같아. 연년생이거든. 그래서 박탈감이 더 심한가 봐. 그럴 때는 우리가 쌍둥이였으면 좋겠다는 생각을 해."

"너, 그 말 들으니까 과학 시간에 들었던 거 생각난다."

"뭐?"

"왜, 쌍둥이 역설 있잖아. 똑같은 날에 태어난 쌍둥이가 있을 때, 한 명이 엄청나게 빠른 우주선 타고 우주로 나갔다 오면 그 사람의 시간이 더 천천히 가서 나이를 덜 먹는다고 그랬잖아. 그런 거라도 있으면 좋을 텐데. 너희 언니가 좀 천천히 나이를 먹으면."

나는 피식 웃었다.

"천천히 나이를 먹으면 뭐해? 천천히 죽는 거랑 영원히 사는 건 너무 다르잖아. 그런데 너는 부모님 생각했다고?"

"나는 엄마 생각하느라."

"엄마랑 잘 지내?"

"아니."

왜 아닐까. 그래도 엄마는 우리한테 불멸을 직접 선물한 사람들인데. 우리를 아끼지 않으면 큰돈 들여 그런 시술을 왜 굳이 해줬을까. 나는 의아했다. 침묵이 길어지자 그가 말을 이었다.

"나 낳다가 돌아가셨거든."

나는 고개를 돌렸다. 어둠 속에서 소희의 길쭉한 몸이 이불에 묻힌 실루엣만 보였다. 나는 무슨 말을 해야 할지 몰라서 그를 빤히 쳐다보았다. 소희는 말을 이었다.

"기억나는 건 하나도 없고, 아빠가 혼자서 나 든든하게 키워줬는데. 오늘 수업 들으니까 기분이 이상하더라. 왠지 내가 엄마 목숨을 갉아먹고 나온 거 같다는 생각도 들고."

"무슨 말을 그렇게 해. 그게 어떻게 네 잘못이야."

"그렇겠지. 당연히 내가 잘못한 게 아닌데. 왜 자꾸 이상한 생각이 들까."

"윤리 시간에 그랬잖아. 우리가 가지고 태어난 걸 가지고 죄책감을 느끼기보다는, 사회가 우리한테 준 선물에 감사하고 우리가 가진 걸로 어떻게 사회를 도울까 생각하는 편이 낫다고."

나는 강변했다.

"그래, 하지만 그걸로 될까…?"

잠시 침묵이 흘렀다. 그 뒤에 소희가 다시 말을 걸었다.

"언니가 질투하는 거 같다고?"

"응, 중학교 때부터 언니가 말도 안 걸어."

"글쎄… 그게 질투일까? 어차피 떠나 보내야 할 가족들이 자기 기억을 남기기 싫어서 일부러 피할 때도 있대."

나는 뭐라고 말을 해야 할지 잘 몰라서 계속 뒤척이기만 하다 말할 때를 놓쳤다. 기분이 심란해 새벽 4시는 돼서야 겨우 잠들었던 것 같다. 그날 새벽의 대화는 길지 않았지만, 우리는 2학년이 될 때까지 가깝게 지냈다.

2094년 3월, 꽃샘추위가 한창이던 날인 걸로 기억난다. 달이 꽤 커다란 밤이었다. 미술학원에서 상당히 도전적인 느낌의 그림을 그리는 데 성공하고 가벼운 걸음걸이로 학교로 돌아오고 있었다. 그런데 돌아오는 와중에 엄마에게서 전화가 왔다.

"어, 왜, 엄마?"

"겨울아! 너 괜찮니?"

엄마의 목소리는 공포에 질려 있었다. 나는 이상한 낌새를 느꼈다.

"응? 당연히 괜찮지. 왜 그래?"

"너 지금 어디야?"

"나? 학원 끝나고 학교 돌아가는 길이지."

"아이고… 아이고, 다행이다. 겨울아, 학교 들어가지 말고 지금 당장 가장 빠른 기차 타고 서울로 와라. 알겠지?"

"무슨 말이야, 왜 그래 엄마?"

"지금 너희 학교에 폭발 사고가 났단다! 테러래. 조금 전에 뉴스에서 갑자기 떠드는데 정말 십 년 감수했다. 겨울아, 일단 어서 서울로 올라와. 차비는 지금 당장 보내줄 테니."

"뭐, 테러? 무슨 말 하는 거야, 지금. 엄마?"

그 긴박한 기억은 영원히 내 머릿속에 남아 있을 거라고 당시엔 생각했는데, 이젠 그 순간 이후로 서울로 도망칠 때까지 몇 시간은 지우개로 지운 것처럼 아무 기억도 나지 않는다. 너무 충격적인 일이라 내 뇌가 스스로를 보호하기 위해 그 순간을 싹 지워버린 것 같다는 생각도 든다.

불멸 시술을 받은 우리 같은 사람은 영원히 산다. 그렇다고 해서 외상에 면역이라는 뜻은 아니다. 우리 세포가 일반적인 요인에 의한 변성에 극히 안정하고 그 유통 기한이 영구적일 뿐이지, 심한 상처를 입으면 우리도 당연히 죽는다. 학교에 있는 많은 친구가 목숨을 잃었다. 그중에는 자신의 특권에 오만하고 당당한 아이들도 있었고, 다른 사람들의 불행에 눈물짓는 아이들도 있었다.

비료로 만든 어설픈 폭탄이었다. 트럭에 비료와 경유를 잔뜩 실은 다음 불을 붙인 것이었다. 21세기의 후반이고 과학기술 유토피아가 왔다고 해도, 폭발에 휩쓸리면 죽는 건 똑같았다. 백 명이 넘는 학생들이 죽었는데, 정작 폭탄을 설치한 사람은 살아남았다. 나는 서울로 급히 도망친 다음 덜덜 떨면서 뉴스를 보았다.

그 테러리스트는 병원에서 삶이 6개월 남았다는 선고를 받은 사람이었다.

"옛날에는 수저 잘 물고 태어났다 해도 죽는 건 똑같았어. 아무리 오래 살아도 100살 되면 저승 갔지. 그게 순리야. 흙수저 물고 태어난 비루한 놈들은 영원히 새끼 까고 늙어 죽고, 그 새끼도 또 자기처럼 비참하게 살아갈 새끼 까고 늙어 죽고, 금수저 물고 태어난 놈들은 세상 망할 때까지 좋은 것만 즐기다 가는 게 말이 돼요? 그래서 했어요. 나는 후회 없어요. 어차피 곧 죽어 사라질 몸이고."

나는 다행히 폭발 현장을 직접 보지는 못했다. 하지만 그때 만난 내 동창 중에서는 100년의 세월이 지난 지금도 무언가 터지는 소리만 나면 공황을 겪는 친구들이 있다.

그때 나는 단 한 가지 생각에 사로잡혀 있었다. 내가 이런 특혜를 주문한 적도 없었는데. 내가 주문한 적도 없는 특혜 때문에 다른 사람들에게 죽을 정도로 미움을 받아야 하나? 언니도 나를 죽이려 들지 않을 뿐이지, 나를 경멸하고 질투하는 것은 똑같았다. 내가 무슨 잘못이 있는데?

서울의 집으로 도망친 후 온종일 뉴스를 보았다. 그리고 그제야 사망자 명단에 유소희라는 이름 석 자가 있는 것을 보았다. 내가 죽을 수도 있었다는 생각 때문에 정신을 못 차려서, 뒤늦게 확인한 것이었다. 그때 죽음이 내게 제일 가까이 다가왔다.

나는 그날 너무 많이 울어서 경기를 일으켰다. 어린 시절 언니가 죽음 이야기를 들었을 때와 똑같이. 나는 경기를 일으키면 온몸이 저릿저릿하다는 것을 그제야 알았다.

마침내 탈진해 거실 바닥에 쓰러진 나는 다음 날 새벽에 눈을 떴다. 분명히 거실에 쓰러진 걸 기억하는데 일어나니 푹신한 침대였다. 부모님이 들어서 옮겨줬던 것이다. 나는 멍하니 있다가 문득 떠올렸다. 부모님도 결국 죽을 거라는 사실을.

내가 사고로 죽는다고 해도, 천 년을 살면 그중 10퍼센트도 안 되는 세월만이 엄마 아빠랑 같이 보낸 세월이겠지. 소희야, 너는 내 인생에서 몇 퍼센트가 될까?

한동안 울고 나니 배가 고팠다. 하지만 배가 고프다는 이 느낌조차 산 자의 사치라는 생각이 들었다. 탈진하여 울지도 못하고, 그렇다고 기어 나가면 스스로에 대한 환멸이 너무 클 것 같아 나는 침대에 콕 박혀 있었다. 그러는 동안 해가 뜨고 방 안이 햇빛으로 밝아왔다.

내 방이 아니었다. 나는 언니 방의 침대 위에 누워 있었다. 언니는 어디로 갔지. 나는 몸을 일으켰다. 책상에는 수많은 책이 널려 있었다. 대부분은 고등학교 참고서들이었지만, 로켓 그림이 그려진 전공 교재들이 많았다. 《공간 왜곡 도약 항법의 이해와 실제》? 《통일장 이론》? 언니가 이런 데 관심이 있었나? 대부분 최신 항공우주공학과 천문학 교재였다. 나는 이름만 보고도 눈이 핑핑 돌았다.

언니는 우주로 떠나고 싶은 걸까? 소희가 말했던 쌍둥이 역설을 기억했다. 그래, 엄청나게 빠른 우주선 안에 있으면 상대적으로 시간이 느리게 가긴 하겠지. 하지만 어차피 우주선 안에 있는 동안 시간이 느리게 가도 상대적인 시간만 다를 뿐, 우주선 안에 있는 사람이 느끼는 시간은 별다를 바 없다. 그 안에서 100년을 누리다 죽는 것이다. 혹시라도 아주 강력한 중력장에 잡힌다면 그 안에서도 그 상대적인 시간이 느리게 흐르긴 하겠지. 하지만 지구를 떠나서 사는데 무슨 의미가 있을까?

서랍을 하나씩 열어보자 생물학책들도 있었다. 없는 과학 분야가 없을 정도로 과학책이 많았다. 이 많은 책을 다 읽었나 하는 의문을 품을 즈음이었다.

그 순간, 책상 위에 걸려 있던 커다란 액자가 햇빛을 받고 빛났다. 액자 안에는 그림이 들어 있었다. 석양이 지는 하늘을 묘사한 아름다운 파스텔화였다.

내가 언니와 함께 마지막으로 그린 그림이었다. 나는 내가 꿈을 꾸고 있나 했다. 하지만 태양빛이 내 얼굴에 내리쬐는 감촉은 그 어느 때보다 참됐다.

노크 소리가 들렸다. 내가 대답하자 문이 열렸다. 엄마였다.

"겨울아, 괜찮니?"

"잘 모르겠어. 지금 나 배고파. 근데 내가 배고프다는 게 무서워. 내 친구가 죽었는데."

"괜찮아. 다 그런 거야. 일단 밥 먹자."

나는 침대를 짚고 일어났다. 다리가 약간 후들거렸다. 엄마는 다가와 내 허리를 받쳐주었다. 나는 식탁으로 향했다. 아빠가 가스레인지 앞에 서서 뭔가 한창 만들고 있었다. 간장 냄새가 풍겼다. 아빠는 고개를 돌리고 우리 둘을 보고는 옅은 미소를 지었다.

"네가 좋아하는 갈비찜 만들었는데, 아침에 괜찮을지 모르겠다."

나는 답하지 않고 힘없이 식탁에 앉았다. 아빠랑 엄마가 분주하게 먹을 것들을 차렸다. 나는 돕지도 않고 식탁 위에 먹을 것이 올라오는 족족 입안에 집어넣었다. 지금까지 이 긴 시간을 살아오면서 그만큼 입맛이 돌던 때는 없었다.

"그래, 원래 슬픈 일이 있으면 많이 먹고 많이 우는 거야. 우리 딸."

엄마는 내 어깨를 두드리고 내 게걸스러운 식사에 꼈다. 그러다 보니 또 눈물이 한 방울씩 흘렀다. 그러면서도 어쩜 그리 입에 먹을 것을 욱여넣었는지, 10분도 안 걸려서 밥 한 그릇을 다 먹었다. 나는 트림을 한 번 했다. 기분이 많이 나아져서 물었다.

"그런데 나 왜 언니 방에 넣었어? 언니는?"

"언니 대학 간 거 몰랐니? 그래서 네 방은 지금 창고로 쓰고 있어."

"언니가 대학에 갔다고?"

"응, 저기 대전 쪽으로 갔잖아."

"가까이 사네." 세종으로 다시 돌아갈 수 있을지는 모르겠지만.

언니랑 이야기를 안 하고 산 지는 오래됐지만, 정말 이야기를 안 했구나 하는 실감이 들었다. 3월이면 봄 학기겠네. 과학고등학교 들어가더니 대학도 한발 빨리 가는구나. 나는 아직 고2인데. 나는 언니 방에 있던 그림과 책들을 생각했다.

"무슨 학과? 의대 갔어?"

"1학년 때는 전공이 없고 2학년 때 정한다던데, 아마 항공우주공학과로 갈 것 같다더라."

"우주선이나 비행기 만드는 곳? 왜?"

"아빠도 사실 잘 모르겠다."

내 호기심은 거기까지였다. 배가 부르니 다시 소희 생각이 났다. 나는 다시 어두컴컴한 표정으로 양치도 않고 방에 들어가 질질 짰다. 그렇게 며칠을 보냈다. 아빠는 내가 좋아하는 음식만 골라서 한 끼 한 끼를 챙겨주었고, 엄마는 학교 일을 나 대신 처리해주었다. 부모님이 소중하다는 걸 느낄 때마다, 당신들이 언젠가 죽는다는 생각이 나를 우울하게 했다.

나는 학교로 돌아가고 싶지 않았다. 자퇴 수속을 밟고 검정고시를 준비하기로 했다. 그 후 난 세종을 딱 한 번 들렀다. 합동영결식이었다.

소희의 영정 사진은 너무나도 앳돼 보였다. 나중에 언뜻 전해 듣기로는 찍은 사진들이 환히 웃고 있어서 중학교 때의 증명사진을 썼다고 했다. 내가 지갑에 넣어 다니던 그의 증명사진보다도 훨씬 어렸다. 나는 그 앞에 덜덜 떨리는 손으로 국화를 놓았다.

내가 그냥 검정고시를 치겠다는 말을 했을 때 부모님은 잘한 생각이라고 추켜세워주었다. 나는 집에 박혀 공부도 하고 책도 읽고 영화도 보고 하면서 지냈다. 하루에 6시간은 근처의 미술 학원에서 미술 실기를 공부했다. 거기서 인간관계를 회복할 수 있었다. 밖에서는 내가 불멸 시술을 받은 사람이라는 걸 숨기고 다녔다.

나는 계속 언니의 방을 썼다. 언니는 여름방학 때나 돌아온다고 했다. 언니의 책상에는 정말 수많은 책이 있었다. 온종일 공부만 하더니 이 많은 책을 고등학교 때 다 읽었을까. 과학기술에 대해서는 하나도 모르는 내가 봐도 대학교 새내기가 쓸 교재는 아니었던 것 같다. 우주선을 설계하고 심우주 속으로 나아가는 이야기가 쓰인 책이었으니까. 한 페이지를 몇십 분 동안 읽어도 이해할 수 없는 책이 있다는 게 놀라울 뿐이었다.

우리 윗세대의 사람들이 우리와 같이 영원한 삶을 손에 넣고자 하는 욕망은 대단했다. 하지만 말했듯이, 모든 세포의 DNA에 있는 노화의 원인을 전부 제거하는 것은 현대의 기술로는 불가능했다. 자신에게 허락된 짧은 시간 동안 모든 세포의 유전자 치환을 연구하는 사람도 많았지만, 다른 방향으로 눈을 돌린 사람들도 있었다. 냉동인간에 대해 연구하는 사람들이었다.

현대에는 할 수 없는 일이라도 미래에는 할 수 있으리라는 간단한 생각에서 출발한 기획이었다. 영생하는 세대는 언젠가 모든 세포의 유전자를 치환하는 기술을 만들어낼 것이다. 개발에 성공하면 수많은 의학적 기적을 이룰 수 있는 기술이니까. 그들은 스스로를 꽁꽁 얼리고 기다린다면, 언젠가는 우리가 그들을 깨워 영생을 선물하리라고 믿었다.

문제는 그 냉동인간 기술이 모든 세포의 유전자를 치환하는 것만큼, 아니면 그보다 더 어렵다는 데 있었다. 꽝꽝 얼린 고기를 녹이면 고기의 세포가 다 터져서 빨간 물이 질질 흐른다. 얼린 인간의 세포도 마찬가지였다. 전문가들은 완전히 얼어버린 뇌를 해동해 한때 거기 깃들어 있었던 사람을 복구하는 것이 물리적으로 불가능하다고 손사래 쳤다.

당시 사회를 휩쓸던 냉동인간 이야기들을 나는 꼬박꼬박 챙겨 보았다. 내 부모님과 언니도 그 기술의 혜택을 볼 수 있지 않을까 했었다. 하지만 결론은 언제나 좌절스러웠다.

언니 방에서 지내던 동안 내가 가장 이해할 수 없던 것은 파스텔화였다. 분명히 그 그림을 그린 날 우리는 충격적인 이야기를 들었고 사이가 파탄이 났다. 왜 그날의 그림을 벽에 걸어두었을까? 아무리 생각해봐도 알 수 없는 문제였다. 하지만 마음속에는 우리가 예전 그 사이로 돌아갈 수 있다는 희망이 희미하게 타오르기 시작했다.

그렇게 소일거리로 시간을 보내는 동안에 대학가에 여름방학이 왔다. 여름방학이 시작하고 일주일 정도 지나자 언니가 집으로 들이닥쳤다. 언니가 집으로 돌아온 날, 부모님은 전부 일하러 가시고 나 혼자 집에서 츄리닝 입고 빈둥거리고 있었다. 언니는 항상 뒤로 넘겨 묶던 머리를 싹둑 잘라 숏컷을 했고, 크고 동그란 안경은 그대로 끼고 있었다.

정말 오랜만에 보는 언니였다. 나는 눈물이 글썽했다. 내 마음속에 석양을 묘사한 파스텔화가 가득 찼다.

"언니… 안녕, 지금 집에 나밖에 없는데."

언니는 나를 잠시 흘깃 쳐다보았다.

"오랜만이네."

"어, 어떻게 지냈어?"

"그냥, 공부."

나는 말문이 막혔다. 언니도 딱히 대답을 바라지 않는 것 같았다. 언니는 캐리어를 돌돌돌 끌고 자기 방 안으로 들어갔다. 내가 자기 방을 썼다고 화낼까? 그러지도 않았다. 언니는 부모님이 집으로 돌아올 때까지 밖으로 나오지 않았다. 나는 노크를 해볼까 하는 엄두도 내지 못했다.

부모님은 돌아와서 창고로 쓰이고 있던 내 방에서 이런저런 잡다한 것을 정리했다. 언니 방에 있던 내 참고서나 책 따위를 가져와서 넣어주기도 했다. 나는 방에 걸려 있던 그림과 언니의 차가운 태도 사이에서 느껴지는 괴리감을 이길 수 없었다.

8시쯤에 문밖에서 소리가 새어 들어왔다. 아빠의 목소리였다.

"넌 놀지도 않고 공부만 하니?"

"응. 할 게 많아."

언니가 답했다. 둘이서 식탁에 마주앉아 이야기를 하고 있는 모양이었다. 나는 문 쪽에 쪼그려 앉아 이야기를 들었다.

"그래도 새내기 때는 좀 마음 풀고 놀아도 괜찮아. 그 나이 때밖에 못 하는 게 있어. 공부는 좀 미뤄둬도 돼."

"글쎄…."

그 나이 때밖에 못 하는 것이 있다는 말을 듣고, 나는 내가 누릴 영원한 20대를 생각했다.

"잘됐다. 이참에 술 마시는 법 배우자. 원래 처음 마실 때는 부모랑 같이 마셔야 하는 거란다."

"바쁜데… 알겠어. 오늘만이야."

곧 맥주를 따를 때 나는 싸한 탄산 소리가 희미하게 들렸다.

"1학년인데 너는 뭐가 그리 공부하는 게 많니? 아빠는 이공계 출신이 아니라서 그쪽이 얼마나 공부를 하는지 듣기만 했다만…. 그래도 새내기 때 하루에 10시간이 넘게 공부할 만큼 과제량이 많지는 않을 텐데. 아직 전공 진입도 안 했잖아."

언니는 대답을 하지 않았다. 꽤 빨리 술잔을 비우는지 맥주를 따르는 소리가 계속 났다.

"사흘 뒤에 대전으로 다시 내려간다고? 어릴 때도 맨날 방 안에서 책만 읽느라 볼 일이 없었잖아. 공부 잘하고 열심히 하는 건 고맙지만 엄마랑 아빠 마음도 좀 생각해주면 안 될까?"

침묵이 흘렀다. 몇 분 정도 대화가 멎었다. 그때 언니의 목소리가 들렸다.

"…생각해서 이러는 거야."

나는 귀를 문에다가 바짝 갖다 댔다.

"생각하다니?"

"가족 때문에 이러는 거라고…."

언니는 말을 멈췄다. 그 후 아빠가 이리저리 언니를 다그치긴 했지만 언니는 말을 잇지 않았다. 곧 아무 소리도 들리지 않았다. 언니도 아빠도 자기 방으로 들어간 것 같았다.

나는 침대에 누워서 언니가 가족을 생각한다는 게 무슨 말인지 궁리했다. 열심히 공부해서 큰돈을 버는 사람이 되어 가족을 위하겠다는 것일까? 하지만 그렇게 열심히 사는 것이 정말 가족을 위한 일일까?

아니면 훌륭한 우주선 기술자가 되어서 저 머나먼 공간을 누리고 싶은 걸까? 언니에게 시간은 무한정 주어져 있지 않았으니까? 저 머나먼 공간으로 떨어져 지내면 나를 다시는 볼 일이 없으니까, 그것이 어쩌면 가족을 위한 일 아닐까? 가족은 멀리 떨어져 있을수록 서로 애틋하니, 우주의 가장 머나먼 거리에 우리 둘이 있다면….

언니는 하루에 밥 먹는 시간이랑 자는 시간만 빼고는 책상 앞에 앉아 있기만 했다. 나는 내가 행복한 것이, 그리고 서로 함께 어울리는 것이 정말로 가족을 위한 일이리라고 생각했다. 정말 가족을 위한다면 왜 나에게는 그렇게 차갑게 대하는 것일까. 이해할 수 없었다. 나는 울분을 곱씹으며 잠들었다.

언니는 말한 대로 사흘 뒤에 대전으로 돌아갔다. 나는 언니 방에 다시 돌아가지 않고 계속 내 방을 썼다. 그리고 바라던 대로 서울에 있는 대학교에서 시각디자인을 공부하게 되었다. 일부러 집이랑 꽤 거리가 있는 곳을 골랐다. 집에서 벗어나 자취가

하고 싶었다. 부모님은 테러의 기억 때문에 나를 집에서 내보내는 것에 예민한 반응을 보였지만, 내가 설득했다. "그건 나 같은 애들을 모아놨기 때문에 생긴 문제잖아."

나는 언니랑 달리 영원한 젊음을 즐기고 또 즐겼다. 대학생활은 참 재미났다. 자체휴강은 예사였고, 술을 정말 엄청나게 마셨다. 나는 동기들보다 술이 훨씬 강했다. 세심하게 조절된 내 DNA 덕에 세포의 대사가 극도로 안정적이고, DNA의 파괴를 막는 기작이 상당히 뛰어났기에.

미대에는 과제가 꽤 많았는데, 해 간 과제의 수가 손에 꼽는다. 근처 아이들이 삶의 방향을 준비할 때도 전혀 불안하지 않았다. 우리 집은 잘살았고, 또 경력에 아등바등할 필요가 없었으니까. 어차피 나는 영원히 사니까. 죽지 않는데 시간과 경력에 얽매일 이유가 없었다. 필요할 때 공부하면 되지, 뭐. 그때 난 얼마나 어렸는지.

그렇게 10년 가까운 시간을 보내다가 미대를 때려치웠다. 엄밀히 말하면 학사경고를 너무 많이 받아서 쫓겨난 것이다. 아빠가 한 말 중에 또렷이 기억하는 것이 있다.

"아빠는 너한테 그 시술을 해준 게 후회된다. 넘치는 젊음을 그저 낭비하기만 해서 쓰니? 언니처럼 하라고는 않겠다. 하지만 적어도 네 앞가림할 준비는 해야지."

그 말을 듣고 코웃음을 쳤다. 30대가 되어도 내 얼굴에는 주름 하나 지지 않았다. 10년 전과 입맛도 정확히 똑같았다. 술을 아무리 마셔도 다음 날 아침이 되면 말끔했다. 그동안 엄마 아빠의 머리카락은 희끗희끗해졌다. 시간의 직격탄을 맞는 부모님의 모습이, 솔직히 웃겼다.

그동안 언니는 박사가 되었다. 미국에서 연구하고 있다고 그랬다. 이제는 정말로 언니를 볼 일이 없었다. 부모님은 언니 이야기를 할 때는 어깨가 으쓱으쓱했다. 거실에 언니의 사진이 붙었다. 어느새 언니의 눈가에 주름이 패어 있었다. 지나치게 스스로를 혹사한 탓에 언니는 나이보다 훨씬 늙어 보였다.

언니는 지구에서 2만 광년 떨어진 블랙홀 두 개를 연구해서 박사 학위를 받았다. 우주의 깊은 곳에 있는 그 두 블랙홀은 서로의 중력에 따라 왈츠를 추듯 함께 빙빙 돌고 있다고 했다. 두 블랙홀의 무게와 중력이 어찌나 어마어마한지 그 중력장에 잡히면 지구에서 하루가 지날 때 50년의 시간이 흐른다는 옛날 SF 영화 같은 이야기도 들었다.

언젠가 엄마가 자랑스럽게 말했다.

"그 두 별 이름을 겨울이 네 언니가 지었다는 거 아니니."

"뭐라고?"

"자매별이래, 자매별."

"자매별이라고? 참, 나…."

어처구니가 없었다. 기만적인 이름이었다. 몇 년에 한 번 얼굴 보기도 힘든 사람이 언제부터 자매에 대한 애정이 있었다고 자매별이라고?

"진짜… 뭐야? 비운의 여주 노릇이라도 하려고? 겨우 1년 차이인데 나는 안 늙고 자기는 늙는다고, 그거 가지고 쇼하려고?

나 이제 언니 얼굴도 잘 기억 안 나는데? 진짜 웃기다. 뭐 그런 사람이 다 있어?"

그날 엄마의 주름이 조금 더 깊게 파였을 것 같다, 아마도.

언니는 방송에도 가끔 나왔다. 우주 다큐멘터리를 보고 있는데 언니의 얼굴이 나오면 화가 나서 채널을 돌렸다. 부모님한테도 내 앞에서는 더 이상 언니 이야기를 못 하게 했다.

지금 생각해보면 질투도 있었다. 언니가 방송에서 나오는 것을 보고 있으면, 내가 아무것도 안 하고 30대까지 탱자탱자 놀기만 했다는 것이 실감이 났다. 불멸 시술을 받은 사람들은 아직 적었고 내 친구들 대부분은 죽음의 운명을 타고난 이들이었다. 그들은 다들 이제 자기만의 진지한 문제에 시간을 쏟느라 이전처럼 나와 놀 수 없었다. 놀랍게도 우울했다. 밖에 나가서 아르바이트라도 시작하기로 했다. 너무 힘들지 않으면서도 적당히 시간을 보낼 수 있는 일을 찾았다.

영화관 아르바이트가 재미있었다. 억지로라도 웃어야 하는 것이 생각보다 정신건강에 도움이 되었다. 하루에 한 번은 영화를 공짜로 볼 수 있어서, 개봉 영화들을 정말 원 없이 다 보았다. 무대 인사 오는 연예인들도 아주 가까이서 볼 수 있었다. 곳곳에 CCTV가 있으니 농땡이를 피울 순 없었지만.

매일 영화를 보니까 자연스레 영화 일에도 관심이 생겼다. 장면을 효과적으로 연출하는 방법이 제일 흥미로웠다. 다시 대입을 준비할까 하는 생각도 했지만, 또 예대 특유의 실기 시험을 공부할 생각을 하니 악몽 같았다. 나는 영화를 찍는 데 필요한 것들을 사 모았다. 차원 투영 카메라에서부터 연기 증강 소프트웨어까지.

몇 안 되는 불멸 시술을 받은 친구들을 긁어모았다. 다들 나처럼 나른히 시간을 때우고 있었다. 그들에게 단편 영화를 찍어서 공모전에 나가자는 말을 하니 고개를 끄덕이는 애들이 있었다. 시간이 썩어나니 느릿느릿 찍고 느릿느릿 편집했다. 30분짜리 영화를 만드는 데 1년이 걸렸었던가. 완성한 것만 해도 대견한 일이지.

내가 한때 그림을 그렸던 것이 장면의 구도를 잡는 데 꽤 도움이 되었다. 그러고 보면 내 삶에는 항상 운이 어느 정도 따랐다. 영화는 공모전에서 대상을 받았다. 나는 내 숨겨진 재능을 찾은 기분이었다. 부모님도 내놓다시피 한 딸이 무언갈 하기 시작하니 기뻐했다.

영화 제작사의 연출부에 취업했다. 내 생애에 그만큼 바쁜 시기는 없었다. 말이 좋아 조연출이나 조감독이지, 그냥 노예였다. 자잘한 편집은 당연히 전부 다 내 일이었고, 대본 체크도 꼭 해야 했다. 일정 관리도 다 내 몫이었고, 촬영할 곳을 빌린다든가 할 때 연락하는 것도 전부 하나도 빠짐없이 다 내 일이었다. 하루에 5시간 이상 잠을 못 잤다. 욕도 굉장히 많이 들었다.

힘들고 지치는 하루하루였지만, 바쁘니까 시간이 정말 빠르게 흘렀다. 그러는 사이에 내 자리도 하나하나 올랐다. 영화관에서 감정 노동을 했던 것이 도움이 되었다. 어떤 상황에서도 웃을 수 있는 사람이 된 것이었다. 마음속에서는 내게 지랄하는 이들의 쓸개를 자근자근 씹고 있었지만.

그때 나는 소희의 죽음 이후, 처음으로 신체의 차이에 대해 진지하게 받아들였다. 영화판에 발 담근 지 20년이 지나고 50대가 코앞으로 다가오자, 불멸 시술을 받지 않은 사람들은 힘이 죽죽 빠지기 시작했다. 내 또래들의 머리카락이 희끗희끗해지고, 주름이 한 줄 두 줄 생기는 걸 보았다.

거울 속의 나는 항상 같은 모습이었다. 노화라는 게 어색했다. 늙어서 죽는다는 운명과 멀어져 있으니, 사람들이 흩어지는 청춘의 미망에 매달려 바둥대는 것이 우습기만 했다. 나는 예전의 테러를 떠올렸다. 그런 사고만 조심하면 될 거라고 생각했다. 그리고 세월이 지나면 세상에는 불멸의 사람들만 살아갈 것이고, 더 이상의 증오도 없을 것이다. 소희의 얼굴을 떠올리는 것은 괴로웠지만, 이제 그 시절의 사회적 상황에 대해 생각해볼 수 있을 만큼은 고통이 꽤 희석되었다.

이왕 타고난 것을 내 생득권이자 축복으로 받아들여도 좋겠다는 생각이 들었다. 동시에 이 활기로 이제 슬슬 내 이름을 전면으로 단 영화를 만들 수 있겠다 하는 기대도 들었다.

“이제 3년만 기다리면 내 이름 단 영화 볼 수 있을 거야.”

오랜만에 집에 찾아가서 부모님과 식사를 하며 그 이야기를 했다. 엄마는 참 좋아했다. 그런데 아빠의 반응이 이상했다. 젓가락질을 제대로 못 하고 음식을 놓쳤다. 내 말을 제대로 이해하는 것 같지도 않았다. 엄마와 나는 눈빛으로 뭔가 이상하다는 신호를 교환했다.

그러다가, 우리가 채 무슨 행동도 하기 전에, 아빠가 앞으로 쓰러졌다. 비명을 질렀다. 신고하니 3분도 안 돼서 앰뷸런스가 왔다. 나는 어찌할 바를 모르고 황망한 채로 병원에 따라갔다.

뇌종양이었다. 뇌의 깊숙한 부위에 생긴 악성 종양이 커지고 커져서 뇌를 압박하기 시작한 것이었다. 수술을 할 수도 없는 종류였다. 22세기에! 22세기에 여전히 불치병이 있었다. 시간이 얼마 없다고 그랬다.

"어떻게 이 시대에… 의학이 정복하지 못한 병이 있을 수가 있죠?"

의사는 내 질문을 듣고 난감한 표정으로 머뭇대다가 답했다.

"불멸 시술 때문에 의학의 여러 분야가 투자를 받지 못하니까요. 요즘은 그래서 외상 치료와 정신과가 인기죠."

그 말을 듣고 나는 뒤로 넘어질 뻔했다.

"그럼 저 때문에 아빠가 죽는 거예요?"

"겨울아, 그런 건 아니지…."

나도 그 말이 헛소리라는 걸 스스로 알고 있었다. 내가 불멸 시술을 만든 것도 아니고, 내가 그 시술을 받겠다고 선택한 것도 아니니까. 하지만 논리로 설명할 수 없는 기괴한 죄책감이 나를 엄습했다. 두려웠다. 아버지도 그 테러리스트처럼, 언니처럼 나를 미워하고 질투하면 어떡하지? 하지만 그럴 일은 없었다.

아빠가 그 이후로 다시 예전의 아빠로 돌아오지 못했기 때문이었다. 방사선 치료도 항암제도 나노봇 치료도 효과가 없었다. 아빠는 거의 항상 의식이 없었고, 의식이 돌아오더라도 나를 잘 알아보지 못했다. 질투 같은 고차원적인 정서를 품기에는, 아빠의 뇌는 이미 거의 죽어 있었다. 의사는 마음의 준비를 해야 한다고 말했다.

그때 언니가 한국으로 돌아왔다. 언니는 오자마자 아빠가 누운 병상에 고개를 기대고 펑펑 울었다. 오랜만에 본 언니는 확연히 늙어 있었다. 숏컷과 크고 동그란 안경은 여전했지만, 몸에서 풍기던 젊은 활기는 사라진 모습이었다. 나는 이 사람이 정말 나랑 한 살 차이가 나는 게 맞는가 싶었다.

"미안해, 미안해, 아빠. 내가 좀만 더 빨랐으면… 좀만 더 빨랐으면…."

언니는 병상에서 그렇게 읊조렸다. 나도 엄마도 그게 무슨 뜻인지 이해하지 못했다. 열심히 공부해서 가족 모두를 위하겠다고? 하지만 아빠는 언니가 미국으로 떠난 다음에 1년에 열흘도 제대로 보기 힘들었다. 좀 쉬엄쉬엄 살았으면 우리 가족은 훨씬 행복했을 텐데.

그러나 탓하기엔, 언니는 너무 심하게 울었다. 나도 아빠를 보고 눈물 흘렸지만, 언니는 며칠 동안 곡을 했다. 무엇이 그리 아쉬운 것이었는지 그때 나는 알 수 없었다. 언니가 싫었지만 괴롭히기에는 나도 너무 지쳐 있었다. 아빠는 의사가 말한 3개월도 제대로 채우지 못하고 금방 돌아가셨다. 돌아가시기 일주일 전에는 정말 내가 50년 동안 알고 지내던 그 사람이 맞는가 싶을 정도로 말라비틀어진 모습이었다. 솔직히 말하면 아빠가 의식을 드문드문 되찾을 때마다, 이해할 수 없는 헛소리를 해서 두

려웠다. 내가 알고 사랑하던 사람이 돌이킬 수 없을 정도로 박살났다는 것을 그 어느 때보다 명백히 느낄 수 있었기 때문이다. 마침내 아빠가 폐렴으로 사망했을 때, 나는 조금은 안도했다.

언니는 장례식 때에도 민망할 정도로 울었다. 호상은 아니었다. 기대 수명에 비하면 아빠는 지나치게 빨리 돌아가셨다. 시술을 받지 않은 사람도 100살에 죽으면 요절했다고 말하는 시대였다. 하지만 그래도, 아빠는 인생에서 누릴 것을 충분히 누리고 떠난 사람이었다. 언니는 아빠를 자주 보러 오지도 않았다. 왜 그리 곡을 하는지 이해할 수 없었다. 나는 언니가, 아빠가 돌아가시는 것을 보고 자신의 유한성을 느껴 더 우는 것이 아닐까 하고 생각했다.

언니는 삼일장이 끝나고 미국으로 돌아간다고 했다. 언니는 한국으로 돌아온 뒤에 나와 아무 얘기도 하지 않았다. 해봐야 아빠를 보살필 때 서로 교대하는 정도의 사무적인 대화였다. 삼일장이 끝나고 잠시 부모님이 살던 집으로 들어온 언니는 엄마에게 말했다.

"아빠는 못 살렸지만 내가 엄마는 꼭 살릴게."

언니가 그 말을 했을 때 나는 부엌에서 혼자 커피를 마시고 있었다. 지겨운 대화 속에서 그 말만 내 머릿속에 그대로 박혔다. 살린다고? 어떻게 살린다는 말이지?

고등학생 시절에 배웠던 내용을 여전히 나는 잘 기억하고 있었다. 모든 세포의 유전자를 조작할 수 있는 시기를 한번 지나치면 인간 유전자를 모두 조작하는 건 불가능하다고. 그래서 우리 세대부터 갑작스레 수명이 엄청나게 증가한 것이라고. 방법이 없었다. 그런 기술이 개발되는 데 걸리는 시간이, 설령 개발된다고 하더라도, 지금 시술을 받지 않은 사람들이 죽기 전에 개발할 수는 없을 것이라고 했다. 그런데 엄마를 살린다고?

나는 언니가 아빠의 죽음에 너무 충격을 받아서 머리가 좀 돌아버린 것 아닌가 하는 생각도 했다. 심지어 언니는 의학을 배운 사람도 아니잖은가. 죽을 사람들의 망상을 들으니 염증이 났다. 나는 많은 게 지긋지긋해졌고, 일터로 돌아갔다. 이제 내 영화를 찍을 정도의 자격을 가진 내 밑에는 나와 같이 영원히 젊은 사람이 많았다. 언니는 일정대로 그날 비행기를 타고 미국으로 돌아갔다.

아빠의 죽음을 잊고 싶었던 나는 더 열렬히 일했다. 2년 반 만에 내 영화가 나왔다. 소희에 대한 내 기억을 담은 영화였다. 소희의 죽음으로부터 30년 넘는 세월이 흘렀다. 이제 그 테러를 영화 소재로 쓸 수 있을 정도로 사람들은 그 슬픔을 잊고 있었다.

내 영화는 아주 좋은 평가를 받았다. 연륜 있는 젊은 사람만이 만들어낼 수 있는 걸작이라는 평가를 받았다. 그때 즈음부터 슬슬 불멸 시술을 받은 감독들이 세상에 두각을 드러내기 시작했고, 나도 그들 중 하나였다. 내 근처에는 이제 나처럼 영원히 젊은 사람들만 남았다. 우리는 시간 걱정 없이 일했고, 좋은 영화들을 뽑아냈다. 많은 괴로운 일들을, 언니를 잊을 수 있었다. 바쁘지만 행복한 나날이었다. 아니, 바빴기에 행복한 나날이었다.

5년 동안 난 가족을 거의 잊었다. 엄마는 1년에 서너 번쯤 찾아뵈었다. 엄마는 이제 머리카락이 완연히 하얬고, 어금니도 하나 빠졌다. 엄마를 볼 때마다 아빠가 생각이 났다. 언니의 이해할 수 없는 행동도, 말도.

하지만 기억을 완전히 지워버릴 수는 없었다. 고된 하루를 끝내고 밤에 침대에 누워 있으면, 언니가 떠올랐다. 왜 별의 이름을 자매별로 지은 걸까? 자기 이미지를 가족적으로 만들고 싶었던 걸까? 언니가 그렇게 위선적인 사람이었나? 왜 아빠 앞에서 좀만 더 빨랐다면 따위의 이야기를 한 걸까.

우리 관계가 나아질 가능성이 있을까? 나는 회의적이었다. 차라리 언니와 혈연이 아니었다면 얼마나 좋았을까 하고, 가끔은 바랐다. 친구였다면 이미 오래전에 남이 되어 이렇게 마음속에서 걸리적거리지도 않았을 테니까. 나의 불멸처럼, 내가 바란 적도 없고 선택한 적도 없는 자매라는 인연은 끝없이 내 마음속에 남아 걸리적거렸다. 내가 냉혹하게 언니와 가족을 잊어버릴 수 있을 정도로 차가운 사람이었으면 하고 바랐지만, 그럴 수 없었다. 그런 생각을 할 때마다 나는 불쾌한 악몽을 꿨다.

어쩌면 언니는 정말로 우주선을 타고 저 별들의 바다 사이 어딘가로 떠나야, 그런 머나먼 공간에서야 겨우 나에 대한 질투에서 해방될 수 있을 거라고 생각했을지도 모른다.

내 두 번째 영화의 포스터가 세계 곳곳에 걸리기 시작할 때쯤이었다. 엄마에게서 전화가 왔다.

"여보세요?"

"겨울아, 나야. 지금 MBC 봐보거라."

왜 엄마는 나이가 들면서 말투도 늙은 걸까?

"왜?"

"여름이가 인터뷰하고 있단다."

"언니 원래 방송 자주 나오잖아. 보기 싫은데."

"이번이 마지막일 수도 있다고 한단다. 무슨 어려운 이야기를 하는데 나는 도저히 이해 못 하겠다. 한번 보고 엄마한테 설명 좀 해주면 안 되겠니."

"…그래. 내일 이야기해줄게."

나는 그 전에 먼저 몰두하던 최종 편집을 진행했다. 롱테이크로 찍은 장면 하나를 얼마나 길게 유지할지가 관건이었다. 그 고민에만 몇 시간이 들었다. 나는 밤 10시가 되어서야 나름대로 최선의 결정을 내리고 집으로 향했다.

집으로 가는 차 안에서, 운전석 쪽에 앉은 나는 습관적으로 차에 달린 컴퓨터에게 뉴스를 읊게 시켰다.

"이여름. 이여름 뉴스. 말해줘."

"…오늘 이여름 스탠퍼드대 물리학과 교수가 공간 왜곡 추진법을 통한 냉동인간 기술을 발표했습니다. 이 교수는 이를 통해 불멸 시술의 혜택을 받지 못한 사람들도 전체 유전자 치환 기술이 성립될 때까지 살아남을 수 있을 거라고 말했습니다…."

나는 머릿속으로 조금 전 들은 말들을 끼워맞추다가, 잠이 깼다. 나는 자세를 바로잡고 컴퓨터의 단말 쪽을 바라보았다.

"조금 전 뉴스, 좀 더 자세히 들려줘."

"이여름 교수가 30년 전 발표한, 2만 광년 밖에 있는 자매별이라는 이름의 두 블랙홀을 사용하여 시간을 빠르게 감습니다. 이여름 교수가 계산한 항로대로 블랙홀 주변을 지구 시간으로 하루를 돌면, 그동안 지구에서는 50년이 흐른다는 것이 골자입니다. 지구에서 영생에 필요한 충분한 기술이 개발될 때까지 사람들이 버틸 수 있습니다."

"공간 왜곡 추진법?"

"물리학에서 물질은 광속보다 빠르게 움직일 수 없다고 알려져 있습니다. 광속의 한계를 넘어서 다른 별로 항행하는 방법은 오랫동안 난제였습니다. 워프드라이브라고도 불리는 공간 왜곡 추진법은 우주선의 속력은 광속 미만으로 유지하되, 움직이는 공간의 앞쪽을 접고 뒤를 늘려 광속보다 빠르게 이동하는 방법입니다."

언니의 이름을 듣자 가슴이 덜컹거렸다. 의자를 뒤로 젖히고 완전히 누웠다. 공간을 접어 블랙홀로 가고, 그 블랙홀의 중력장 안에서 기다리겠다는 거야? 우스우면서도 우울한 마음이 가슴속에서 비집고 올라왔다. 그래서 아빠한테 자기가 늦었다고 말한 거였구나. 그래서 언니가… 나는 그 말도 안 되는 언니의 장엄한 스케일에 짓눌리는 기분이 들었다.

고등학교 시절에 한창 유행했던 냉동인간 이야기가 생각이 났다. 사람을 꽝꽝 냉동시키고 다시 녹였을 때 그 사람을 되살리는 방법은 없다고 전문가들이 말해도 스스로를 얼린 사람들이 있었다. 그래도 언젠가는, 언젠가는 우리가 기어코 그들을 회복

시킬 방법을 되찾아내지 않을까 하는 생각에 그랬을 테다. 오직 살아 있는 사람만 그 차가운 관 속에 들어가 담보되지 않은 미래를 기대할 수 있으니, 이는 자기 앞에 놓인 확실한 삶을 불확실한 영생에 판돈으로 거는 일이었다.

언니는 냉동 관에 들어가느니 지구의 시간을 빨리 감는 법을 실현한 것이었다.

나는 내 집으로 가던 차를 돌렸다. 우리 가족이 한때 모두 모여 살았던 집으로 향했다. 엄마는 집에서 TV를 보고 있었다. TV에는 언니와 함께 일하는 사람들이 설계한 거대한 우주선 조형도가 보였다. 완성까지 몇 개월이 남았다고 했다. 10만 명이 탑승할 수 있는 그 우주선은 앞으로도 꾸준히 만들어질 거라고 앵커는 떠들었다.

엄마는 날 보고 내 두 손을 꼭 잡았다.

"왔구나. 네 언니랑도 조금 전화했다. 몇 시간 뒤에 여기에 도착한다더라."

"엄마… 언니랑 이거 관련해서 얘기한 적 있어?"

"아니, 나도 뉴스로야 알았다."

"이것 때문에 그렇게 공부한다고 했으면… 진작 그렇게 말했으면 좋았을 텐데."

"그러게나 말이다."

엄마와 나는 언니가 올 때까지 앉아 조곤조곤 이야기를 나누었다. 엄마도 언니가 자기를 살려줄 거라고 말했을 때 무슨 말인지 의아했다고 했다. 나는 언니 이야기를 하면서 얼핏 웃기도 하고 울기도 했다. 마음속에서 차가운 기운과 뜨거운 기운이 뒤섞여 투쟁하는 듯하였다… 복잡했다. 이런 커다란 일을 준비하면서, 수십 년 동안 내게 차갑게 대할 필요가 있었던 거야, 언니? 나는 마음속으로 중얼거렸다.

밤이 깊어졌을 때 언니가 도어벨을 눌렀다. 엄마와 나는 현관까지 같이 갔다. 내가 문을 열어주었다.

"겨울아."

언니는 나를 껴안으려고 했지만 나는 한 발 뒤로 주춤 몸을 뺐다. 언니가 왜 그랬는지는 이해할 것 같았지만, 아직은 그의 선택을 완전히 받아들이기 힘들었다. 언니가 나를 보고 말했다.

"미안해, 겨울아. 내가 정말 미안해."

"뭐가?"

언니는 내 얼굴을 올려다보았다. 중학교 때 나보다 컸던 언니는 어느새 나보다 작아져 있었다.

"중학교 때 엄마 아빠한테 그 이야기를 듣고 나서… 그 이후로 계속 못되게 굴어서, 미안해. 그러지 않을 수도 있었는데, 내가 마음이 약해질까 봐…."

나는 말없이 거실 쪽으로 향했다. 엄마는 차를 석 잔 준비했다. 언니는 바닥에 주저앉아서 훌쩍이고 있었다. 언니는 엄마에게 받은 차를 홀짝 한 모금 하고는 약간 진정했다. 그다음에야 그는 자기 이야기를 시작했다.

내가 영원히 산다는 말을 처음 들었을 때 언니의 마음속에 제일 먼저 차오른 감정은 나에 대한 적개심과 분노였다. 경기를 일으킬 정도로 울었으니까. 경기를 일으키는 언니가 무서워서 내가 내 방으로 도망쳤을 때, 왜 1년 차이로 태어난 우리가 왜 그토록 다른 운명을 지녔는지에 대해 아빠가 설명했다고 했다.

그다음 날부터 언니는 어떻게든 나와 같아질 방법이 없는지 고민했다. 어려운 문제였다. 처음에는 생물학을 공부했다. 생물학을 공부하다 보면 언젠가 나와 같아질 방법을 찾지 않을까 하는 마음에서였다. 하지만 언니가 생물학을 공부하면 공부할수록 불가능하단 사실만이 확실해졌다. 언니는 자기가 100살까지 살 거라고 생각했다. 그렇다면 60년 정도 연구할 시간이 있었다. 수백 년은 더 생물학이 발달해야 한 인간의 모든 세포에 있는 DNA를 고칠 수 있을 거라는 사실이 언니를 좌절케 했다. 언니는 생물학에 걸던 희망을 포기했다.

그때 언니가 찾은 구원이 쌍둥이 역설이었던 것이다. 같은 날에 태어난 쌍둥이 자매가 있을 때, 언니가 빛에 가까운 속도로 움직이는 우주선에 타고 여행을 한다면 지구에 있는 동생의 시간이 더 빠르게 흐른다. 마침내 언니가 지구로 돌아왔을 때 언니는 자기보다 수십 년 늙어 있는 동생을 보고 좌절한다.

우리 언니에게 쌍둥이 이야기는 비극이 아니라 희망의 씨앗이었다. 꼭 광속에 가까운 속도로 달리지 않더라도, 아주 강력한 중력장 속에 있으면 그만큼 시간도 감속된다. 적당한 블랙홀 주위를 돌면서, 지구의 시간을 빠르게 돌리면서 지구에 남겨진 사람들이 생물학을 발달시킬 때까지 기다리는 것. 그것이 언니의 아이디어였다.

언니는 그 아이디어를 실현하기 위해 항공우주공학에 모든 것을 걸었다. 그리고 40년 만에 성공했다. 충분히 시간을 감속시켜줄 두 블랙홀인 자매별을 찾았고, 2만 광년 떨어진 그곳으로 갈 방법인 공간 왜곡 추진 항법을 실현시켰으며, 그곳으로 가는 항로를 계산했다.

나는 상상도 못 할 실행력이었다. 이게 제한 있는 삶을 사는 자들만이 보일 수 있는 힘일까?

"왜 가족한테 말하지 않았던 거야? 난 언니가 나를 지금까지 질투한다고만 생각했어."

"몰라. 질투도 있었는지도 모르지. 아니, 아마 있었을 거야. 나는… 무서웠어, 내가 성공하지 못할까 봐. 그러면 가족들한테 쓸데없는 희망만 안겨주는 거잖아. 그게 너무 싫었어. 지금도 후회돼. 2년만 더 빨랐으면 아빠도 살 수 있었을 텐데…."

언니의 손이 떨렸다.

"정말 미안해. 시간이 얼마 없다는 생각 때문에 일부러 너를 멀리했어. 연구만 끝내면, 연구만 끝내면 언젠가 영원히 가족들이 함께할 수 있으리라는 생각에… 미안해."

"그러게. 그래도, 아빠한테 죄책감을 느끼지는 않아도 될 거 같은데."

그 이상으로는, 나는 어떻게 답해야 할지 알 수 없었다. 실감이 안 나는 언니의 어마어마한 추진력에 질린 듯한 기분도 들었다. 수십 년 동안 나에게서 의도적으로 떨어진 그의 행동을 당장 용서하기 힘들었다. 만약 실패했으면? 그러면?

그러면 어차피 정을 많이 떼놨으니까 내가 괴롭지 않을 거라고 생각한 걸까? 그럴까…. 나는 소희를 떠올렸다. 그는 내 생에 아주 짧은 순간을 스치고 지나갔다. 이제 꿈에서도 나오지 않는 그를, 앞으로 다시는 볼 수 없겠지. 하지만 나는 그가 내 삶에 끼어줘서 다행이었다고 생각한다. 다시 과거로 돌아가더라도, 소희의 죽음을 내가 바꿀 방법이 없더라도, 나는 소희랑 친하게 지낼 텐데.

나는 짐을 싸고 집으로 돌아왔다.

*

6개월이 지났다. 우주선 석 대가 30만 명의 사람을 태우고 2만 광년 너머에 있는 머나먼 세계로 떠났다. 엄마와 언니는 한 배에 탔다. 나는 미국까지 가서 가족을 전송했다. 400년 뒤에나 다시 돌아온다고 했다.

"꼭 몸 조심해야 한다."

엄마는 눈물을 글썽였다. 나는 코웃음을 쳤다. 괜히 불안한 느낌을 주고 싶지 않았다.

"한 달 동안 별나라 구경 잘하고 와. 난 그때도 새파랗게 젊은 채로 기다리고 있을 테니까."

"그래, 믿는다. 우리 딸."

언니는 약간 떨어진 뒤편에서 우리 둘을 바라보았다. 6개월 동안, 우리의 관계 양상은 역전되었다. 홀가분한 언니는 항상 나와 대화를 하고 싶어 했지만 나는 언니를 편하게 마주할 수 없었다. 그동안 너무 나이든 언니의 모습이 무서웠고, 과거에 그가 나를 피하던 기억이 되살아나는 것이 두려웠다.

하지만 나도 나름대로 마음을 굳게 다졌다. 나는 언니에게 다가갔다.

"이거 가져가."

미리 챙겨온 그림을 가방에서 꺼냈다. 석양을 그린 파스텔화였다. 언니와 내가 함께 마지막으로 그렸고, 언니의 책상 위에 걸려 있던 그 그림이었다. 정착액으로 굳은 그림을 언니는 안도하는 표정으로 받아 들었다. 수십 년 만에 우리는 서로를 껴안았다. 언니는 놀라울 정도로 작았다.

언니는 우주선 쪽으로 걸어가면서 내 쪽을 계속 쳐다보았다. 수많은 사람의 행렬 사이로 언니가 사라지고 나서도 나는 손을 흔들었다. 언니가 수십 년을 바쳐 설계한 우주선은 공간을 왜곡한다는 그 이름에 걸맞게, 쭉쭉 늘어났다가 줄어났다가 하면서 순식간에 시야에서 사라졌다. 그제야 나는 팔을 내리고 하늘을 바라보았다. 가족 모두가 나와 결코 닿을 수 없는 저 먼 거리에 있다는 것이 갑자기 실감이 났다.

나는 실로 혼자였고, 그 어느 때보다 고독했다.

그 후로 밤하늘을 시시때때로 바라보는 버릇이 들었다. 저 수많은 찬란한 별들 사이 어딘가에 언니와 엄마가 있을 거라는 생각에. 잠자리에 들 때마다 가족의 안전을 기도한다. 물론 기도하지 않더라도 나는 그들이 지금 나보다 더 안전하리라는 것을 확신한다. 우리 언니는 천재고, 지금 자매별의 궤도를 공전하고 있을 우주선의 설계 최종 책임자는 언니였으니까.

그리고 가끔은, 그 정착액으로 굳었던 그림을 생각한다. 날리는 파스텔 가루를 종이 위에 묶어 놓은 그 정착액.

내 언니를 이곳에서 바라보면 정착액으로 굳힌 파스텔 가루처럼, 시간 위에 붙박인 것처럼 멈춰 있으리라. 하지만 그 우주선 안에서도 시간은 흐른다는 것을 나는 안다. 결국 우주선이 지구로 돌아오면 우리의 시간은 다시 합쳐지리라는 것도 나는 안다.

400년. 지긋지긋하도록 긴 시간이다. 빛이 도달하기에는 너무나도 먼 곳이지만서도, 그 우주선에서 지구를 바라보면 우리가 어떻게 보일까, 불가능한 상상을 하고는 한다. 아주아주 빨리 감기를 한 비디오 같을 것이다. 한 사람을 지켜다보기에는 너무 빨리 움직여서 여러 빛나는 점들이 점멸하는 것만 보일 것이다. 그 어마어마한 시간에 대한 관점의 차이를 떠올리면 가끔은 두렵다.

뒤늦게, 나도 돕고 싶다는 생각이 들었다. 우선 나는 영화 감독 일을 잠시 쉬게 되었다. 내 몇 안 되는 작품을 보고 푹 빠져서 가끔 메일을 보내는 사람이 있지만, 당분간은 다시 메가폰을 잡을 일은 없을 것 같다. 이제는 내가 답할 차례기 때문이다.

우주선 앞에서 가족과 작별한 나는 집으로 돌아오자마자 다시 대입을 시작했다. 긴 시간 동안 나는 다시 고등학교 과정부터 공부를 다시 시작했다. 이번에는 미술이 아니라 수학과 과학이었다. 하하, 정말 오랜만에 만나는 고등수학은 별천지였다. 재수 끝에 간신히 의대에 입학하고, 이제 나는 연구실에 있다. 내 연구 분야는 성인 대상의 유전자 치료다. 수많은 세포의 유전자를 일괄 수정하여 치료 효과를 내는 것이 목표다. 아, 이 유전자 치료를 가난한 사람들에게 적용할 수 있도록 쉽고 싸게 만드는 것도 주요한 목적으로 삼고 있다. 지긋지긋할 정도로 해결해야 할 난제가 많은 분야지만 그만큼 연구가 진전될 때 기쁨도 크다.

물론 못 견딜 만큼 괴로울 때도 있다. 그럴 때, 나는 저 광활한 하늘 너머의 어둠 속에서 둥둥 떠다니고 있을 언니를 떠올린다. 400년과 맞먹는 한 달을 보내고 있을 나의 언니, 사춘기 시절 때부터 도저히 담담히 받아들일 수 없는 세상의 진실에 당당히 맞선 그의 모습을 마음속에 그린다. 내게는 언니보다 훨씬 많은 시간이 있으니까.

우리 다시 만나 마침내 서로를 완전히 용서할 그 순간이 올 것을, 나는 믿고 기다린다.

작가의 말

이 단편집의 소설들은 내가 2018년 6월부터 2019년 9월까지 쓴 것들 중에 출판할 만큼 괜찮다고 생각되는 것들을 골라 다시 다듬어 낸 것들이다. 〈정적〉으로 데뷔하고 나서 1년 6개월 동안 내가 봐도 꽤 빠른 속도로 썼다. 25년 동안 살면서 모아놓은 생각들이 빵 터진 거라, 앞으로 이 정도의 생산성은 내지 못할 성싶다. 와중에는 내가 써놓고도 뻔뻔할 정도로 스스로 좋아하는 작품도 몇 편 있는데, 사람들이 읽고 나와 같은 기쁨을 공유할 수 있다면 참 기쁘겠다.

〈초광속 통신의 발명〉은 가벼운 소품이다. 여름에 모기 잡다가 모기가 자꾸 시선에서 벗어나는 걸 경험한 어떤 대학원생이 모기가 차원을 도약한다는 것을 발견하고 초공간 도약 이론을 개발하게 되는 소설과 또 한 편을 더 써서 '위대한 발명 3부작'을 쓰려고도 했는데, 남은 하나가 도저히 떠오르지 않았다.

〈SF 클럽의 우리 부회장님〉은 곽재식 작가님의 〈다람쥐전자 SF팀의 대리와 팀장〉의 영향을 많이 받았다.

초임계 참기름 비리 사건은 어떤 국책연구소에서 진짜로 일어났던 일을 각색했다. 초임계 참기름과 초임계 콜드브루는 실제로 상품화가 되어 있다. 초임계 참기름은 정말로 그 품질이 좋다고 한다. 나도 책을 많이많이 팔아서 그냥 참기름 말고 초임계 참기름을 사 먹으면서 살고 싶다.

헛된 꿈을 꾸지 말고 다른 이야기를 하겠다. 초임계 추출법으로 라면에서 기름 짜서 파는 것도 실제로 내 모교에서 한 일이다. 라면에서 기름을 쭉 빼면 칼로리가 줄어드니까 다이어터들이 즐겨 찾지 않겠냐 하는 생각이었다. 이 아름다운 발상은 필연적인 파멸을 맞았다. 이 '기름 없는 라면'은 최근에 여러 회사에서 많이 생산하고 있는데, 굳이 라면을 튀기고 나서 첨단 기술로 기름을 빼내거나 하지는 않는다. 그들은 인류의 역사가 시작되기 전부터 사용됐던 '건조'라는 놀랍고 획기적인 기술로 건면을 만든다.

초임계 소동과는 달리, 오스쿠스는 순수한 창작의 산물로, 딱히 존재하는 기업을 본뜬 것이 아니다. 오스쿠스는 한국의 어느 회사와도 관련이 없으며, 만약 실제와 비슷한 점이 있으면 그것은 순전히 우연이다.

〈저 길고양이들과 함께〉는 생물학적 환원주의의 견지로 쓴 한 편의 농담 같은 이야기다. 우리 사회의 차별과 억압의 기반에는, 특히 젠더 문제에 있어서는 사회문화적 원인이 생화학적 원인보다 훨씬 커다란 자리를 잡고 있을 것이다. 남자가 테스토스테론 분비량이 일반적으로 더 많겠지만, 모든 남자의 고환을 긁어낸다고 해도 사회가 갑자기 유토피아로 변하지는 않겠지, 당연히. 가끔은 단순하게 생각하고 싶을 때가 있다.

〈컴퓨터공학과 교육학의 통섭에 대하여〉를 말하려면 내 친구의 놀이를 짚고 넘어가야 한다. 그는 사람 얼굴처럼 보이는 것들을 찍어서 인스타그램의 '얼굴첩'에 올린다. 예를 들면, 건물의 창문 두 개와 문이 각각 두 개의 눈과 입처럼 보인다든지, 콘센트의 구멍들이 사람 얼굴처럼 보인다든지. 하하, 사람들은 세 개의 구멍이 있으면 그걸 두 눈과 입 같다고 느낀다.

나는 사람의 그 특성이 좋다. 생명이 없는 사물에서 사람을 연상해내는 작용이. 물론 그것은 사람이 사람의 표정을 인식하고 해석하기 위해 나타난 진화적 적응이겠지만… 나는 거기서 이렇게 생각하곤 한다. 사람이 사람이 아닌 것에서 사람의 속성을 본다는 것은 사람의 정신이 그만큼 다른 것도 포용할 수 있다는 증거 아니겠냐고.

평범한 착즙 가지고 너무 과장하는 거 아니냐 물을 수도 있다. 맞다. 벽지에 있는 소규모 분교의 교사들은 소설에서 묘사된 것처럼 느긋하거나 하지 않다는 언급도 추가하고 싶다(2021년

12월 1일).

〈나는 절대 저렇게 추하게 늙지 말아야지〉는 이 단편집에서 내가 제일 좋아하는 글이다. 내가 쓴 다른 소설에서 묘사된 미래의 모습이 실현될 것 같으냐고 어떤 사람이 물어본다면, 나는 당혹한 표정을 지으면서 "글… 글쎄요?"라고 답할 수밖에 없다. 하지만 우리 세대가 늙어서 다음 세대에게 경멸받는 것은 필연이다. 조카를 볼 때마다, 조카와 그 세대의 사람들이 훗날 나를 너무 경멸하지만 않기를 바란다. 하지만 실시간으로 파탄 나고 있는 세상 꼴을 보고 있자면 너무 큰 바람이 아닌가 싶기도 하다.

〈감정을 감정하기〉는 내가 언젠가 생물심리학을 공부할 때에 잠금 증후군 환자들의 사례에 대한 연구를 보고 생각한 것이다. 잠금 증후군 환자들은 의식은 있지만 전신 마비로 인해 외부 자극에 반응하지 못하는 상태인데, 일반적으로 척수로 이어지는 운동신경이 손상되면 그런 상태에 놓이게 된다. 환자들은 의식이 있지만, 오직 눈을 깜빡이는 것으로만 외부와 소통이 가능하다.

사실 상당히 고통스러운 질병일 것 같은데, 놀랍게도 일부 연구에 따르면 환자들의 정서 상태가 그렇게 나쁘지 않다는 것이다. Bruno의 2011년 연구에 따르면 표본 집단의 환자들 중 72퍼센트가 행복하다고 대답했고, Kübler의 2001년 연구에 따르면 환자들 대부분 차분한 상태에 있다고 한다.

이는 정서를 느끼는 데 있어 신체의 피드백이 필요하다는 근거가 된다. 그러니까, 아무리 무서운 상황에 있어도 자율신경계가 활성화되어 내 심장이 뛰지 않는다면 공포감이 없다는 말이다.

그 내용에서 흥미를 느낀 나는 그것에 대한 생각을 나름대로 발달시켜 소설로 완성했다. 우리의 감정과 정서가 뇌에서만 만들어지는 것이 아니라, 신체와 협응하여 이루어진다는 생각은 매력적이다. 우리의 몸뚱이는 단순히 우리의 영혼이 입은 옷가지가 아니라, 우리의 정신을 구성하는 중요한 요소라는 사실을 보여주기 때문이다.

현대의 생물심리학이나 신경과학에서 정서에 대한 연구가 어떻게 진행되고 있는지는 잘 모른다. 언젠가 여유가 생긴다면 꼭 개인적으로라도 더 공부해보고 싶다.

〈한 터럭만이라도〉는 영화 〈옥자〉와 에세이 〈천재 앵무새 알렉스와 나〉를 보면서 생각했던 이야기다. 이야기에서 제시했던 약간은 비관적인 전망과는 다르게, 나는 배양육 기술에 대해 대단히 큰 기대를 걸고 있다. 현실 세상의 수많은 사람들은 분명히 나보다 훨씬 훌륭한 결론을 제시할 테니까. 나는 이런 면에서는 긍정적이다.

해당 소설의 초고는 트위터에서 박종관 님, 신가인 님, 이서 님, 미네나인 님이 먼저 읽어주시고 의견을 주셨다.

〈거인의 노래〉는 나름대로 고전적인 느낌으로 써본 SF다. 나는 혹독한 우주 공간 속에서 조용하고 외롭게 떠 있는 세상에 대한 동경이 있다.

그 취향 탓에, 언젠가 소설로 쓰고 싶은 소재 중 하나로 'Rogue planet'이란 별이 있다. 일반적으로 행성은 항성의 중력에 붙잡혀 그 궤도를 빙빙 돌며 항성의 끝없는 여행을 함께하는 식구가 된다. 그런데 어떤 행성은 중력 섭동 등의 이유로 항성의 중력권에서 튕겨 나가 홀로 우주를 떠돌게 된다고 한다. 생각해보라, 그 무한한 고독 속에 놓인, 모든 것이 얼어붙은 세상을. 그 이미지를 마음속에 품는 것만으로도 나는 가슴이 저릿거린다.

그런데 생각해보면 모든 천문학적인 객체들 중에 생각할 때마다 가슴이 저릿거리지 않는 게 있을까? 모든 행성과 위성과 혜성과 항성과 은하와 기타 등등은 생각만 해도 가슴이 뛴다.

〈시간 위에 붙박인 그대에게〉는 쌍둥이 역설에 대한 나름대로의 변주다. 나는 일반적으로 인물의 성별을 글을 쓰다가 필요할 때마다 마음 가는 대로 정한다. 그런데 이 소설을 쓸 때는 시작부터 자매의 이야기를 쓰고자 마음을 확고히 먹었다. 중요한 이유가 있는 건 아니다. 그러니까… 나는 위로 형이 있는데, 그것 때문에 이 이야기를 형제의 이야기로 만들 수가 없었다.

형이 나랑 같이 영원히 살려고 굳이 우주선을 만들 것 같지도 않고, 설령 그러더라도 내가 거기에 보답하려고 굳이 의학을 배울 것 같지도 않아서. 물론 반대도 마찬가지다! 나는 가족을 사랑하지만, 그 정도로는 사랑하지 않는다.

물론, 소설에 쓰인 것 같은 자매나 남매 관계도 거의 없으리라는 것을 잘 알고 있다. 하지만 내가 직접 겪어본 적이 없는 관계니 감정적으로 거리감을 두고 쓸 수 있는 것이다.

또 이 소설은 불멸 시술의 도입을 제하고는 놀라울 정도로 사회의 모습이 현대와 비슷하다. 미래 사회에서 사람의 DNA를 뒤틀어서 영원히 살 수 있게 할 정도로 분자생물학이 발달했다면 다른 과학기술도 무시무시하게 발달했을 것이다. 과학기술은 혼자 발전하는 것이 아니니까. 그런 기술이 존재하는 사회는 우리가 아는 사회와도 전혀 다른 모습이겠지. 전통적인 가족이 존재조차 하지 않을 것이라고 믿는다. 하지만 그 세계에 대한 이야기는 당장 내가 쓰고 싶은 이야기와는 거리가 있었고, 따라서 이 세계를 그릴 때 나는 다른 과학의 발달을 통제했다.

지금 내가 이 글을 쓰고 있는 시점은 2020년 3월 29일로, 코로나가 전 세계를 덮친 재난이 된 때다. 올해는 세계 전체가 코로나로 신음하리라는 예측이 가득하다. 비교적 사태를 일찍 맞은 우리 동아시아 사람들도 세컨드 웨이브의 불길한 전조에 덜덜 떤다. 유럽 연합을 하나로 묶던 셍겐 조약은 심너울이 떠벌리고 다니는 로또 당첨 공약같이 무의미한 것이 된다. 각 국가는 전시 체제로 전환하여 공장을 징발해 의료기기를 생산한다. 세계를 지구촌으로 만들던 물리적 연결은 꽁꽁 얼어붙고 온갖 항공사의 주가가 폭락한다. 민족주의, 제노포비아가 산불처럼 세상에 퍼져나간다.

나는 세계가 하나가 된 시대에 태어난 밀레니얼이다. 코로나는 세계화와 그 공고한 질서에 영원히 남을 깊은 상처를 실시간으로 새기고 있고, 이 모든 것이 끝난 뒤의 세상은 우리 밀레니얼 세대가 알던 세상과 크게 다를 것이다. 이런 커다란 전환점에 미래를 상상하는 SF를 쓰는 것은 나름대로 큰 모험이다. 어쩌면 벌써 우습게 되어버린 이야기들도 있겠지만, 사람들이 재미있게 즐길 수 있다면 참 고맙겠다.

그리고 작가 후기에서 빼놓지 않고 등장하지만 관련된 몇몇 사람들 빼고는 크게 흥미가 없는 말을 하겠다. 책이 나올 때까지 열심히 힘들여주신 모든 분께 감사드린다. 내 가장 가까운 친구이자 나의 첫 번째 독자인 육아리 누나와 내 가족에게, 항상 지지해준 데 특별히 고마움을 전하고 싶다.

나는 절대 저렇게
추하게
늙지 말아야지

초판 1쇄 발행 2020년 6월 1일
초판 6쇄 발행 2024년 2월 10일

지은이 심너울
펴낸이 박은주
디자인 김선예, 이수정
마케팅 박동준

발행처 (주)아작
등록 2015년 9월 9일(제2021-000057호)
주소 07236 서울특별시 영등포구 의사당대로 38
102동 1309호
전화 02.324.3945-6 **팩스** 02.324.3947
이메일 arzaklivres@gmail.com
홈페이지 www.arzak.co.kr

ISBN 979-11-6550-799-2 03810